大
方
sight

爸爸条约

Pappaklausulen

[瑞典] 尤纳斯·哈桑·霍米利 著

王梦达 译

Jonas Hassen Khemiri

中信出版集团 | 北京

图书在版编目（CIP）数据

爸爸条约 /（瑞典）尤纳斯·哈桑·霍米利著；王梦达译. —北京：中信出版社，2022.3
ISBN 978-7-5217-3966-4

I. ①爸… II. ①尤… ②王… III. ①长篇小说—瑞典—现代 IV. ① I532.45

中国版本图书馆 CIP 数据核字（2022）第 020173 号

PAPPAKLAUSULEN
Copyright © 2018, Jonas Hassen Khemiri
Simplified Chinese translation copyright © 2022 by CITIC Press Corporation
ALL RIGHTS RESERVED
本书仅限中国大陆地区发行销售

爸爸条约
著者：　［瑞典］尤纳斯·哈桑·霍米利
译者：　王梦达
出版发行：中信出版集团股份有限公司
（北京市朝阳区惠新东街甲 4 号富盛大厦 2 座　邮编　100029）
承印者：　浙江新华数码印务有限公司

开本：880mm×1230mm 1/32　印张：11　字数：192 千字
版次：2022 年 3 月第 1 版　印次：2022 年 3 月第 1 次印刷
京权图字：01-2021-6509　书号：ISBN 978-7-5217-3966-4
定价：59.00 元

版权所有·侵权必究
如有印刷、装订问题，本公司负责调换。
服务热线：400-600-8099
投稿邮箱：author@citicpub.com

二十年来，
这冰冷的声音始终温柔地萦绕在我耳畔，
我与这个夜晚有过约定。

——艾梅·塞泽尔，《犬无吠声》

如果问一位刚失去孩子的母亲：
你有几个孩子？
她会回答："四个"——然后改口说，"三个"。
随着岁月流逝，对于同样的问题，
她会回答："三个"——然后改口说，"四个"。

——艾米·亨普尔，《亨普尔小说集》

1 星期三

身为爸爸的爷爷回到了他从未离开的故乡，站在入关的队伍中等待着。玻璃窗后的边检警察如果提及敏感问题，身为爷爷的爸爸应该保持冷静。他不应该嘲笑警察是猪猡，不应该质问警察的制服是不是从戏服店买的。他应该保持微笑，主动出示自己的护照，告诉边检警察自己是这个国家的公民，且从未离开六个月以上。为什么？因为他的家人住在这里。包括他亲爱的孩子们，他可爱的孙子孙女们，还有背叛他的前妻。他永远不会离开超过六个月的时间。六个月已经是极限。大多数情况下，他都会离开五个月零三十天。偶尔也有五个月零二十七天。

入关的队伍缓缓向前移动。大多数瑞典人都有三个孩子，而身为爸爸的爷爷只有两个：一个儿子，一个女儿。他爱他们，尤其是女儿。大家都说，从孩子身上总能看见爸爸的影子，可他完全找不出自己和孩子之间有任何相似之处。两个孩子遗传了妈妈的身高，妈妈的鼻梁，妈妈的固执。他们完全就是妈妈的翻版。特别是儿子。儿子长得简直和妈妈如出一辙，以至于身为爷爷的爸爸偶尔——确切说是经常——产生扑上去暴揍他一顿的冲动。不过他并未付诸实践。显然。他是一个懂得自我约束的人。他长期生活在这个国度里，非常清楚肆意宣泄情绪会带来的糟糕后果。情绪应该像食材一样，被锁在标有首字母的小盒子内，直到厨师准备好配料和食谱，直到卫生检疫人员确定一切完全符合健康标准，它才能被释放出来。

入关的队伍悄无声息。没有人生气愤怒，没有人提高嗓门，没有人推推搡搡。大家目光呆滞，压抑地叹着气。爷爷也是如此。他回忆起自己还只是爸爸的时候。吵吵闹闹的家庭聚会，阳光灿烂的度假之旅，突如其来的大病小灾，还有钢琴课，毕业典礼。他回忆起女儿——也可能是儿子——在手工课上做的缎带，上面绣着一行字：*世界上最好的爸爸*。他是一个出色的爸爸。他也是一个出色的爷爷。没人能否认这一点。

身为爷爷的爸爸走到边检窗口前。穿制服的女警察透过窗玻璃和他对视了一下，扫描了护照，然后挥手示意他入关。整个过程不过短短几秒。

＊

身为爸爸的儿子只等孩子们一睡着,就动身前往办公室。他腾出一只手收拾起散落一地的信件,用另一只手带上了门。他将食品塞进冰箱,将健身服扔进衣橱。他拿着厨房用纸和簸箕在房子里转了好几圈,先将厨房、浴室和前厅里积攒了好些天的死蟑螂清除干净,然后才翻出吸尘器进行打扫。他更换了卧室的床单,浴室的毛巾,在水槽里放满水,将凝固了咖啡渍的水杯泡进去。他打开阳台门通风换气。他将广告传单、干瘪的猕猴桃、发霉的橙子、揉皱的信封和棕色的苹果核统统扔进垃圾桶。他看了看手表,意识到自己还有充足的时间,完全不用着急。

他蹲下身擦拭前厅和厨房的地板。他刷洗了浴缸、盥洗池和马桶,然后将肥皂和海绵留在浴室内。他告诉自己,如果他爸爸看到了它们,就不会像上次,还有上上次那样,不把房间打扫干净就离开。

儿子将搭配浓缩咖啡机的胶囊咖啡倒进塑料袋,将塑料袋放进纸箱,又将纸箱放在食品储藏室的最下层。他找出另一个塑料袋,将妹妹送给自己作为生日礼物的香薰蜡烛塞进去,然后藏在工具箱里。他找出一些昂贵的金枪鱼罐头,以及几只装有松子、核桃仁和南瓜籽的玻璃罐,统统放进冰箱上方的空盒子里。他倒出前厅玻璃碗里的零钱,装进牛仔裤右侧的口袋，然后将墨镜塞进背包。他转了一圈，一切收拾妥当。焕然一新的办公室只等爸爸到来。他又看了看手表，是时间了，爸爸应该随时会出现。

*

身为爷爷的爸爸站在行李传送带旁。所有箱子看起来都差不多：有着太空飞船般锃亮的外壳和滑板式的轮子。从老远就能看出，它们应该产自亚洲的廉价代工厂。他的箱子产自欧洲，相比之下要牢固得多。这只箱子已经用了有三十多年，再坚持个二十年不成问题。它没有面临开裂或崩坏风险的滑轮，外壳上贴满了已经倒闭的航空公司的行李签。他将箱子拖下行李传送带的时候，一个手臂健壮的年轻女孩主动询问是否需要帮助。不用，谢谢。爷爷答道，并向对方报以一个微笑。他不需要任何人的帮忙，特别是那些指望得到金钱回馈的陌生人。

他将行李箱拎到手推车上，向出口处推去。他搭乘的那架飞机遭遇了一些技术故障，旅客们被迫在登机后又全体下机，然后再重新登机。他的孩子应该已经在网上查到了航班延误的消息。儿子开车接上妹妹后，一路向北开上高速公路。儿子将汽车停在收费高昂的临时停车场，女儿从后备厢里取出爸爸熨烫整齐的大衣。他们已经等候在路对面。女儿一脸灿烂的微笑,儿子戴着耳机。他们无须准备任何礼物,只要出现就已经足够了。

*

在等待爸爸到来的时候,身为爸爸的儿子试着找些事情让自己忙碌起来。在检查过水壶里没有蟑螂尸体后,他烧开热水泡了杯茶。他打开电脑,查看物业管理委员会发来的年度报告,然后登录税务局的账号,为拖延付款的一名自由记者和一名策展人申请了延期。他列出一张清单,上面都是下周日女儿生日派对前,需要办妥的事宜:向那些尚未回复的家长发出邮件提醒,确认参加人数;设计游戏环节;购买气球、一次性餐具、塑料吸管、果汁、蛋糕配料;还有准备钓鱼用的鱼线和鱼钩。他望向窗外。不必担心,一切安然无恙。爸爸只是迟到了一点而已。

以前,儿子通常和妹妹在中心车站碰面,等待爸爸乘坐机场大巴到达。他们坐在正对站台玻璃门后的长椅上,把头枕在彼此的肩膀或大腿上。他不时查看车站墙上的挂钟,推测机场大巴已经开到了哪里。妹妹起身去了便利店,买了一杯覆盆子奶昔、一块三明治和一杯外带拿铁回来。他摘下耳机,让妹妹听 Royce da 5′9″、Chino XL 和 Jadakiss 的新歌。妹妹摘下耳机,打了个哈欠,重新谈起她和一些打算搭夜车前往瓦尔贝里的退休老人刚才谈及的私处卫生的话题。

尚未成为爸爸的儿子从长椅上站起身,走到窗边。尚未成为妈妈的妹妹将手袋当作枕头,舒展开身体横躺在长椅上闭目小憩。机场大巴每十五分钟一班。爸爸的身影仍然没有出现。儿子坐下来,站起来,又坐下来。一名酣然大睡的流浪汉刚刚被保安叫醒;两名出租车司机玩起了纸牌游戏或是在赌马;几名迷迷糊糊的游客下了车,朝车站的一个出口走去,没多久又折返回来,朝着另一个方向走去。他看了看正在小憩的妹妹。她怎么能表现得如此淡定?她就没意识到事情有些不对劲吗?他们的爸爸被抓走了。他刚一下飞机就遭到了军队的盘问,对方要求他出示护照,指控他不为人知的黑暗身份:秘密特工、毒品贩子、反动人士。此时此刻,他被关押在一间阴暗潮湿的牢笼里,极力申辩说,自己和那个为了抗议政府行为而在监狱里自焚的男孩没有半点关系。他说,我们的确是同一个姓,可那是个再平常不过的姓氏。我不是什么政客,只是一名销售。他边说边露出职业化的微笑。要是有人能设法蒙混过关,逃出监狱,那大概非爸爸莫属。妹妹醒了,睁开眼头一句话就是:坐吧,没事的。深呼吸,耐心点。儿子摇了摇头说,都过去一个半小时了。飞机一个半小时前就降落了,可爸爸还没到,总归有点不对劲。妹妹将他摁回长椅上，说，淡定。没什么不对劲的。首先，他要等其他旅客下飞机后，将免费赠阅的报纸和未开封的红酒收进包里。然后，他要去自己最喜欢的洗手间上个厕所，接着再去取行李，仔细检查自己的箱子。哪怕箱子上出现任何一处细微的刮痕——这种情况几乎每次都不可避免——他都要排长长的队进行投诉，对吧？儿子点点头。他声称自己的箱子受到了损害，而机场工作人员一头雾水，搞不清楚他是认真的还是在开玩笑——那只箱子的历史大概可以追溯到"二战"时期了。他们说，对于轻微的刮擦，机场方面是不会负责的。他勃然大怒，嚷嚷说顾客就是上帝。儿子补充说，除非柜台后值班的是一个年轻漂亮的姑娘。妹妹附和道，没错。那他就会微微一笑，宽容地表示理解。儿子扬起嘴角，问，然后呢？妹妹说，然后就是进海关了。海关工作人员怀疑他有所隐瞒，所以拦住了他，提出各种各样的问题，并且把他带到后面的房间里，要求开箱查验他的行李。那他们查出什么了吗？没有，什么都没有。箱子里几乎是空的，只有几件衬衫和一点零食而已。妹妹说，每次总要这么折腾一番，白白耗费时间。

他们沉默地坐着。一辆大巴到站了。又一辆大巴到站了。随着大巴在轰鸣声中缓缓驶离站台，爸爸的身影出现在对面的人行道上。他的形象就没有变过：同一件磨毛了的夹克；同一双穿旧了的皮鞋；同一只行李箱；同一个笑容；还有，见了面后的同一个问题：你们把我的大衣带来了吗？女儿和儿子迎上去，帮他披上大衣，接过他手里的箱子。他们嘴上说着欢迎回家，心里却在疑惑，用"回家"这个词是否真的合适。

*

身为爷爷的爸爸走进到达大厅，目光迎上接机的人群。一张张模糊的面孔仿佛监控录像里的一个个罪犯。年轻女子喝着外带的热茶；穿紧身裤留络腮胡的男人盯着手机屏幕；两名穿着考究的父母扛着一张尚未展开的横幅，旁边的亲戚拍摄他们时，抬起的手臂像眼镜蛇一样直立；好些男人手里捧着鲜花，胳膊上还搭着外套。爸爸很清楚他们属于哪个群体，他以前见过这类人——迎候泰国新娘的瑞典男人。他们在网上结识彼此，还没见过面就订了婚。这些瑞典男人特意带了外套，一来为了显示自己的友好和善意，二来担心瑞典的寒冷会让热带来的妻子着了凉。可是好男人是不需要从地球另一端订购新娘的。他一边想着，一边走向出口。他知道孩子们不在这里，所以根本不需要东张西望。可他仍能感到自己的目光在不自觉地搜寻着，眼睛里流露出难以压抑的期待和渴望。

他看见一个规模庞大的非洲家庭，男主人长得就像个毒品贩子。他还看见一个巴基斯坦男孩,眼睛下方有一块明显的胎记。男孩用力眨着眼,似乎很紧张,又像是刚睡醒的模样。从他的修身衬衫和花领巾来看,大概率是个同志。爷爷继续往前走,经过一家通宵营业的咖啡馆,经过几名出租车司机——他们的名牌上或印着瑞典语的姓氏,或印着英语的公司名,经过日间营业的货币兑换处,经过一根粗大的立柱——上面贴着醒目的绿色标签,告知只有此处配备了一台自动体外除颤器[1]。自动体外除颤器是个什么鬼东西?果真那么重要的话,为什么全世界的机场没有全部配备上?没有,只有这里才有,这个奇怪的国度,政客们一致认为,不配备一台自动体外除颤器,机场的到达大厅就没有安全保障可言。

摆脱爸爸身份的爷爷推着手推车,朝向机场大巴站的位置走去,整个人陷入猎猎狂风之中。他这一辈子曾无数次地从机场出发,又飞抵机场。晴天,雨天,冬天,夏天。时间和季节完全失去了意义。每次到达5号航站楼的时候,他都会遭遇如此猛烈的大风。风将围巾吹成了旗帜,将大衣吹成了裙摆。风鼓足了劲似的,刮得没完没了,等待巴士的人们不得不躲在水泥柱子之间,否则就会不自觉跳起滑稽的舞步:向左两步,向后一步;向左两步,向后一

---

[1] 自动体外除颤器:一种便携式的医疗设备,可以诊断特定的心律失常,并且给予电击除颤。

步……风在耳边狂叫着，越发嚣张地打着节拍。

他瞄了一眼电子显示屏，前一班机场巴士刚刚离开，下一班还有14分钟到达。这该死的14分钟。他的妻子从角落里探出脑袋，用愉快的声音宣布道：只有14分钟！还好不是114分钟！他嘟囔说，这天冷得让人绝望。她说，空气从未有过地清新。他抱怨说，一个人都不来接我。她说，我不是在这儿嘛。他说，我病了。她说，不幸中的万幸，你得的是糖尿病，又不是冠心病。糖尿病很容易控制，我听说有人通过饮食搭配调理，后来都不需要注射胰岛素了呢。退一万步说，打打针，测测血糖也算是生活中的小情趣吧？他说，我的视力越来越差，最后总会瞎的。她问，可你现在还能看见我吧？他答道，可以。她笑着说，真是不幸中的万幸。她的短发被风吹成细碎散乱的一团。不幸中的万幸，这是她的口头禅。无论发生什么事，这句话都被视为至理名言。听说女儿的同学摔断了胳膊，妻子一上来就问：右手还是左手？女儿回答说，左手。妻子于是说，真是不幸中的万幸。女儿接着说，可他是左撇子。妻子说，那他正好可以趁机训练训练右手。不幸中的万幸。想到这里，爸爸的嘴角不由浮现出微笑。

风势稍稍减弱了些，周围的一切瞬间安静下来。妻子缓缓走到他身边，伸出手，抚摸过他的鬓角，又亲吻过他的脸颊。她的双唇仿佛电梯按钮般冰冷。可是……她轻轻说道。妻子？为什么还把我当作你的妻子？我们不是已经离婚二十多年了吗？风势又猛烈了些，她骤然消失不见。他的躯体孱弱无力。一定是他的眼睛出了问题。他现在只想回家。可他已经没有家了。路边停着出租车，不远处还有小火车。可他要等机场大巴。他总是坐机场大巴离开。

*

身为女儿、暂时摆脱妈妈身份的妹妹走出餐厅，招了辆出租车坐进去，报上自己的地址。出租车司机闲闲地问，今晚玩得还尽兴吧？妹妹答，还不错。我们帮一个朋友庆祝生日来着，三十八岁生日。然后她叹了口气感慨道，都他妈三十八岁了。出租车司机说，时光飞逝啊。她说，的确，一眨眼就过去了。出租车司机问，你有孩子吗？她自顾自地说，三十八岁。我还记得我妈妈过三十五岁生日的时候，她自己开了间公司，总是一头扎在文件堆里忙个不停。她总是给人成熟知性的印象。相比之下，我和我的朋友还在到处胡闹，经常跳槽。不过我妈妈要是拿自己的朋友和父母相比，大概也有相同的感觉，你说呢？出租车司机点点头，说，很可能。车里沉默下来。她顿了顿，说，不过东西做得还蛮好吃的。你去那儿吃过吗？他摇摇头说，没有。她说，至少分量十足。我最讨厌那种一道主菜开价三四百瑞典克朗，还吃不饱的地方。我这么说是不是很讨厌？他说，当然了。吃饭嘛，总得要吃饱才行。她说，就是。不过那家餐厅的通风有问题。餐厅里一股油烟味。害得我中途跑出去好几次换气，不然非吐出来不可。出租车司机和她的目光在后视镜里相遇。车里又一次沉默了下来。她拿出手机。第一条短信是八点半收到的。她哥哥说，自己正在办公室等爸爸。该死。爸爸是今天回家吗？第二条短信的时间显示为九点一刻，哥哥说，爸爸还没到。接着是九点半。他说自己有点不放心。十点一刻。他说飞机晚点了，自己很快要赶回家去，让她回个电话。她看了看时间，现在已经是十一点半。哥哥肯定已经睡了。有什么话只好明天再说。

现在唯一困扰她的是，出租车司机恨不得喷了整整一瓶香水，而之前坐在后座上的乘客肯定是杆老烟枪。湿纸巾拭过门框散发出劣质的化学香精味，司机用的鼻烟闻着仿佛青苔一样。汽车驶出隧道的时候，她忍不住给车窗开了条缝，将鼻子探了出去。出租车司机问，太热了吗？她说，有点儿。出租车司机摸到左手边的钦纽，关掉了后座的车窗，然后又旋低了空调的温度。她听见自己的呼吸。嘴巴里盈满了唾液。汽车刚刚转出环岛，她就开口道，就在这儿把我放下来吧。她刷卡支付了车费，离开了后座。她在一丛灌木旁蹲了整整五分钟。然后缓缓站起身，往家走去。她没有吐出来，也没打算吐。但总觉得有点不对劲。她感觉自己就像一个拥有奇怪超能力的超级英雄，隔着好几条街区就能准确辨别出各种气味，7-11便利店外的烤香肠；汽车站旁的狗屎；男人涂的面霜，然后恶心得厉害。她所在的街道弥漫着腐烂落叶的气味。她在街角右转，然后走向公寓大门。身后传来一阵脚步声，而且越来越急促，越来越迫近。应该没事吧。一名夜跑者？她热爱摇滚的邻居看见她蹲在地上，赶上前来问要不要帮忙？她强迫自己镇定下来，掏出钥匙准备开门。钥匙串沉重得仿佛一团铁块。聚精会神之下，恶心的感觉随之消失。她努力睁大眼睛。采取主动。高喊求救。永远不能在坏人面前暴露自己的恐惧。她猛地转过身，径直走向尾随自己的男人，大声质问，你要干吗？男人摘下一侧的耳机，满脸困惑：你说什么？她说，别跟着我！他随手一指，说，我就住这儿。她问，哪号楼？他答，21号。她说，这里没有21号。他说，不是这条街，是旁边那条。哪条？他报出街道名。她说，好吧。然后侧身让他过去。他紧走几步，和她擦身而过，同时摇了摇头，眼神里满是畏惧。他散发出黄油爆米花的气味。

她目送他离去，直到他的背影完全消失在街角，她才再次蹲下身来。该死的餐厅。该死的臭出租车。该死的烂树叶。她坐直梯上去，一进家门就冲进浴室，抱着马桶呕吐起来。浴室门外，并非她男朋友的男人轻声问道，亲爱的，你还好吗？要我做什么吗？她没有吭声。她侧躺在浴室地板上，直到天旋地转的世界恢复平静。

毛巾架上没有他的毛巾。牙刷杯里没有他的牙刷。浴帘是她挂上去的，正中印着一只紫色鹦鹉，因为他每次冲完澡，浴室里就像下过雨一样湿漉漉的，厕纸也跟着报废。可为了这一点水渍，她也犯不着生气。浴室柜的最下面一层本来是腾给他用的，这样他不必踩着白色脚凳就能够到。之前，搁板上堆满了根本用不到的一次性剃须刀和剃须膏，以及她出差时从酒店带回来的润肤霜。如今，浴室柜的最下面一层空空如也，以男朋友身份自居的男人直接把剃头的推子放了上去，问也没问一声，她一把拿起来，直接扔进垃圾桶，算是回应。

她走出浴室的时候，并非她男朋友的男人正坐在沙发上看手机。他微微一笑，问，是不是喝多了？她说，没有的事。我一晚上都在喝气泡水，一点酒都没沾。他放下手机。她问，怎么了？你在担心什么？

*

身为爸爸的儿子看了看时间。已经接近午夜了，妹妹还没给他回电话。他的女朋友一小时前发过短信。他回复说，飞机晚点了，他正往家赶。他已经收拾妥当，随时可以出发。可他迟迟没有离开。他也说不清原因。他试着给爸爸打过电话，先是国外的号码，然后是瑞典的号码，始终未果。要么关机，要么没电，要么被海关没收。他仔细聆听锁孔里是否有钥匙转动的声响。他回想起从某一天起，他们不再前往中心车站接爸爸回家。距离现在已经过去三年了吧？还是五年？他已经记不清楚具体时间，不过印象中，大约发生在儿子成为爸爸，爸爸成为爷爷的同一时期。虽然家里出了点事，但儿子仍然负责处理各种日常琐事。他定期查看爸爸的银行账户和信件。他帮爸爸支付各类账单、申报税款、取消回访、回复保险公司的寄信。爸爸的住处也是他负责打理的。无论爸爸住上十天还是四个星期，他都一如既往地尽着自己的责任，未来也会持续下去。

儿子拿着茶杯走进厨房。开灯的一瞬间，他听见烤箱后传来蟑螂的窸窣声。他用眼角的余光扫到两只蟑螂消失在冰箱下面。水槽上，一只红色躯壳的蟑螂一动不动地躲在角落里，触须在空中微微颤抖，生怕引起他的注意。儿子将茶杯放在炉灶上，然后慢慢伸出手去，撕下一张厨房纸。他沾湿了纸巾，摁死了蟑螂，擦干水槽后，将纸团直接扔进马桶，避免蟑螂卵的繁殖。Anticimex的黏蟑螂蓝纸板已经放置了几周，负责消杀工作的小伙子上周四刚来过，用牙膏状的杀虫剂将烤箱、水槽、冰箱和冷柜周围的缝隙喷了个遍。但蟑螂还是层出不穷。蟑螂分两种,一种偏黑色,一种偏红色。不过中了毒之后,它们的死状都一样:仰面朝天躺着,四肢蜷缩在一起,长长的触须仿佛草叶般无力地荡来荡去。它们就那样,平静而安详地等待被沾湿的厨房纸包裹、碾压。他只要撕下厨房纸的一格,就已经足够处理一只蟑螂的尸体。这样一卷纸就能用更久。两只蟑螂,则要用到两小格纸,以示公平。这样节约用着,就不用一直花钱添置厨房纸。那想法的主人并非他自己,而是他的爸爸。他每次上厕所的时候,爸爸都会在门外叮嘱,一次用一张厕纸!除非你要蘸水擦屁股,才用两张。儿子说,我是要蘸水擦屁股。爸爸说,那你用两张好了。儿子撕了两张厕纸,沾湿了,擦了擦屁股。爸爸接着指挥道,再拿一张擦一擦,确保屁股擦干净了。妈妈从厨房里喊道,别省着,该用多少用多少。爸爸说,别听她的。儿子乖乖照爸爸的话做了。他这一辈子都在按照爸爸的意思活着。他想,是时候做出改变了。儿子找到一支笔。他既没有写这将是爸爸最后一次住在这里,也没有写自己决定终止家庭条约——爸爸条约。他写的是:**欢迎回家,爸爸。希望旅途一切顺利。这些是寄给你的信。有空时给我来个电话,别让我太担心。**

儿子关掉灯,走进楼梯间。他依次锁上里面的门、外面的门和防盗门。安全起见,他又确认了一遍防盗门是否上了锁,然后才离开办公室,往家走去。没走出两步,他又折返回来,再一次确认自己的的确确锁好了防盗门。他经过广场——旁边的小酒馆正在重新装修;他经过街角的熟食店——店主是一个心地善良却头脑糊涂的老头,以前一直睡在店里,现在好像彻底关门歇业了;他经过泰式按摩和美发沙龙的广告牌,绿色宝座状的小便池,以及贴满A4复印纸的布告栏——包括宠物中心的宣传广告("自从1957年起,就是狗狗最友善的朋友!")、女权主义的倡议书、自行车维修厂的联络方式和尊巴舞蹈课程的时间表;他经过地铁站——咖啡馆已经打烊,干洗店也已关门;他经过乞丐惯常行乞的地点——这个时间空无一人,只剩几张垫子、一只空碗和一张贴有乞丐孩子照片的硬纸板;他左转走上人行道——原本的碎石子路上已经铺上了一层沥青;他经过人造草皮铺就的足球场、砖红色的更衣室,以及一片林地——一棵被风刮倒的大树已经倒地好几天,始终没被抬走;他经过住宅区、环岛和建筑工地。当他爬上床,在女朋友身边睡下时,她用梦呓般的声音问,你见到他了吗?他轻声说,没有。

11 星期四

身为爸爸的爷爷被遗忘了,他等待着一辆永不会到来的机场大巴。他病了。他已经是垂死之人。他剧烈地咳嗽,几乎要将肺咳出来。他就快瞎了,很可能熬不过今晚。这一切都是他孩子的错。这该死的国度,阴冷的秋天,贵得离谱的出租车费,枯燥乏味的电视频道。他仍然记得自己刚搬来时,电视屏幕上的节目画面。先是天气预报,然后是儿童节目——两只不同颜色的长袜子,上面钉着眼睛一样的亮片,挥着两条骨架一样的细瘦胳膊,大谈特谈阶级斗争对于幸福社会的重要性。然后又是天气预报。然后是政府的科教宣传节目,比如遇到儿童烧伤的情况,应该采取怎样的措施应对(让孩子进行冲淋,用凉水——而非冰水进行物理降温至少二十分钟,切忌自行除去衣物)。然后是一部体育知识短片,介绍长距离滑雪中,合适装备的必要性。然后依次是晚间新闻、天气预报，最后以一部深夜电影结束——几乎可以百分百肯定，题材无非是拉丁美洲诗人或乌克兰养蜂人的纪录片。尽管如此，那些失眠的夜晚，他唯一能做的就是守在电视机前，看着那些无聊的内容。

他感觉孤独，但因为有她的存在，他并不是孤身一人。她是他来到这个国度的理由，她是他放下一切、抛开所有的原因。这并非一个自由的选择。爱情从来都是自由选择的反义词。爱情是百分之百的非民主，百分之九十九的选票——选举的对象留着小胡子，身穿制服，拥有军队背景，他的肖像张贴于这个国度的大街小巷，每家烟酒店，每间发廊，每间咖啡馆，直至革命结束，所有的旧照都被撕毁，被践踏，被焚烧，取而代之的是另一个留着小胡子、身穿制服、拥有军队背景的崇拜对象，他声称之前那位留着小胡子、身穿制服、拥有军队背景的男人绝非真正的领袖，而是一个腐败分子，在国家治理方面完全没有尽到应有的责任。爸爸认为，爱情就是专政独裁，而专政独裁并没有什么不好。当自由受到最大程度限制的时候，他反而感到绝对的幸福和快乐。如果不能在她的身边，他的整个世界都会被摧毁。她。他的妻子。他的前妻。如果说从这场失败的革命中，他有所领悟的话，应该就是，拥护强者作为核心的法则自有其优势。民意其实毫无价值。人们都是愚蠢的。人们就仿佛蟋蚁。他们根本不懂什么是好，什么是坏。如果失去了监管和控制，这些蟋蚁会将自己的巢穴筑得到处都是，甚至侵占他人的领地。他不记得这句话是谁说的，或许是自己的臆想。毋庸置疑，相比于世界上蝇营狗苟的人们，他在智慧方面绝对要胜出一筹。他所知道的东西，普通人根本想都不敢想。他知道犹太人掌握了全球媒体百分之九十的话语权；他知道中情局就是袭击世贸中心的幕后黑手；他知道美国宇航局伪造了人类登月的奇迹；他知道联邦调查局暗杀了马尔科姆·艾克斯、马丁·路德·金、约翰·肯尼迪、约翰·列侬和约翰·罗斯·尤因；他知道银行都希望人们使用信用卡付账，以便在暗中窥探隐私。政府希望掌控一切，希望了解每一个人的实时动态，希望像对待蟋蚁一样对待人们。但人毕竟不是蟋蚁。人是比蟋蚁更聪明、更强壮的生物。我们拥有智慧；我们拥有语言；我们拥有双手，而非触须；我们拥有双脚，而非六足；我们直立行走，而非贴地爬行；我们拥有诸多理由，不必服从和受控于某个独裁者。

爷爷试着向飞机邻座上的女子解释这一切。她被他的渊博知识所深深折服，她可怜的小脑瓜根本吸收不了如此多的信息。用完飞机餐后，她打了个哈欠，委婉地表示自己需要休息。爷爷体贴地说，睡吧。他已经喝掉两小瓶红酒，又往自己的随身行李中偷偷藏了一瓶。适当小酌有助于睡眠。邻座的女子戴上耳机，沉沉睡去。

现在，他正站在人行道上。风斜斜地刮着。一辆汽车向这里驶来。会吗？会是他们吗？可惜答案是否定的，汽车里坐着的并不是他的孩子。他的儿子正在家里听着不是音乐的音乐。他的女儿正在外面为朋友庆生。他们只在乎自己。爷爷认出汽车里的乘客，就是飞机上邻座的女子。他们的目光交汇在一起。她对着手握方向盘的男人说了些什么。她说，亲爱的，靠边停一下车。那就是在飞机上和我聊天的男士，那位风趣幽默、想法大胆的男士。手握方向盘的男人看了看他，他一脸疲惫。我们不如载他一程，免得他迎着这么大的风苦等机场大巴。爷爷笑了笑，扬起手挡住车头灯投射来的光束。女子别过脸去。手握方向盘的男人微微向前倾了倾身子，瞥了他一眼，然后猛踩油门，直接驶上高速公路。

身为爷爷的爸爸搭上夜间公交车，辗转抵达中心车站。他用尽全身力气，拖着行李坐上红线地铁。他总算挨到下车的站，在一个戴着橙色耳机、满脸胡茬的男孩的好心帮助下，将行李拎上楼梯，时间已经是次日凌晨一点半。

爷爷经过一片林地，经过食品店，经过当地的小餐馆。他站在儿子办公室的楼道大门外。他已经没有力气将行李搬上楼梯。他几乎就要放弃。他蹲下来，将身体蜷缩成一团。然后又站起来，重新攒足了力气。他又燃起了希望。

他又有了信心。他打开楼道大门，连拖带拽地将行李拎上二楼，然后和衣在沙发上睡了过去。他来不及给手机充电，甚至来不及刷牙。他唯一能做的就是打开电视，调到四台，将音量开到最大，震耳欲聋到足以催眠自己。

*

正在休陪产假的儿子每天都要早起，运气差的话三点五十起，运气好的话四点半起。一岁的儿子通常是家里第一个醒的，有的时候，纸板书和毛绒玩具能让他在婴儿床里安静片刻，但大多数时候，他很快就失去耐心，着急想要爬起来。一岁的儿子摇摇晃晃站起来，拼命指向门的位置，嘴里发出哞哞声。他迫不及待地拉了一泡粑粑，使得本已饱和的纸尿裤不堪重负。爸爸最终拗不过儿子，拧开了灯，一岁的儿子咯咯笑起来，挣扎着想要爬出婴儿床的围栏。五点左右，四岁的女儿醒了，顶着一头蓬松的头发，睡眼惺忪地走出自己的房间。她手里拿着的奶瓶从婴儿时期一直用到了现在。爸爸偶尔会试探地问她，要不要换普通水杯喝奶，或者那种带吸管的杯子，要么，超级酷的运动水壶也行啊。但女儿都拒绝了。她坚持要用自己的奶瓶。妈妈说，由着她去吧。反正她婴儿时的东西也就剩这一样了。爸爸只好让女儿保留奶瓶。但与此同时，他不希望女儿再用奶瓶喝奶。他说，一个四岁的小姑娘还叼着奶瓶走来走去，万一被幼儿园的小朋友看见了，肯定会招来嘲笑。别的小朋友会起哄，说她是长不大的小奶娃，离不开奶瓶的小宝宝。总之，爸爸的意思是，女儿不应该再用奶瓶喝奶了。女儿看了看他，耸了耸肩。她说，我不在乎。然后将奶瓶塞进睡衣口袋，仿佛揣了一把手枪般神气。妈妈头发湿漉漉地从浴室走出来，给自己倒了杯咖啡，说，看见了吧。爸爸说，有其母必有其女。他的女朋友说，看来虎父也会有犬女嘛。说完，她笑了起来，在他脸颊上迅速亲了一下。她迅速喝完咖啡，将咖啡杯放进水槽，然后说，我五点左右到家。他想，你就从来没有在五点前出现过，但他忍住没有说出来。她说，需要买什么东西的话，发短信给我就行。他说，应该不需要，我能搞定。

她出门走向地铁站，她拎着新的手袋，梳着新的发型，穿着平常的大衣，戴着平常的手套，她奔向职场的时候总是显得格外专业。他留在家里，陷入厨房的凌乱之中。他睡袍的肩膀上留着一岁儿子的鼻涕，口袋上还有四岁女儿沾了麦片粥的手掌印。一岁的儿子推着助步车，步履蹒跚地往前走，每当助步车的轮子卡在地毯边，或是整个人撞进墙角出不来时，他都会因为沮丧和绝望大叫大嚷。四岁的女儿害怕一个人待在厕所里，所以她在马桶上大便时总要人陪着，可又不让他看。于是他只好背着对女儿在厕所里站着。一岁的儿子爬上沙发,伸出手指想要戳墙上挂着的画框。四岁的女儿闹着让他读故事,故事一定要选温馨有趣的,不然一岁的儿子会害怕。一岁的儿子又拉粑粑了,四岁的女儿想要看他换尿布。一岁的儿子在尿布台上扭来扭去,怎么都不肯安静下来,爸爸央求四岁的女儿找个玩具过来逗逗他。四岁的女儿跑开了,回来时手里多了只紫色头发的小精灵玩偶。爸爸谢过了四岁的女儿。一岁的儿子看了一眼小精灵,然后像扔炸弹一样用力摔在尿布台旁边的地板上。

地板已经不是地板,而是一个露天厕所,小精灵头朝下直冲冲栽进厕所里,紫色的头发在空中划出一道弧线。小精灵仰面朝天躺在地上,看上去像死了一样。四岁的女儿先是哈哈大笑了几声,接着号啕大哭起来。一岁儿子的挣扎着,将黄绿色的大便甩得到处都是,爸爸用湿纸巾擦了擦手,擦了擦白色的尿布台,擦了擦一岁儿子的屁股,然后换上一块新纸尿裤。爸爸一边逗着一岁的儿子,一边安慰四岁的女儿,同时腾出右手将换下来的纸尿裤塞进塑料袋,再从地板上捡起小精灵。一岁的儿子扶着柜子站起来,呜里哇啦叫个不停,仿佛这样就不会跌倒似的。四岁的女儿本想要帮他走路,不料却将他绊了个大跟头。一岁的儿子大哭起来。四岁的女儿哈哈大笑。一岁的儿子咬了四岁女儿的小腿。四岁的女儿也哭起来。一岁的儿子爬走了。最后，他们在茶几下面找到了蜷缩成一团的一岁儿子，他的嘴里还含着两颗塑料珠。爸爸将一岁的儿子抱进四岁女儿的房间。到了穿衣服的时间。四岁的女儿想要穿运动短裤和足球衫。爸爸解释说，现在外面是冬天——或者，至少也算深秋了。她还是坚持在长裤里面穿上运动短裤。爸爸只好妥协。一岁的儿子不见了。他们在卧室找到了他，他就躲在床头柜的桌脚旁，刚刚将包裹在锋利金属周围的防撞条剥下来。四岁的女儿要搭乐高，而且提出只要爸爸陪着玩，不许一岁的儿子参与。

在他们搭乐高的同时，一岁的儿子远远坐着，脸上一副只有在嘴里偷偷塞了东西之后才有的满足表情。爸爸从一岁儿子的嘴里抠出了妈妈的一对耳塞。一岁的儿子开始哭闹起来。四岁的女儿用乐高搭好了一间车库。一岁的儿子把车库拆得乱七八糟。四岁的女儿捡起球，向一岁的儿子扔过去。一岁的儿子以为是闹着玩，乖乖地将球还给四岁的女儿。四岁的女儿将球藏了起来。一岁的儿子找到一块散落的乐高积木，顺手塞进嘴里。爸爸千哄万哄，用十分钟前擦大便的那只手，好不容易才从一岁儿子的嘴里掏出乐高积木。四岁的女儿说，她已经玩腻了搭乐高的游戏。一岁的儿子揉了揉眼睛。

爸爸看了看时间，意识到距离四岁的女儿上幼儿园还有一个半小时。他希望时间走得更快一些，他希望幼儿园能为一岁的儿子腾出一个空位。有几次，他们吃早餐的时候——所谓早餐，相当于四岁女儿在幼儿园吃的早餐的餐前餐——爸爸会试着和四岁女儿聊些大人的话题。他翻开报纸，指着一张菲律宾总统的照片。他解释说什么叫作暴动。他说，对于世界上那些忍饥挨饿的人们，我们需要提供人道主义援助。四岁的女儿点点头，一副似懂非懂的表情。然后她说，那些脖子上套了绳索的人就是总统。爸爸表示同意，他说，一般来讲，新闻图片上穿西装打领带的人物大多都是总统——至少也是政客。餐前餐结束后，他们换掉脏兮兮的衣服，然后玩游戏，扮演宇航员，扮演狮子老虎，扮演小偷和警察，扮演纵火犯和消防员，扮演犀牛——只要犀牛的一条腿重重踩踏在地板上，就意味着愤怒和生气。

出门之前，他最后一次为一岁的儿子换了纸尿裤，然后准备步行前往幼儿园。四岁的女儿已经能够自己穿衣服，每一个步骤都是一场比赛：谁第一个穿好绒线衫谁就赢了，四岁的女儿欢呼，我赢了；谁第一个穿好连体衣谁就赢了，四岁的女儿欢呼，又是我赢了；谁第一个按下电梯按钮谁就赢了，四岁的女儿骄傲地说，我是世界上动作最快的人。爸爸点点头，表示附和。四岁的女儿的确很聪明，动作又敏捷，但她绝不是样样在行。爸爸的心底有一个微小的声音抗议道：样样在行才见鬼呢。这又不是真的比赛，赢了也不能说明什么。要是动真格的，我穿衣服可是*神速*多了。再烦琐的工作，我也能*轻松*搞定。我的心算能力比你强多了，至少我不用掰着手指计算三加三等于几。每次你背出瑞典语字母表的时候，大家都会流露出不可思议的神情，纷纷拍手叫好。知道吗，那些我也会，而且背得比你更流利。

　　他们走出电梯，在公寓门口停下来，逗了逗邻居家那只名叫杰尔辛的宠物猫，然后推着婴儿车，翻过小山坡，穿过马路，经过带喷泉池的小广场、护理中心、咖啡馆、发廊、足疗店和养老院。一岁的儿子拼命揉眼睛，四岁的女儿跑在前面开路。幼儿园的衣帽间外，贴着一张小纸条：*请穿两层鞋套*。但大多数时候，爸爸每只鞋子只套一层，如果外面不下雨的话，穿两层鞋套不免有些浪费。他将一岁的儿子抱在手上，和其他家长打了招呼——打招呼而已，但从不寒暄聊天。四岁的女儿已经自顾自跑了进去，赶在勒夫推着餐车进去之前，一屁股坐在自己的座位上。交接工作进行得很顺利。四岁的女儿坐在两个小朋友中间，冲他挥手道别。爸爸向幼儿园老师询问小朋友的情况。他向勤杂工表示感谢。他站在玻璃门外，从角落里探出头来做鬼脸，逗得四岁女儿哈哈大笑。他做了一次，两次，三次。虽然爸爸每次都做出不一样的表情，可到了第四次，女儿也腻了。爸爸回到衣帽间。他的愿望就是让女儿看看自己，让女儿喜欢自己，让她的朋友，她朋友的父母，幼儿园老师，还有勤杂工觉得，她有个好爸爸。他脱下鞋套，怀里抱着昏昏欲睡的一岁儿子，出门往婴儿车的方向走去。他觉得自己很失败，就这样一无所成地离开了幼儿园。他想，自己的成长过程中一定经历过某些挫折，因此其他人轻而易举能够完成的事情，他却要费好大劲才能做到。

一岁的儿子在婴儿车里睡着了。爸爸走到湖边，望着湖面上成群的鸭子。退休的老夫妇手挽着手在散步，休产假的妈妈们坐在阳光下的长椅上吃苹果，一只脚踩着婴儿车的踏板。两条狗在船坞旁追逐嬉戏。草坪上结了一层薄霜，泛出清冽的白色。气温降到零摄氏度左右时，散步道上的砾石便显得格外坚硬。身为爸爸的儿子突然感到了久违的自由。女儿在幼儿园，儿子在睡觉。他完全掌控了局面。又是一个普普通通的日常早晨。其他父母都能轻松搞定的日常早晨，他却倍感挣扎和艰难。但今天算是熬过来了，明天也一定能熬过来。

他觉得自己已经做好了准备，可以给爸爸打电话了。他掏出手机，按下了爸爸瑞典的号码。对方没有接听。他又发了一条消息，然后将手机放回口袋。他想了想，又掏出手机，又打了一次电话。他在湖边走来走去，核对了一遍四岁女儿五周岁生日派对待办事宜清单，他看了看鸭子，看了看退休的老夫妇，又看了看休产假的妈妈们，但他满脑子想的都是爸爸，不接手机的爸爸，可能已经不在人世的爸爸。他试图让自己平静下来。他渐渐平静了下来。他来到一间咖啡馆，将装有熟睡儿子的婴儿车留在外面。他并不担心。他信任这个世界，信任这个世界的人们。但保险起见，他还是将婴儿车锁在了咖啡馆外的一张桌子上。所有父母都会这么做。毕竟，照顾一个一岁的婴儿时，多一点小心总归没错。

走出咖啡馆时，他的手里已经多了一杯外带的咖啡。太阳暖暖地照着，他又回到湖边。湖的另一边，可以看见山的缺口。如果径直走进去，抬头仰望天空时，能够看到不一样的云层——被山的轮廓所框住的云朵显得更为清晰。左侧是阿尔弗雷德·诺贝尔用过的爆破坑。他在保证安全距离的前提下，对炸药的性能进行了测试。他在信息栏上读到，他们一共生产了16 000千克的硝酸甘油，但在1868年和1874年陆续发生致命性爆炸事故后，他们将生产基地转移到南部岬角，并且在周围筑起了厚厚的防护墙。他知道，自己终究会忘记防护墙上仿佛沧桑面孔的斑驳痕迹，也会忘记信息栏上使得英文介绍难以阅读的铁锈。但他会记得数字、年份，以及硝酸甘油的确切数量。

他沿着砾石铺就的步行道继续向前走去。婴儿车悄无声息地滑向木质码头的方向。他在最远端停住脚步，做了个深呼吸。他试着将自己所看见的一切吸纳进身体：湖水、天空、秋风、岛屿、地平线、船只、波浪、飞鸟。一定有人能够描述这幅场景，可那个人并不是他。他只能矗立原地，感觉自己一点一点融入其间。然后，他再次拿起手机，打电话给爸爸。仍然无人接听。

*

不认识药店工作人员的妹妹还是决定在外面等。以男朋友身份自居的男人问，我们为什么不能一起进去？她站在原地，答道，因为我想留在这里。他说，总有个原因吧。她说，因为，所以。他说，你多大了，怎么还像个小孩子一样。他说完自己走了进去。可他的语气中分明透着轻松，嘴角有着掩饰不住的笑意，只在表面上假装成这是妥协和让步的决定。她多大了？从和他交往的角度而言，她的岁数大了点，况且，她也早过了任性撒娇、为所欲为的年龄。不过她显然还不够成熟，读不懂对话背后的心思。

她站在公交车站旁，给爸爸打电话。对方没有接听。她透过站台的玻璃门看见男朋友走进药店。他的肢体语言有着说不出的别扭，刚获得奥运会奖牌的运动员大概都不会表现出如此松懈的姿态。柜台后的女店员主动和他打招呼，可他全然不在意，眯着眼睛全神贯注地阅读着货架上的商品名称。他先是走到牙齿护理的货架前，然后又装作不经意地往前挪了几步，打量起放置避孕套、紧急避孕药和验孕棒的货架。他仔细比较了两个有着一模一样外包装的产品，然后一起拿去收银台付款。

看见他拎着一只绿色小袋子走出药店，返回公交车站旁边，她说，你这是典型的社交障碍。他问，你什么意思？她说，你没注意到她和你打招呼吗？他说，谁？她说，就是柜台后的店员嘛。你进门的时候，我看见她和你打招呼了，可你看都不看地走过去了。他说，所以你在这儿观察我来着？到底谁才有社交障碍？他微微一笑，将袋子递给她。他们一起走回她的家。她坐直梯上去，他走楼梯上去。一如往常。

他们第一次在树林中散步的时候，她曾试着明确向他解释，无论他们之间的性爱有多么和谐，无论他们在一起的相处多么融洽，无论她多么享受一起追剧的时光，多么贪恋清晨醒来时彼此依偎的感觉，她所追求的绝不是一段认真的感情。她问，关于这一点，我们能达成一致吗？我们在一起，不过是两个成年人满足彼此需要而已。可是这段对话很难进行下去，他始终在忙着低头捡树枝，然后逐一折断。他一边往前走，一边用脚踹着小石头。她问，你在听我说话吗？他答道，当然，同时指向一只巨大的蚁巢。她问，你明白我在说什么吗？他说，当然，我也是同样的意思。不过这是什么玩意儿？他指了指树林中央一只底部沾了沥青的橙色路锥。他说，我最烦别人乱丢东西。然后捡起路锥,带回了停车场。

几周后,她又一次试着提起话题。她说自己并不爱他,也没有恋爱的感觉。她说,自从认识后,他们的确每晚都睡在一起,可她并没有时间交男朋友。她不想被束缚,她有自己的事业,而且认为自由的价值高于一切。她的工作日程排得满满当当,她需要和同事进行沟通,需要向老板证明自己的实力。工作之余,她还要见朋友。那些朋友和她的情况差不多,不至于比她年轻七岁,不会沉迷于耍酷,发呆,健身,以及无穷无尽的俄国默片之中。他指着电脑屏幕说,看,这是叶普盖尼·鲍艾尔导演的最后一部片子。电影情节进展得实在太过缓慢,她甚至怀疑他是否按下了暂停键。她向他解释说,他们确实不是恋人关系。他用一双棕色的大眼睛看着她,说,你是爱我的。她说,我真的没有。他说,你有,只是你没意识到而已。这一次,他没有笑。

他们交往了一个月后,她带他参加公司组织的活动。他们从斯鲁森站坐公交车过去。太阳光透过车窗斜斜地照进来,映得他的文身闪闪发亮。汽车驶过维京游轮码头时,她告诉他,自己有个儿子。他惊讶得张大了嘴,愣了几秒。然后问,你有孩子?你之前怎么没提过?她说,你又没问。他说,一般人都会主动说的。她说,我不是一般人。这一点你早该知道。他问,他叫什么名字?她望向窗外,艰难地从嘴里挤出一个名字。这两个音节代表了回忆中的一幕幕场景：刚出生的他躺在她的怀里；熟睡的他将鼻子埋在她的颈窝里；看见她走进幼儿园，他张开双臂冲她奔跑过去；他在手球训练时不小心跌倒，露出夸张的表情；放学回家后，他将书包甩在地上，问她自己能否去朋友家吃饭。并非她男朋友的男人说，不错的名字。她说，我们该下车了，然后站起身来。

在通往滚球场地的斜坡上，她松开了他的手。她拥抱了满身香水味的同事，和戴围巾的老板行了个贴面礼，以朋友而非男友的身份介绍了他。公司活动提供酒水饮料，各种点心，以及免费的法式滚球比赛。她完全是抱着试试看的心态带他出席活动的，结果出乎意料地成功。他在她的同事间完全是个陌生人，但在法式滚球比赛中却大放异彩。他甚至半开玩笑地说，她的老板就算用围巾将眼睛罩起来，也能轻松取胜。这不失幽默的恭维顿时博得了老板的好感。他去洗手间的时候，她的两名同事——一名男同事和一名女同事——凑到她身边，询问他是否单身。她说，可惜不是。至于具体原因，她也不清楚。太阳渐渐沉了下去，原本飞扬在光线中的灰尘也消失不见。他花了将近十分钟的时间，侃侃而谈影迷们崇拜法国导演亚伦·雷奈的原因。通往市内的桥梁会定期拉起，以便让高桅杆的船只通过。运河的另一端，低音炮的声响震耳欲聋。他冲着用手机充当导航工具的几个年轻人努了努嘴，然后低声说，我们走错了方向。

他们在一起半年后——确切说，也算不上在一起，只是相互陪伴而已——她终于坦陈了儿子不在自己身边的原因。那年，儿子刚满十二岁。不对，确切说，儿子还在她肚子里的时候，这一结果就已经注定。她认识前夫的时候，只有十九岁，他三十五岁。他们一年后结婚。刚开始，他对她极尽温柔体贴，只是醋劲有点大。每次她出去参加朋友的聚会，他都要打电话追问确切的时间、地点。有几次，他突然出现在大学校园里，成为她演讲的临时观众，甚至会打断她的小组讨论，当众给她一个吻，要求她向同组的男生介绍自己。她出门和朋友喝个咖啡，走出咖啡馆的时候会在手机上发现十七通未接来电。但她自我安慰说，他不过是担心失去她而已。他对她的爱实在太过浓烈，所以行为不免出格。

后来她怀孕了，他总怀疑她会故意做出伤害腹中胎儿的事情。他会翻看厨房里的垃圾袋，检查她是否吃过寿司；他会嗅厨房里的玻璃杯，确定她没有偷偷饮酒。一次，他拿走了她的钥匙，将她锁在他们共同的公寓内；还有一次，他打碎了洗衣房的窗玻璃，拿着碎片要挟她说，如果她执意前往哥本哈根参加一个女友的婚前派对——那是她早就答应过对方的——他就会自残给她看。有好几次，她数着自己的孕周，萌生过堕胎的念头。但她做不到。她狠不下心。一个新生命正在她体内生长,她相信,这个孩子的诞生将会给予自己的丈夫一直所缺乏的安全感。胎儿仿佛感应到外界环境的不稳定因素,生长速度越来越缓慢。她的前夫将原因归咎于她,而她也因此怨怼丈夫。孩子最终平安诞生了,是一个健康强壮的男孩,半年后,他们提出了离婚。接下来便是一系列的程序:诉讼、监护权、社工调查、律师协商。他们双方都要求争取单独抚养权,她担心儿子在爸爸身边得不到足够的安全感,他则坚称,儿子会遭到妈妈的虐待和打骂。以男朋友身份自居的男人插了一句,所以他在撒谎咯?她看了他一眼,一脸不可置信地问他,这么说是开玩笑还是认真的。她说,你真的觉得我会伤害自己的孩子?我的确有脾气,也会生气发火,口不择言。可我从来没有打过我的儿子。真的没有,一次都没有。我的前夫设法让我儿子相信,我在他小的时候打过他。他虚构出回忆的片段,对我儿子进行操控。所以十二岁那年,我儿子选择搬去和他爸爸生活。但我知道,我们终究会找到彼此的。我对此深信不疑。以男朋友身份自居的男人紧紧拥抱住她,他厚实的手臂仿佛可靠的港湾,他呼出的温热气息治愈了她的伤痛。他说,你愿意的话,我可以和你的前夫聊聊。她说,就算那样,效果也不会好。

以男朋友自居的男人说,我爸爸每周至少会打我一次。有的时候,我的确犯了错;有的时候,我不过是他用来发泄负能量的对象，用以练手的工具而已。他会拿着塑料拖鞋闯进我的房间，绞尽脑汁地找出一个教训我的理由。如果我的考试成绩没有达到优秀，就是一顿毒打；如果他在吊灯上摸到一丝灰尘，就是一顿鞭笞；如果他发现我在足球训练时弄脏了新球鞋，就是几个耳光。

她问，你们现在还有联系吗？他说，我们最近一次见面是在2009年，苍鹭城购物中心的圣诞派对上。我和我的几个朋友看完电影出来，他们的孩子想要去购物中心门口玩一种新的虚拟游戏。我们站在电梯前排队时，我刚好看见爸爸从中庭喷泉另一边的运动器材店走出来。我让一个朋友帮我拿着外套，这突如其来的命令让对方一头雾水。然后我走到爸爸面前，和他对质这些年我所承受的一切：所有的破口大骂，所有的拳打脚踢，所有的侮辱和贬斥。你知道他说什么？他冷漠地摇了摇头。就好像我的质问根本不值得引起他的注意。就好像我和我的兄弟姐妹，还有我们的妈妈反倒应该千恩万谢他费时费力的苦心培养才对。我在当时，什么难听的话都说了。至于后来发生的事情，我已经记不太清楚了。不过据我的朋友说，我冲上去对着我爸爸就是三四拳，他仰面摔倒在地，撞上了一扇橱窗，原本拎在手里的塑料袋也飞了出去。我捡起塑料袋还给他，然后揪住他的领子，将他往喷泉的方向拖去。我的朋友说，我当时完全一副气势汹汹的姿态，他们都以为我随时要将他扔出去，或是让他双膝跪地，从后面拧断他的脖子。但后来，我意识到喷泉池的水并不深，于是重重地飞起一脚将他踹了进去，然后大骂着让他滚蛋。做完这一切后，我回到电梯前的队伍中，拿回了我的外套。我的朋友说，对于我比我爸爸更强更有力这件事，爸爸似乎很震惊。这也是我最后一次见到他。她说，你疯了吗？你居然敢打自己的爸爸？他说，是他先下手打我们的。我只是以牙还牙而已。

她走出电梯的时候，他已经进了公寓。他连鞋带都没来得及解，直接脱了鞋走进厨房，烧开一壶水，拿出两只杯子。一口气爬上六楼，他居然都没有喘气。他朝茶杯的方向点点头，问，你要先喝点水吗？她说，谢谢，不用了。我已经准备好了。他说，我们该怎么做？她说，你猜呢。他说，你需要我陪着吗？她说，谢谢，不用了。说完她一个人走进浴室。一只包装盒里装了两根验孕棒。另一只里装了一根。使用说明写得很清楚：对着此处小便，让尿液完全浸湿，等待一分钟。如果显示加号，意味着你的未来全都毁了。你所熟悉的生活宣告结束。从这一刻开始，你不再是一个人，你将永无安宁，就算在感觉良好的时候，你也摆脱不了疲惫和厌倦；如果显示减号，则代表一切照旧。她取出三根验孕棒，对着它们撒了尿，然后放在盥洗台上晾干。浴室门外传来他的喊声，你弄完了吗？上面显示什么？开门！喂！快开门！她从浴室镜子里打量自己。

她不需要看验孕棒上面的显示。她内心很清楚结果。他喊道，喂！上面显示加号还是减号？亲爱的，开开门，让我进去。你不能这么做，这是我们两个人的事。三根验孕棒静静地躺在那里。他说，你再不开门的话，我就要踹门进去了。我是说真的，我这就要进去了。她看了看验孕棒。浴室的锁被从外面撬开了。他把手里的餐刀往盥洗台上一扔，迫不及待地朝验孕棒扑了过去。他将三根验孕棒抓在手上，形成折扇的模样。他咕哝了一句，该死。脸上露出了微笑。

*

只要一直开着电视四台作为背景音，身为爸爸的爷爷就能连续睡上十三个小时。一旦电视机因为电线短路或临时停电而安静下来，他会立刻醒过来。他的手机隔一段时间就响上几声，可他连接听的力气都没有。他也不知道打电话来的人是谁。手机屏幕上显示的来电号码数字实在太小，他将眼睛眯成一条缝，还是只能看见模糊的一团。

他睡醒的时候已经是第二天的中午。他量了量血压，为自己注射了胰岛素。他戴上老花镜，查看手机上的未接来电。他的手机已经颇有年头，显示屏只有蝉虫那么大，通讯录的设置方式复杂得让人抓狂，大概只有皇家理工通信专业的毕业生才能正确输入姓名和号码,所以他对于来电人的身份毫无头绪。他换了一副老花镜,仔仔细细地研究起手机屏幕,若干通未接来电都是以+46的区号开头的。只可能是他的孩子。他们肯定后悔没有去机场接他。他将手机放在一旁。手机仍然响个不停。手机铃声每响一次,他就感觉自己内心更强大了一些。孩子们的忐忑不安仿佛是他活着的证明。

  他翻了翻《魅力》杂志,又翻了翻丹麦版的《管家》期刊。时间指向两点整。时间指向五点整。电视屏幕上正在播放福彩抽奖以及《七点半来我家》——一档互相邀请朋友共进晚餐的真人秀节目。他的手机已经安静了很长一段时间。他刚要拿起来,看看电量是否充足,来电铃声响了。爸爸按下了接听键。喂?爸爸。电话那头是他孩子的声音。他不知道究竟是哪一个,两个孩子的声音实在太像了。电话那头的声音说,一切都还顺利吗?爸爸说,累。非常累。电话那头的声音说,我们有点担心。爸爸说,我的视力越来越差。脚也痛。我咳嗽得厉害,常常一咳就是一夜,根本睡不着觉。电话那头的声音说,听上去还挺麻烦的。不过你已经在办公室里安顿下来了吧?路上都还顺利吧?钥匙拿到了吧?爸爸说,我现在就在办公室。一切都还好。折腾是折腾了点,不过我还应付得来。电话那头的声音说,那就好。我这阶段在休陪产假,我们可以找个时间见面。爸爸这才意识到,电话那头的人是儿子,并非女儿。他含混地支吾了一声。爸爸决定出国的时候,是儿子接管了他的公寓。爸爸说,寄给我的信都在哪儿?儿子说,我把它们放在厨房桌子上了,就在纸条的下面。爸爸说,什么纸条?儿子说,你没看见我的留言吗?爸爸从沙发上站起身,走进厨房。

他找到了儿子写有"欢迎回家"字样的纸条,揉成一团塞进水槽下的垃圾桶,然后一封一封浏览六个月以来的信件。其中大多是税务局的通知和银行账单。有线电视公司来过一封信,询问他是否正在使用电视业务。维京游轮的广告上,大力推荐往返瑞典芬兰的廉价船票。彩票公司怂恿说,现在行动,就有机会成为百万富翁,或者拥有一辆全新的银灰色沃尔沃 V60。儿子说,你还在听吗?爸爸说,嗯。双方沉默了片刻。儿子说,要么,我们明天见个面?爸爸说,可以啊。儿子说,幼儿园明天放假,我和两个孩子都在家。我发短信告诉你时间和地点。爸爸说,不要发短信,还是打电话好了。他们挂断了电话。

办公室的厨房就像监狱一样。而且看管监狱的典狱长一定是那种让囚犯忍饥挨饿的类型。橱柜里放着几听豌豆罐头、一盒速溶麦片、一盒浓缩菠萝汁,以及三盒装的鲭鱼罐头。仅此而已。还好爸爸提醒过儿子买些食物。比如速溶咖啡、酸奶、牛奶、面包、水果。不然的话,爸爸必须要出门，在冰凉彻骨的路上（秋天回国的话）或是泥泞阴湿的路上（春天回国的话）步行至少十分钟，才能找到最近的超市。儿子买了小盒装，而非家庭装的牛奶。面包是粗粮制成的，包装上宣称其中没有添加任何糖分。速溶咖啡的包装盒小得可怜，爸爸在橱柜里找了半天才发现。爸爸叹了口气。他的儿子为何如此吝啬？能够帮助自己的父亲，他难道不觉得骄傲和自豪吗？他为何如此明确地表达出自己并不爱父亲？爸爸不知道答案。他只觉得悲哀，他们的关系居然沦落到这样的境地。

爸爸在杯子里倒上滚开的水，往里加了两勺速溶咖啡，又倒了一点牛奶，然后回到电视机前。大门外的名牌显示，儿子的头衔是一名审计顾问。一转眼，他从那所久负盛名的商学院毕业也已经过去好多年。他的办公室仍然一副破败寒碜的样子，好像毒品贩子的交易地点。真正的商务人士，办公室都会设在摩天大楼的最高层，拥有开阔的视野和宽敞的空间，配备身材性感迷人的秘书，桌子上放着最高档的胶囊咖啡机，冰箱里摆着各种口味的气泡水。可他的儿子从不理解这些装饰和摆设的意义。他用大量白色格纹书架填充了自己的办公室，就连文件夹和档案夹也是最为劣质的那种。茶几上堆满了廉价的咖啡杯，正中还有一块黑色的印记，或许是烟头留下的灼痕。办公室里充满了儿子失败的证据。房间的一角堆放着落满灰尘的调音台、塑料纸包裹的黑胶唱片机和装满黑胶唱片的蓝色盒子，那都是儿子梦想成为一名音乐家时置办下的。衣柜里塞满了登山鞋和攀岩绳，因为儿子曾笃信自己会成为一名攀登者和探险家。厨房里散落着软管、喷嘴、玻璃瓶，还有一支特殊的温度计——儿子一度想过创办属于自己的酿酒厂。

不过，办公室里最碍眼的还是书。它们简直像垃圾一样，堆得到处都是。书架早已不堪重负，客厅地板上也都是一摞一摞的，衣帽间里藏着好几袋，就连厨房窗台上和浴室的洗衣篮里都有。几乎没有一本是审计财会类的工具书，它们都是儿子做作家梦的牺牲品。其中包括葡萄牙散文，智利小说，美国人物传记，波兰诗歌，等等。爸爸叹了口气，将书堆逐一挪开。他的文学造诣虽然不深，但足以辨别哪些是经典，哪些是糟粕。而办公室里的这些书，完全可以用来烧火。它们从未进入任何一个畅销书的排行榜，也从未被改编成影视剧。爸爸对这些书完全无感。甚至，当他发现一本自己在年轻时读过并颇为喜爱的德国小说时，也没有勾起任何特别的回忆。他漠然地将书搁在一旁，继续寻找电视遥控器。

整个晚上，爸爸都躺在沙发上，不停地换频道：电视一台、电视二台、电视四台，间隔着也会试试本地频道和芬兰电视节目。手机铃声不时响起，他偶尔接听几通电话，大多数时候置之不理。他累了，他已经是垂死之人，他仍然看不清来电号码，不知道来电者的身份。他现在无暇交谈，因为《艾伦秀》正在讨论如何和前任成为好朋友的话题。

他的儿子已经迷失了自我，生活一团混乱。儿子总以为，在这世界上，不必全心全意地付出就能获得成功。他从不懂得，只有前期资金的足够投入才能赚回更多的钱。是有多蠢的公司才会聘用儿子这样的人？是怎样的傻瓜客户才会将财务报表寄到这么一个原始人洞穴，还指望得到专业建议？儿子怎么就这么窝囊呢？

夜深了。爸爸看完了电视四台的新闻，又开始研究起关于热带雨林里青蛙的纪录片。楼上不时传来邻居规律的鼾声。地板和墙壁的隔音都糟糕透顶，要不是对方已经酣然大睡，大概要因为他电视机震耳欲聋的音量而大动肝火。每次，隔壁邻居的门铃一响，他都会有冲出去开门的冲动。三楼的邻居是一伙瘾君子，这是爸爸亲眼所见的。他们有几次聚在楼梯间里，努力克制着双手的颤抖，哆哆嗦嗦地互相点火。隔壁的邻居靠卖淫为生——从她每天的工作时段，以及她不断响起的门铃声，爸爸几乎可以肯定自己的推断。

爸爸厌恶这个地方。他怀念自己以前的公寓。那所位于市中心的一居室被儿子接管后，儿子很快以高价转手，赚来的钱甚至都没和自己平分。爸爸不想待在这样一间破破烂烂的出租屋里，没有电梯，邻居要么是妓女，要么是瘾君子，要么鼾声如雷，几乎要把天花板震塌下来。他值得过更好的生活。他辛苦操劳了一辈子，绝不是为了沦落到如此的下场——凄惨地陷在沙发里，还是那种罩了层白色沙发套假装干净的沙发，再说了，沙发套也已经不是白色了。每次一睡上去，老化的弹簧就发出难听的嘎吱声。

*

身为爸爸的儿子终于联系上了他的爸爸。在打第十一次电话后，爸爸终于接听了手机。他已经到了办公室。一切都算顺利。儿子舒了口气。想到自己毫无必要的担心，他不由觉得自己有些好笑。他的手指轻快地在手机屏幕上敲击出一条短信，发送给需要安抚的家人：老鹰已经平安降落。妹妹回了一条：太好了。妈妈回了一条：一切顺利就好。

下午三点，他去幼儿园接四岁的女儿回家。收拾东西穿戴整齐，大概需要十五到四十五分钟不等。四岁的女儿喊道，谁都不许踩到石头缝！于是爸爸和女儿踮起脚尖走过广场；四岁的女儿喊道，谁都不许踩到小石子！于是爸爸和女儿在广场上跳来跳去，避开所有的砾石路面；四岁的女儿喊道，谁都不许踩到树叶！爸爸说，好了，我们走吧。只有在四岁的女儿突然发脾气的时候，回家的路程才会变得格外漫长，甚至要耽搁一个半小时之久。她在地铁桥上停下脚步，紧紧抓住桥栏杆。她扯开嗓门大喊大叫：你们这群坏蛋！我讨厌你们！你们谁都不许来我的生日派对！爸爸表现出极大的耐心。他对来往行人报以微笑。他想到女朋友发给他的那条短视频：专家建议说，在孩子发脾气的时候要保持冷静、淡定、不焦不躁。他想象着愤怒如同波浪般漫过他的身体，却无法将他摧毁和淹没。他想象自己周围拥有一个强大气场，四岁的女儿丝毫无法撼动。爸爸递给婴儿车里的一岁儿子一只水果。他掏出手机，假装看得很专心，似乎做好了在这里耗上二十分钟的准备，与此同时，四岁的女儿不断大吼大叫，骂骂咧咧，一切都在她的骂声中渐行渐远：邻居、幼儿园老师、小朋友父母、退休的老夫妇、遛狗的路人。眼泪顺着四岁女儿的脸颊缓缓流下。一岁的儿子一脸困惑，并不清楚发生了什么事情。爸爸继续等待着。他又等了一会儿，然后第五次做出往家走的姿态，试图用电视和零食诱惑女儿回去。但他很难表现出自然而然的模样，因为不知道哪扇窗户后就藏着一张熟悉的面孔：呼啸而过的汽车里坐着的，或许是以前的同事，或许是前任女友，或许是客户，或许是邻居，或许是社工，他们都在虎视眈眈地注视着他的一举一动，想要看看他如何处理这场危机。

最后，爸爸拎起四岁女儿的连体服，将她夹在胳膊下面，不由分说地往家的方向走去。他能感到无数道质疑和诘问的目光，热辣辣地刺在脊背上。四岁的女儿哭一阵笑一阵，最后只剩下哭。那是撕心裂肺的号啕大哭，哭声在林立的高楼间久久激荡，招来路人的驻足侧目。他们碰见两个邻居，四岁的女儿嚷嚷起来：你弄痛我了，爸爸！好痛！爸爸努力装出无所谓的样子，尴尬地冲邻居笑了笑。他想要模仿那种地铁里常见的爸爸：当孩子开始厉声尖叫时，向别的爸爸使一个眼色的爸爸；当孩子胡搅蛮缠时，无奈地耸耸肩，轻而易举地化解矛盾，一脸若无其事的爸爸。他们和他不同，他们绝不会有逃离地铁车厢的冲动，他们不在乎其他人的目光，也不会做出任何伤害孩子的行为。他们知道，孩子毕竟还小，孩子难免会发脾气，这是孩子需要大人的信号。

他们五点吃晚饭，妈妈五点半赶回家，抱歉地解释说都是因为红线地铁晚点的缘故。他说，这可真不多见。下次要是你早点下班，说不定就能准时回家吃晚饭。她说，好吧。就算你窝了一肚子火，可你能别这么阴阳怪调地说话吗？他说，我一点也没生气。我只是觉得很郁闷，每天这么接送孩子，买菜做饭，然后你总是晚半个小时回家，还……她打断他的话头，说，亲爱的。坐下吃饭吧。深呼吸。等孩子们睡了我们再聊。你做了什么好吃的？爸爸说，没什么，都是剩饭剩菜。

一岁的儿子坐在宝宝餐椅上自己吃，拒绝别人喂饭。

他每次都要两把勺子，一把用来往嘴里塞吃的，另一把用来敲桌子、砸地板、直指天花板。他先吃了两根水煮有机胡萝卜，然后是一碗玉米、意大利肉酱面，最后是一只或两只水果。他最喜欢吃橘子，橘子必须切成小块，因为妈妈说橘子瓣和香肠块一样，容易引起呛咳和窒息。一岁的儿子吃饱后，将所有东西都扔在地板上：吃剩的水果、意大利面、肉酱和水杯里漏出的水混在一起，成为黏稠的一团。一般情况下，四岁的女儿已经能娴熟地自己吃饭。除非她在幼儿园里玩累了。最近几天，她从幼儿园回家后一直嚷嚷着没劲，撒娇要大人喂饭。她叽叽喳喳说个不停：塞克斯滕说，不敢爬房顶的人都是胆小鬼；安妮刚过了五岁生日；布的名字是全班最短的，只有一个字。一个字！四岁的女儿像发现新大陆一样，得意地摇头晃脑。爸爸说，的确很短。说归说，你别忘了吃饭。四岁的女儿说，我在吃饭嘛。然后将脸埋在餐盘里。爸爸和妈妈相互对视了一眼，试图开始聊属于自己的话题。她说起自己的一个同事，刚刚继承了一条狗……

一岁的儿子突然伸出手，啪嗒一声打翻了桌上的冷水瓶。爸爸站起身去拿抹布，四岁的女儿身子一歪，从椅子上摔了下去。妈妈赶紧将她拉起来。爸爸蹲下身，擦干了地板上的水渍和肉酱泥。一岁的儿子将湿漉漉的手在爸爸的头发上擦来擦去。妈妈刚想回到继承狗的同事的话题，四岁的女儿开始学公鸡打鸣，连声怪叫喔喔喔。妈妈让她好好吃饭，别胡闹。四岁的女儿说，妈妈讨厌，不许妈妈参加她的生日派对。妈妈说，哎，刚才我们说到哪儿了。她再一次提到那个名叫塞巴斯蒂安的同事继承了一条狗，与此同时，四岁的女儿开始唱圣诞老人之歌，一岁的儿子发现自己衣服上全是冷掉的肉酱，尖声大叫起来。

一顿晚饭整整吃了四十五分钟，结束后的厨房仿佛狼藉不堪的战场，爸爸和妈妈从头到尾只说了半句话。假如换一个时间，换一个地点，换一个场景，他们大概能对这团混乱付之一笑。他们会摇摇头说：我们六十五岁了，我们在纽约，我们刚在布鲁克林博物馆听完一场露天音乐会，现在我们要穿过展望公园往家走了；我们七十岁了，几周前飞往安达卢西亚进行一场主题之旅。我们的瑞典语导游和当地一名西班牙人结了婚。我们乘坐旅游大巴玩了一大圈，后来干脆脱团自助游；我们八十岁，正在挪威北部登山，其实也不能称为山，顶多就是一座小山丘，我们推着助步车就能登顶。不过我们毕竟是成功了，还在山间小木屋里喝啤酒。我们年纪虽然大了，但离死还远着呢。我们的人生还在继续，等到弥留之际回顾往昔岁月时，我们不希望留下任何遗憾。一岁的儿子从水槽上拿了一瓶酱油。妈妈说，别往地上扔！爸爸说，别扔别扔别扔。一岁的儿子将酱油瓶拿在手里晃来晃去。他看了看四岁的姐姐。他看了看爸爸妈妈。他嘻嘻一笑，将酱油瓶狠狠摔在地上。

他们分头执行固定的睡前流程。一个人负责为一岁的儿子换尿布、穿睡衣、喂麦片粥、刷牙。另一个人负责为四岁的女儿做差不多的事。他们互相说，但愿一切顺利，忙完之后再聊。然后一个人走向他们卧室大床旁的婴儿床，另一个人走向儿童房里的双层床。四岁的女儿睡在下铺，上铺俨然成为一个仓储中心：磨旧的玩具汽车轨道；摇摇欲坠的塑料飞机；经典的摇摇木马——做工倒是考究，可就是容易卡到脚趾；还有一堆不知道该收纳在哪里的杂物：坏掉的天文望远镜、三只儿童背包、圣诞老人的服装、穿小了的衣服、从幼儿园拿回的画作——本应用画框镶起来防止污损的三克朗和四克朗面值的玩具纸币——那是幼儿园老师送给四岁女儿的生日礼物。哄睡通常需要花上半小时到一个半小时。他们需要为孩子读睡前故事，需要为孩子掖好被角，需要抱着孩子摇晃，需要向孩子说晚安，在他们额头或脸颊上亲一亲，轻手轻脚地溜出去。然后，他们被孩子们召唤回去，为孩子倒水，带孩子去撒尿，最后其中一个先睡着了，另一个也睡着了。一岁的儿子坐在自己的婴儿床里，好奇地打量着睡在地毯上的妈妈；四岁的女儿爬过睡在旁边的爸爸，光着脚去客厅溜达一圈。

不过最后的最后，七点到八点之间的某一时刻，两个孩子终究会进入梦乡。直到那时，父母才算拥有了属于自己的时间。他们说，我们泡杯茶聊聊天吧。然后走进厨房开始吵架。

他们争吵的话题无所不包：昨晚其中一个比另一个多睡了一个小时；妈妈坚持让孩子多吃有机食品，尝试减少他们在肉类、奶类、糖类和麸质食物方面的摄入，因此一直遭到诟病；爸爸有责任赚钱养家，支付所有的账单。妈妈说，但现实情况是，我才是那个赚钱养家的人吧？爸爸说，也不尽然。再说我不是正在休陪产假嘛。妈妈说，我可是全职上班的。或者说，我尽量做到全职，不过很难，因为我同时还要兼顾清洁浴室，洗衣、烘干、分类、折叠。周末我还要做饭，给孩子剪指甲，我……爸爸说，可我也负责扫地吸尘，筹备生日派对，更新无线网络。她说，更新无线网络有什么麻烦的？他说，我还清理浴室的下水道，起夜照顾孩子的次数也比你多。她说，你到底想要我说什么？然后她瞥了一眼手机，看看他们还剩下多少聊天时间。他说，至少说一句谢谢吧。她说，谢谢。我他妈的太谢谢你更新无线网络了，谢谢你清理下水道。可我还是不理解，你就那么需要别人赞美吗？我们共同撑起了这个家。我们相互帮助，相互支持。可你连用洗碗机都要和我念叨个没完。他说，所以呢？她说，我不知道你到底想要我怎么做。他说，说声谢谢。她说，这容易。谢谢，谢谢，谢谢，谢谢，谢谢，谢谢，谢谢，谢谢，谢谢，谢谢，谢谢，

谢谢，谢谢，谢谢，谢谢！

　　一岁的儿子被吵醒了。他们面面相觑，仿佛面临一场决斗。但现实并没有想象中的剑拔弩张。他说，我去吧。她说，不，还是我去吧。他说，算了，你要去的话，他大概永远都睡不着了。他说完，径直走向卧室。他发出轻轻的嘘声，安抚一岁儿子的情绪。他用手指抚摸他的额头。他在他耳边柔声说道，现在还没到早上。一岁的儿子噌地一下坐起来，扯开嗓子大喊大叫。每次，爸爸试图将他摁回床上时，他都像触到火山熔岩般拼命反抗。最后，他总算躺了下去。他扯着嗓子喊了整整一刻钟。在此期间，爸爸满脑子想的都是隔壁的邻居。他们听见喊叫声了吗？他们认为都是我们的错吗？他们觉得我们是一对不合格的父母吗？他们现在还拿着红酒杯坐在墙边，饶有兴趣地听着我们的孩子大吼大叫吗？他们会不会考虑联系社工？爸爸离开了卧室。他仿佛忍者般蹑手蹑脚，哪怕不慎踩在乐高上也坚决不吭一声。他走得悄无声息，娴熟地避开地板上每一块会嘎吱作响的木条。

　　到九点半左右，一岁的儿子统共醒了四次。十点左右，妈妈和爸爸才终于睡下。十一点，一岁的儿子醒了，喝了麦片粥；凌晨一点，四岁的女儿醒了，嘟囔着要喝水，要吃香蕉；两点，一岁的儿子醒了，牙疼似的不停用手拍着腮帮；两点半，扑热息痛终于起效，一岁的儿子又睡了；三点，四岁的女儿醒了,说自己害怕窗帘后面有蛇;四点一刻,一岁的儿子醒了,表示要吃早餐,读故事,拉粑粑,又推着助步车在房间里兜了一圈。四点半,一岁儿子发出的动静把四岁的女儿吵醒了。新的一天开始了。然后又是一天。

碎片式睡眠的间隙里,爸爸躺在床上,听着风穿过阳台栏杆的呼啸声。他闭着眼睛,可怎么也睡不着。女朋友睡在沙发上。爸爸已经不记得他们最近一次同床共枕是什么时候。他胸中涌起一股无处安放的愤怒。孩子醒着的时候,他的耐心只能维持半个小时,最多一个小时。然后,他有冲动将枕头捂在四岁女儿的脸上。他有冲动将一岁儿子扔到墙上。但他克制住了。他当然能够克制得住。他不会允许自己沦为一个糟糕的父亲。他轻轻抓住一岁儿子胖乎乎的大腿,努力将他摁回床上;他用手罩住他,在床边单脚跳着,以此扰乱尖锐的啼哭声;他哼唱起那首该死的精灵之歌,一遍,十遍,三十遍;他试过毫无起伏的声调,他试过喁喁细语般的口吻,他试过改编成说唱的方式,他甚至用摇滚的嗓音嘶吼过,试图掩盖震耳欲聋的哭声。一岁的儿子挺直了身体,哭得惊天动地。他挣脱开爸爸的控制,脖子上全都是汗。他哭得歇斯底里,就好像受到了严重的生命威胁。

爸爸恨不得将他拖进厨房,拧亮吊灯,煮上一壶茶,拿出一盒巧克力威化,循循善诱地同他解释:喂,喂?你在听吗？你他妈的现在该去睡觉了。这不是闹着玩的。我是讲真的。你要知道，我们已经尽力了。我们遵循了权威育儿指南的所有建议：我们制订了一系列的睡前流程；晚餐严格避开容易胀气的豌豆；临睡前的一顿准备了有机麦片粥；我们充满童趣地向路灯和汽车挥手道了晚安；我们帮你认真刷了牙；我们耐心阅读了睡前故事；我们特意添置了柔光的夜灯，播放了轻柔的催眠音乐；你一哭，我们就抱你，直到你情绪稳定了才放你下来。但我们所付出的这一切必须建立在你有所回馈的基础上。你不能继续这样下去，每天晚上醒个十几次。作为父母，我们已经尽到了责任。你能向我保证吗，从今往后努力表现得好一点？拿出自己最大的诚意来回应我们的辛劳？但现实是，爸爸并没有离开卧室，而是通过模仿各种声响试图哄一岁的儿子入睡。先是海浪声，接着是低沉的嗡嗡声，然后又是海浪声。但儿子仍然哭闹不休，海浪声于是渐渐升级为一场海啸。任凭谁听了这个声音都会感到恐惧，不过对于一岁儿子的歇斯底里胡搅蛮缠大哭大闹，海啸偶尔会有震慑作用。当然，大多数时候是毫无效果的，一岁的儿子只会因为爸爸的怒吼而倍加惊恐，至少要二十分钟才能平静下来。他终于睡着的时候，爸爸已经是大汗淋漓。他目光呆滞地在原地愣了几分钟，然后才疲倦地回到自己的床上，强迫自己继续睡觉。

近些天来，他梦中的场景总是在不同的公园内切换。他摇晃一岁的儿子荡秋千，一岁的儿子突然呕吐，爸爸没带湿纸巾，只能用一岁儿子的围兜去擦。这个梦到此就结束了。在另一个梦里，他们正在玩沙子。沙坑里只有他们俩。时间一分一秒地过去。一岁的儿子抓起一把沙子，装进小桶里，接着将小桶倒扣过来，把沙子倒得干干净净。然后他又抓起沙子装进小桶。一只小鸟落在沙坑边，静静注视着他们。小鸟缩了缩脑袋，似乎在对爸爸表示同情，又似乎感到冷漠和厌倦。一岁的儿子丝毫没有注意到小鸟，他正忙着往桶里装沙子，倒沙子。突然，他整张脸涨得通红，呼吸也开始急促。剩下的梦里，爸爸慌乱地跑来跑去，仿佛在人头攒动的超市里，又仿佛在大学校舍纵深的走廊里，四处寻找一个带尿布台的厕所。

最近几天，他已经渐渐混淆了梦境和现实的界限，几乎要沦陷在梦的疯狂之中。在梦里，他对自己说，你不能这么下去，你要挣脱出来。现在就从沙坑里站起来，走到大街上，去红绿灯的路口拦停一辆出租车，驶往最近的一家日间营业的脱衣舞俱乐部。瑞典有日间营业的脱衣舞俱乐部吗？你是在做梦啊，你这个傻瓜，梦里的一切都是可能的！他自问自答。对啊，他这样想着，整个人却仍然坐在沙坑里。一岁的儿子往嘴里塞了点沙子，爸爸将沙子从他嘴里抠出来，然后说：不要吃沙子。儿子又往嘴里塞了点沙子。爸爸将沙子抠了出来，然后说，不要吃沙子。爸爸已经疲倦到了极点，可不知为什么就是睡不着。后来他终于睡了。十分钟后，一岁的儿子醒了。

*

身为爸爸的爷爷仍然躺在沙发里。他的肌肉已经开始萎缩，他的脊椎骨已经无法负担他躯体的重量。尽管他已经尽量减少步行的次数，双脚的痛感却越来越强烈，由于脚痛的元凶是无法治愈的糖尿病，因此这一恶化过程无法逆转。严重酸化的血液摧毁了足部的神经。他的身体由内而外地腐化衰败下去，他很快将不久于人世。但最令他困扰的还是视力。一开始，他的双眼还能正常工作。他看见电视四台的大胡子主持人预告，接下来将会播放《犯罪代码：失踪现场》，然后依次是《虎胆龙威》和《虎胆龙威2》。爸爸的嘴角扬起了微笑，在他看来，《虎胆龙威》系列是全世界最棒的电影，尤其是第二部。

《犯罪代码：失踪现场》开始了，他一侧的视线突然变得模糊起来。他不得不眯起眼睛才能聚焦。他看不清逡巡于教堂墓园雪地之中的，究竟是一个男人、一个女人，还是一头驼鹿。他听见说话声；互相用英语交谈的警察；一辆发动引擎的汽车；另两辆疾驰而过的汽车；孩子们的欢笑声；来源不明的嘎吱声——或许来自摇晃的秋千，或许来自缺少机油润滑的自行车；一声枪响；两声枪响；急促的脚步声；节奏紧凑的音乐声。他听见他的前妻说，好在只是短暂的袭击；他的孩子说，一切只是他的臆想；港口的男孩自称是女儿生前最后的目击者，但拒绝接受酬金；女儿起初没认出他来，在认出他后开始没命地奔逃；她的妈妈说：你没有权力跟踪我的女儿。他必须让视力恢复正常。他的孩子有义不容辞的责任。他们可以在网上帮他预约全身的核磁共振扫描，以找到症结。肯定有哪里出了问题。他能敏锐地察觉到异样，却说不清楚究竟是哪儿不对。插播广告的时候，他的视线又清晰了起来。灰色的模糊团雾逐渐呈现出彩色的清晰轮廓。《虎胆龙威》就要开始了。爸爸沉沉地睡了，嘴角还挂着满足的微笑。

III 星期五

星期五一大早,身为妈妈的女朋友七点二十就到了办公室,她在一家工会下属机构内担任律师。秘书九点钟进来的时候,她已经写完二十封邮件,整理完地方法院一起诉讼的卷宗,准备好今天早晨的第一场见面。约定的时间到了,客户迟迟没有出现,她于是请秘书打电话询问情况。接电话的是客户的爸爸。他说,我们到了,不过没进去。她反悔了。身为妈妈的律师说,我这就下去。女孩低着头坐在公园的长椅上,散落下的头发遮住了面孔。女孩的爸爸问,你是谁?律师答道,你们的代理律师。爸爸说,你的声音和电话里的不一样。律师在公园长椅上坐下。她清了清嗓子,说自己非常理解女孩的纠结。换作是谁都会害怕。她向前倾了倾身子,小声说道:"可是,如果我们不揭发这帮混蛋,他们还会继续作恶下去的。我们不应坐视不管。我们要勇敢地站出来，将他们绳之以法，将他们一网打尽，你明白吗？法庭上将会是一场血腥屠杀，我发誓，我将同你一起浴血奋战。相信我。"女孩一脸困惑。她说，你的口气不像我印象中那种辩护律师。律师笑了。她说，我是工会律师。但我不是普通的工会律师。

在通往办公室的电梯里，身为妈妈的律师介绍了自己的背景情况，以及为了让自己顺利完成学业，获得现在这份工作，父母所付出的奋斗和辛劳。她说，刚毕业的时候，我很担心周遭人的眼光，但现在我已经不在乎了。女孩说，你刚才说，你打算怎样对付他们？律师说，一网打尽，绝不宽容，绝不仁慈。他们都该去死。女孩笑了。女孩爸爸的脸上流露出担忧的神情。

在房门紧锁的办公室里，女孩开始了讲述：这份工作是爸爸介绍的，他曾为公司订过这家餐馆的外卖服务，因此在网站主页上看到了他们的招聘信息。她从十五岁起就在那里打工了。第一个暑假时，她还是一名洗碗工，到了秋天，就已经能帮着摆盘备餐了。经营餐馆的是一对兄弟。其中一个态度和善，为人正直；另一个的态度也很殷勤，只不过殷勤中掺杂了暧昧和算计。他对她的称赞充满了溢美之词，他说她有如太阳般明媚，仿佛夏日草地般清新，她的出现总能令他眼前一亮，内心洋溢着喜悦。爸爸说，的确是这样。接受赞美总无可厚非吧？一天晚上，老板拦住了她，问她是否愿意跟他去办公室，在遭到她的拒绝后，他哈哈大笑起来，问她难道没听出来自己在开玩笑吗？爸爸说，不能排除这种可能。他少说也有五十岁了吧？还有一次，老板伸出大拇指，蘸了蘸自己的唾沫，擦去了她嘴角根本不存在的巧克力渍。爸爸说，他也是好心吧？他总不愿意别人看了嘲笑你脸没洗干净吧。女儿说，我当时刚上班，况且我也没吃过巧克力。正式入职后没多久，她就听说了老板的评分系统。他会根据所谓的"可操性"对所有员工进行排名：男人和女人，服务生和领座员，一个都不放过。爸爸说，做什么工作都要忍耐着点嘛。但他说这话时明显底气不足。一个星期六的晚上，老板问她是否愿意跟他回家。

没过几天，他将她召进办公室，直截了当地说自己之所以会雇她，只是因为想和她上床。他说自己爱她，并承诺她升职和加薪，他说自己从未对其他人有过这种感觉。他锁上了门，拉下了百叶窗。爸爸从椅子上站起身，径直走到窗前，却始终没有打开。事后，老板开始散播关于她的谣言，他绘声绘色地描述种种亲密的细节，他坚称是她主动迎上来，央求和他发生关系。爸爸又坐了回去。他低头看着地板。他紧紧攥住椅子的扶手。她曾经提出抗议，因此挨了老板一脚。直到十个月后，她才听到传闻说，同一家餐馆的其他女孩遭受过比这更屈辱的对待。于是她决定联系工会。

女孩讲完后，工会律师递给她一块手帕。女儿摇了摇头。爸爸接过手帕。女儿问，你觉得我们能胜诉吗？工会律师说，我们会碾压他们。说完，她露出一个鼓励的微笑。爸爸说，你怎么不问问他们是不是移民？律师说，这和案情无关。爸爸说，对我来说，关系大了去了。当然，不仅仅是我，是我们。对吧，亲爱的？女孩没有吭声。爸爸说，他们就是移民。这点也不意外吧？女孩仍然没有吭声。爸爸叹了口气。这该死的国家。我们究竟要到什么时候才能清醒地意识到，我们正在摧毁属于自己的这片土地呢？工会律师咽了口唾沫，沉默不语。她给了女孩一个拥抱，安慰她说一切都会过去，你是无与伦比的，你是主宰自己的女王，你会战胜丑陋和邪恶，我们两个必将携手对抗这个世界的不完美，你懂吗？我们是太阳，而他们是乌云。乌云终将散去，不是吗？但我们还会继续闪耀。你能答应我吗？女孩点点头。爸爸和女儿离开了办公室。

身为妈妈的工会律师和塞巴斯蒂安一起早早地吃了中饭。每天早晨，他们总是最早到的两个。她因为家里有孩子，反正也要早起；他每天四点半起床，从郊区一路骑车到办公室。服务生猜测塞巴斯蒂安吃鱼，她吃蔬菜，并且得到他俩的认可。他们无所不谈，话题从窗台上的鸢尾，到塞巴斯蒂安的女儿试养的梗犬——她决定给他起个意大利语名字，乌格里诺——到护发素的种类，到酱汁的选择——加了辣椒味道总不会差。塞巴斯蒂安结了账。一开始，她坚持每两顿饭，至少每三顿饭，由自己结一次账。可塞巴斯蒂安的反应就好像遭到了侵犯和侮辱一样，她也只得作罢。服务生替他们拉开餐馆大门，迎面而来的风将塞巴斯蒂安的头发吹得飞扬乱舞。塞巴斯蒂安和往常一样，礼貌地示意她先走。还好他年纪大了，婚姻美满，还好他头发稀疏，皮肤不再泛出古铜色的光泽，因为有一次，他带着标志性的微笑走进办公室销假的时候，她内心突然感到一阵不安：时隔许久再见到他时，自己是多么快乐。

她回到办公室，打开手机，看见男朋友发来的五条短信。确切说是五张照片，没有文字。一岁的儿子和四岁的女儿站在自动扶梯边，手拉着手，一脸憧憬的模样；他们在室内游乐场的蹦床上努力保持平衡；他们在哈哈镜前做出各种鬼脸；孩子们和爸爸各拿了一只压扁的塑料球，笑得满脸灿烂。他们喜欢和彼此待在一起。没有她，他们过得也很好。她努力想要摆脱这种不愉快的感受。最后一张照片里，四个人站在刷成红色的衣帽间内。最左边是孩子的爷爷，中间是四岁的女儿，她的男朋友抱着一岁的儿子站在最右边。大家的脸上都带着微笑。细看之下，四岁的女儿在做鬼脸；一岁的儿子微微别过脑袋；爷爷皱紧了眉头；只有男朋友在笑，或者说，努力挤出笑容。拍照的人站的距离稍有些远，可以看见右侧一排长长的金属柜，还有左侧两名路人的背影。

*

一个星期五的上午，身为爸爸的儿子看了看牌子上的温馨提示：*门铃按一次即可，请耐心等待。*"一次"这两个字特意用粗体显示，还加了下划线。爸爸按了一次门铃，然后陷入了等待。四岁的女儿自告奋勇地跑在前面，结果被有机玻璃门挡住了去路。一岁的儿子被困在婴儿背带里，露在外面的两条腿不停晃来晃去。门外空荡荡的。爸爸掏出手机，虽然明知道距离开门时间已经过了一刻钟，还是装模作样地看了看显示屏。四岁的女儿说，这儿一个人也没有。一岁的儿子发出"咕咕"的怪叫。爸爸说，他们应该已经开门了才对。他故意提高了嗓门，想要引起里面工作人员的注意，提醒他们可能面临失去潜在顾客的风险。没有人来开门。柜台上竖着另一块温馨提示牌，上面写着婴儿手推车、鞋子和外带食物一律不许入内。这些规定他早已了然于心。他还知道，他们总共在城里开了七家连锁店，第一家门店五年半以前成立的，最新的一家分店是去年夏天开张的；他知道加拿大籍的创始人用自己孙子的名字作为店名；他知道两岁以上的儿童票价格是179瑞典克朗，两岁以下的儿童免票入场，前提是需要加入他们的儿童俱乐部——当然是免费加入，父母只需要出示证件，登记个人信息和家庭住址即可；他还知道他们目前只开放了四分之一的场地。这些信息都是他出发前在网上查好的，他确定了到达此处的最优路线，准备好了奶瓶、餐盒和换洗衣服，同时还用密封袋装好了纸尿裤、湿纸巾和防潮垫。有了防潮垫，几乎所有地方都可以用来换纸尿裤，最近一个月，他几乎尝试过了所有的可能：图书馆的地板上；汽车的副驾驶座位上；游乐场里木城堡的屋顶上；一个朋友的二手公寓外的楼梯间里——那个朋友住在斯德哥尔摩西南部的谢托尔普，本来应该到家的，因为有事耽搁了片刻。

他们为什么不出来开门？四岁的女儿问。爸爸说，我不知道。四岁的女儿说，他们死了吗？爸爸说，不会吧。四岁的女儿说，里奥的外公就死了。说完一声不吭地站着。爸爸犹豫着是否再按一次门铃。可牌子上特别注明了门铃只按一次即可。他只能站在门外，等着里面的工作人员出来开门。四岁的女儿突然开口说，蜗牛就不会死。两个妈妈——或是一个妈妈和她的女伴——带着一个小孩子走了过来。她们排在他身后，用询问的目光看了看他。爸爸耸耸肩，朝牌子的方向努努嘴。其中一个妈妈——或是女伴——凑上前去按了一次门铃，然后又接连按了两次。

赶来开门的小伙子一副不急不忙的从容模样，他微笑着欢迎大家的到来。他按照爸爸提供的信息，帮助一岁儿子注册成为儿童俱乐部的会员，然后介绍说场地内共设有12个滑梯，9个攀爬架，专为婴幼儿准备的海洋球，最内侧的右侧区域是足球和篮球的混合运动场。爸爸想解释说，刚才按好几次门铃的人不是自己，但他忍住没说出口。负责收银的小伙子将收据递给他，提醒爸爸别忘记自己的信用卡。爸爸说，多谢提醒，我的确容易忘。爸爸将收据放进钱包。离开收银台的时候，他不禁疑惑自己为何要说出"的确容易忘"这样的话——他从十八岁起就开始使用信用卡了，印象中自己一次都没忘过。

游乐场被涂成大片大片的紫色、黄色和红色，坚硬和尖锐的地方都裹上了厚厚的泡沫海绵，地板铺上了柔软的地垫，游戏区和休息区用软网隔开，家长和孩子能够随时看到彼此。四岁的女儿顺着绳梯爬上二层，跳过柔软的路锥障碍，抓住滑索荡到另一头，然后从黄色的管道滑梯里滑了下去。一岁的儿子心满意足地坐在海洋球里，嘴里发出哼哼唧唧的声音，他肯定发现了什么：要么是有人在吃橘子，要么是有人在玩手电筒。他哼哼唧唧的意思是：我也想要，我也要玩，那就是我这辈子目前为止梦寐以求的东西。

爸爸陪着一岁的儿子坐在地板上。爸爸必须确保自己寸步不离。他享受这样的亲子时光，亲力亲为地陪伴两个孩子嬉戏玩耍。他拿出手机拍了几张照片，通过短信发给自己的女朋友；然后他看了看爸爸是否回了消息；然后他将手机放回口袋，继续陪伴孩子；然后他又拿出手机，浏览了日间新闻的大标题；然后他将手机放在一旁；然后他拿起手机，浏览了晚间新闻的大标题，接着是文化版，娱乐八卦版；然后他又将手机放在一旁；然后他又拿起手机，看了看社交媒体上的消息；然后他再次将手机放在一旁。他必须全心全意地陪伴孩子，他不能三心二意。四岁的女儿拿起两块巨大的海绵积木，抱着它们从滑梯上一起滑了下去。一岁的儿子一手抓着一只塑料球，相互碰来碰去。爸爸偷偷地塞上一侧的耳塞，眼前赫然浮现出非裔美国喜剧大师理查德·普瑞尔的形象：他调侃那些在公共场合没完没了拍照的人（你们该不是在拍电影吧？）；他开玩笑说，白人刚去了趟厕所，回来就发现自己的位置被黑人占了（老天哪！）；他模仿自己家的两只宠物猴交配的声音，以及宠物猴死后，牧羊犬安慰他的吠叫；他号称自己凭借一己之力，就能抽掉整个秘鲁生产的烟草。尽管爸爸对这些段子早已耳熟能详，他还是坐在海洋球里，内心狂笑不止。

　　他觉得自己是个好爸爸。不管怎么说，和约定好十点见面，到现在还没出现的爸爸相比，自己要称职一千倍都不止。对，他是个当仁不让的好爸爸。毋庸置疑。可惜的是，大家并不了解这一点。而现在，爸爸觉得很幸福：一岁的儿子将塑料球扔来扔去，四岁的女儿把泡沫骰子推下滑梯。耳机里普瑞尔无奈地说，由于前妻死活不肯离开，他只好忍痛开枪射穿了自己汽车的轮胎，然后模仿起轮胎瘪掉的漏气声。为了这幸福的一刻，所有付出都是值得的。

两个孩子早晨五点醒来时，是他爬起来照顾他们。他做了早餐，换了纸尿裤，给他们喂了"月光之饮"——那是他的外婆最喜欢的饮品，由热水、牛奶和蜂蜜调和而成。但由于他的女朋友担心两个孩子摄入太多糖分，配料中的蜂蜜被去掉了，只剩下热水和牛奶；又由于他的女朋友在杂志上读到，普通牛奶可能是某些癌症的潜在诱因，"月光之饮"最终成为热水和燕麦奶的混合物，分装在两个孩子各自的奶瓶中。女儿已经超过了用奶瓶喝水的年龄，而儿子还没到可以喝"月光之饮"的年龄，但因为女儿赖着不肯长大，儿子又急着想要长大，所以每天早晨就这样开始了。女朋友起床的时候，两个孩子已经穿戴整齐，她的柠檬水和小米粥也已经放在桌上。他从洗碗机里拿出洗净沥干的碗碟。他想，之所以能够做到这些，是因为自己是一个好男人，好男人就应该这么做，这是再自然不过的了。可事实上，他所做的任何一件事都不是自然之举。但凡他做了什么，他心里总会思忖自己应该受到怎样的嘉奖和表扬。光是清空洗碗机这件事，他就给自己一个大大的赞美。他拼命压抑住心底持续翻涌的低语，那低沉的声音在喃喃诉说：他是多么憎恨这种生活，如今的日子从未有过的枯燥乏味，他唯一的冲动就是起身走人。不管不顾地消失，彻底远离这一切。

但当他几乎快被海洋球淹没时，他仍能感到内心的喜悦和感恩。他是幸福的。这就是所谓的黄金岁月。当孩子们长大离开家后，他会由衷地怀念和留恋。时间一分一秒过去。他们是十点一刻到的，现在已经是十一点二十。扔球。接球。扔球。接球。换纸尿裤。擦口水。扔球。接球。扔球。接球。他仿佛一个溺水之人，唯一能抓住的救命稻草就是普瑞尔的声音，他正在回忆自己在点篝火时不慎烧伤，然后因祸得福地度过了人生中最惬意的一段时光——躺在医院病床上无所事事。

四岁的女儿夹紧双腿扭来扭去。爸爸大声问，亲爱的，你想要尿尿吗？四岁的女儿大声答道，不想。一岁的儿子爬到三面巨大的哈哈镜前。他看到镜子里变形的自己，哈哈大笑起来，仅有的四颗牙齿泛着白光。他身穿一件浅蓝色的套头衫，因为流口水的缘故，领口的一圈变成了深蓝色。爸爸对女儿说，你真的不要尿尿吗？四岁的女儿说，真的不要。

爸爸继续坐在海洋球里。刚才的那两个妈妈——或是一个妈妈和她的女伴——带着女儿走了过来。爸爸将头扭向一旁，耳塞顺势滑落下来。他在头脑中飞快地做了比较：

从可爱程度、发育情况、牙齿、服装等方面对自己的儿子和对方的女儿进行打分。基本情况如下：对方的女儿在可爱程度上略胜一筹，但他儿子的脑袋更大，这是智慧度更高的象征；对方的女儿在着装打扮上更时髦，搭配得也更协调，但他儿子的衣服看着更新，实用性也更强；对方的女儿笑容更甜美，但他儿子的头发更浓密；对方的女儿已经能自己摇摇晃晃地走上几步了，但他儿子的爬行姿势更为娴熟，而且扶着助步车走得更快。最后得出的结论是旗鼓相当，难分伯仲。

爸爸朝那两个妈妈——或是一个妈妈和她的女伴——笑了笑，她们也报以礼貌的微笑。他太熟悉她们的眼神了。她们肯定认为他是个好爸爸，好爸爸都遵循同一个模板：每天早早起床；带孩子去游乐园玩；为孩子擦屎擦尿，换纸尿裤；收拾散落一地的乐高、橡皮泥、小汽车、毛绒玩具；找到孩子乱扔的手套、帽子、围巾、袜子，整整齐齐地放进塑料收纳盒中。好爸爸会俯下身子或蹲在地上平视孩子的目光，他们从不会骂人或说脏话，他们教育孩子，生命中最重要的事情就是学会永不放弃，无论发生什么，都不要说我不行，我做不到。只要坚持，坚持，再坚持，一切皆有可能。这也是爸爸反复对四岁女儿说的，知道了吗？四岁女儿用大人的口吻，拖长了尾音说，知——道——啦。爸爸说，我是说真的。他鼓励女儿和自己来一场摔跤比赛。他们抱在一起,在客厅里滚来滚去,女儿明显落了下风,爸爸捉住她的双手,亲亲她的脸蛋,又挠挠她的胳肢窝。一岁的儿子在一旁看着,开始还有些迷惑,接着就笑了起来。爸爸喊,认输吧。女儿喊,好吧。爸爸喊,怎么能说认输就认输呢,你不应该轻易放弃的。女儿说,是你让我认输的。爸爸说,我是这么说了,可你不该就此服输啊……你还记得吗?我说过无论做什么事,永远都不要放弃?摔跤比赛按下了暂停键。女儿沉思了片刻。爸爸说,你还记得我常说的话吗?女儿喊,永远都不要放弃。爸爸喊,这就对了。摔跤比赛得以继续。一岁的儿子睁大了眼睛,看着四岁的女儿突然一个猫腰,爬到爸爸的背上,对着爸爸乱挠一气。她嚷嚷着要求爸爸认输,爸爸说,我是不会服输的!但女儿毕竟赢了,不服输毫无意义。爸爸说,干得漂亮,女儿说,你也不错嘛。一岁的儿子爬了过来,在爸爸和姐姐的脸上啃得满是口水。

场地里的孩子渐渐多了起来。滑梯下面排起了队。幼儿园的孩子来了,托儿所的孩子来了,生七个孩子的大家庭来了。四岁的女儿急匆匆跑过来,连声叫爸爸,爸爸,爸爸!一听这声音,爸爸就知道已经晚了。他们在洗手间的时候,工作人员正忙着进行例行的清洁消毒,爸爸说,还好我们带了换洗的裤子。换完后,他拍了拍女儿的肩膀,又强调了一遍:是吧,多亏我带了一条换洗的裤子。他意识到自己在期待掌声。他期待四岁的女儿会抬头看他，然后说：哇，爸爸，你真厉害，居然带了换洗的衣服和裤子。但他的女儿显然更好奇于自动感应水龙头的工作原理。她站在盥洗池前，将手伸向水龙头，水柱立刻哗哗地流淌了出来。她试了一遍又一遍，感慨说，全自动的，全自动的哎！

爸爸给一岁的儿子换纸尿裤。一岁的儿子刚刚学会反抗。只要一躺上尿布台，他立刻变身为跆拳道黑道高手，不停地拳打脚踢起来。爸爸必须迅速撤掉尿湿的纸尿裤，用一只手摁住他的肚皮，用另一只手去扯纸湿巾。一个不留神他就不见了。他又回到了海洋球之中，甚至搭乘地铁回了家——事实上，他只是以肚皮为圆心，转了个九十度而已，双脚拼命蹬踹着墙壁，想要从尿布台上挣脱下来。不过爸爸已经习惯了这一切，比这更激烈的情形他都见识过。在四岁女儿小的时候，爸爸还比较有耐心。他会不厌其烦地解释说，她必须乖乖躺在尿布台上，等擦干屁股，换上新的纸尿裤才能下来。但面对一岁的儿子，爸爸剩下的只有愤怒。他牢牢摁住他，任由他号啕大哭，冷静地换好了纸尿裤，然后命令四岁的女儿停止实验，不要浪费水资源。

*

星期五这天，身为爷爷的爸爸终于要见到自己的孙子孙女了。他建议约在通常见面的奥兰斯百货门口，就在一层的入口处，正对着香水和化妆品柜台的地方。那是他们熟悉的老地点。

儿子十二岁时，他们就在那里摆摊，爸爸一手拿着装香蕉剩下的空纸板箱，一手拎着四四方方的公文箱。儿子的公文箱和爸爸的差不多款式，只是体积略小一些。赶上身穿制服的警察例行巡逻时，爸爸和儿子就会迅速撤离，混入皇后大街熙熙攘攘的人群之中。爸爸小声说，好戏开场了。儿子笑了，他欣慰于自己始终和亲爱的爸爸在一起。动作一定要快，不然他们的摊位就会被其他人抢占：兜售能蹦能叫的弹簧狗玩具的小贩，以及打扮成印度人模样，推销类似口笛的小乐器的小伙子——他把口笛放在舌头下面，利用特殊技巧就能吹出鸟叫般的旋律。唯一有营业许可的，不需要躲避警察到处逃窜的，只有一个卖香肠的摊位。不过因为毫无竞争压力，香肠摊摊主看见警车出现时，会好心地吹响口哨，提醒其他人以最快的速度将东西收拢成一堆，逃之夭夭。爸爸和儿子通常将装在公文箱里的货品摊铺在纸板箱上，一听见口哨声，他们立刻踢开纸板箱，合上公文箱，拔腿就跑。现场一片狼藉，只有香肠摊摊主留在原地，他冲警察招招手，明知自己算是合法经营，还故意询问对方，是否需要自己出示经营许可证。每逢周末和节假日，爸爸和儿子都会出现在奥兰斯百货门口，他们贩卖的东西多种多样：通过私人渠道进口的手表；和奥兰斯百货专柜货品几乎一模一样的香水和化妆品；爸爸从地下通道批发来的，带有塑料眼珠的贴纸徽章。快到开学的时候，他们会卖铅笔盒和带香味的橡皮擦；复活节前夕，他们又会摆出各种颜色的复活节彩蛋和带发条的复活节小鸡。虽然儿子从未说出口，但爸爸知道，十二岁的儿子已经学到了最重要的一课：儿子懂得，人的一生中，没有什么是免费获得的。儿子掌握的不仅仅是推销的技巧——如何将东西卖给并不需要的人们，如何对付那些讨价还价的客户；还有生存的法则——如何在两秒内踢开纸板箱，合上公文箱。爸爸让儿子知道，规则永远是规则，但某些规则是能够被挑战、被改写的。如若不然，儿子会像他的妈妈一样，对这个世界充满畏惧。

但今年，出于某种原因，儿子不愿在奥兰斯百货门口见面了。儿子住在斯德哥尔摩的南边，他希望爸爸搭乘地铁穿过整个城市，到一个室内游乐场见他。室内游乐场？爷爷身患重病，疲惫不堪，根本不想去什么室内游乐场。再说他都快瞎了，脚又疼，站都站不稳。况且室内游乐场也是要花钱的吧。不过为了自己的孩子，有什么是不能做的呢？爷爷用尽最后的力气坐上了地铁。他在利杰霍蒙站换了车，坐上向南驶往诺斯堡方向的地铁。

瑞典地铁已经和从前不一样了。以前，地铁上全都是金发碧眼的瑞典人。可能偶尔会出现一个操着口音的希腊人，沿着车厢兜售纪念革命的明信片，或是一个推销雷鬼音乐卡带的非裔黑人。现在，瑞典地铁成了一个充斥着全世界各族人民的动物园。地铁经过恩什贝里站时，他听见两个老太太在讲西班牙语，四个年轻人在讲德语，两个小伙子在讲达里语，一个游客模样的家庭在讲丹麦语。到达赛特拉站时，车厢内上来一个乞丐。他穿着一条软塌塌的裤子，鞋面上还贴着胶带纸。他将塑封过的照片逐一分发在空位上。爷爷瞥了一眼照片，一群身穿彩色衣服的孩子站在一幢破房子前面，房门是铁皮做的，孩子们赤着脚，冲着镜头露出淳朴的笑容。爷爷又看了一眼乞丐，他这么年轻，不可能有这么多孩子。照片上怀抱婴儿的女子看着很漂亮，不可能是他的妻子。乞丐将照片一张张收回来，掏出纸杯向大家行乞。爷爷别过脸去，将目光转向窗外。这种把戏根本骗不了他。他知道这些乞丐都是有组织的、行乞已经成了一条产业链。他们在自己的国家里住别墅开豪车。爷爷这辈子都在勤勤恳恳地工作，不可能把辛苦赚来的钱就这么轻轻松松给出去。再说，他也没什么钱。他的积蓄都是用来应付不时之需的。

　　爷爷坐上通往广场的自动扶梯。眼前的一切似曾相识，却不尽相同。广场中心已经重新装修过了，增设了售卖土耳其果仁蜜饼的摊位，卖水果的两个棚子前排着长长的队。

爷爷询问室内游乐场在哪里，但没有人知道。最后他只能给儿子打电话。可由于手机余额不足，他只能先去便利店买充值卡，然后请负责收银的小伙子帮忙为手机充值。充值卡上的序列号字体太小，他根本看不清。爷爷掏出手机递过去时，负责收银的小伙子感叹了一句，哟，真是老古董啦。爷爷说，这是我儿子淘汰下来给我的。负责收银的小伙子开始研究，用这款十年前的老款诺基亚手机如何才能发送短信。爷爷说，我有两个孩子。一个儿子，一个女儿。女儿的事业很成功，她在一间律师事务所上班，房子买在瓦萨斯坦。她一直都说要送我最新款的手机，能上网，还能看天气预报那种。可我说，手头的这只自己用惯了。负责收银的小伙子点点头，他已经摸索出了短信功能，正在键入充值卡的序列号。爷爷说，我儿子是一名审计顾问。负责收银的小伙子又点点头。爷爷说，我们的关系很好。负责收银的小伙子说，那真不错。父子关系好的不多啊。然后又说，给，应该充好值了，可以用了。

爷爷走出便利店，回到广场中央。他逐一按下儿子的手机号。由于云层遮住了太阳，手机屏幕又暗，他只好凭借记忆摸索数字键的位置。一开始，他拨打了一个不存在的号码。他又试了一次。铃声响到第三遍的时候，儿子接听了电话。儿子详细地说明了通往室内游乐场的路线。爷爷按照指示往前走。

还在通往室内游乐场的自动扶梯上,爷爷就已经听见了蹦床上传来的尖叫声和欢笑声。他为什么要同意在这里见面?进入场地后,首先映入眼帘的就是一架硕大的管道滑梯,一个哥哥抱着妹妹刚滑下来,哥哥一脸兴奋,妹妹瞪大了眼睛,哭得满脸通红。爷爷往前走了几步,震耳欲聋的音乐声渐渐掩盖了妹妹撕心裂肺的哭声。在这里是永远找不到儿子的。爷爷这么想着,很快就在人群中看见了儿子的身影。他们的目光交汇在一起,彼此相视一笑。

儿子像极了他的妈妈。他们拥有同样单薄的身体,同样光洁的面颊,同样窄仄的鼻梁,同样喜欢穿一身黑。爸爸和儿子拥抱了彼此。短短半年时间里,儿子苍老了不止十岁。他的脸色像大理石一样苍白,眼睛下的眼袋已经由两只小口袋变成两只黑色的垃圾袋。但爸爸什么都没说,他不想伤害儿子的感情。哪怕是最为善意的玩笑,在儿子听来都像是对他缺乏睡眠、透支健康的指摘。爸爸问,你最近怎么样?儿子没有回答,而是换了个话题:出什么事了?这地方很难找吗?你不会睡过头了吧?爸爸说,你什么意思?儿子说,你两个小时前就应该到的。爸爸说,我到这儿就要两个小时,回去还要两个小时。儿子右腿边突然传来一个微弱的声音:他可能走迷路了。爷爷循着声音看过去。是她,他可爱的孙女。她长大了不少,可终究还是个小孩子。她的年龄应该在三岁到六岁之间。她长得和那个去世了的女儿惊人地相似。一样圆圆的脸庞，一样锐利的目光，只有穿着打扮不同。爷爷说，嘿，你好啊。孙女将脸靠着爸爸裹着牛仔裤的大腿，说，你好。爷爷说，你都长这么大了。孙女说，我四岁了，马上就要五岁了。爷爷说，你知道我是谁吗？孙女说，你是爷爷。爷爷说，没错，我是你的爷爷。孙女说，你给我带生日礼物了吗？爷爷在口袋里找了找，说，哎呀糟糕，肯定是来的路上弄丢了。不过我等会儿可以给你再买一件。你想要礼物吗？你肯定想要礼物的吧。一只洋娃娃？一匹小木马？还是一架小飞机？你想要什么，我就给你买什么。你想要什么礼物？孙女说，我最想要的是一双足球袜，带护腿的那种。爷爷说，那就买足球袜。你可以得到 10 双带护腿的足球袜。四岁的女儿抬起头看了看爸爸，问，真的还是假的？爸爸说，假的。爷爷说，真的。

他们坐下来。孩子们要吃中饭。爷爷说自己喝杯咖啡就行，再来根维也纳香肠。他饿了。但他也留意到儿子情绪激动起来，一脸的不耐烦。儿子说，你他妈的就不该吃维也纳香肠。你有糖尿病，你自己不清楚吗？你必须严格控制血糖。维也纳香肠。简直不可想象。你难道不知道，血糖值继续这么不稳定下去会带来怎样的后果吗？儿子说这些话的时候，完全当着两个孩子的面。他声音那么大，隔壁桌的年轻妈妈们肯定都听见了。他和自己爸爸说话的口吻，就像是训孩子一样。但爷爷没有生气，也没有刻薄地回嘴。儿子走到柜台前点单。爷爷说，你们的爸爸很厉害吧？孙女问，你的眼睛怎么了？

儿子端着两只塑料托盘走了回来。他给自己买了意大利通心粉，给孩子们买了比萨，给爸爸买了三明治——是那种最简单的奶酪三明治，里面甚至没有鸡蛋或鱼子酱。孩子们埋头吃了起来。儿子说，专心吃饭。坐在椅子上不要乱动，不要玩来玩去，不要砸吧嘴，不要拿手抓，准备好餐巾纸，不要把吃的扔在地上。我的老天，你们就不能老老实实把面前的东西吃完吗？不要东张西望的，快吃！爷爷说，他们还只是孩子。爸爸说，所以认真吃饭才特别重要。

爷爷笑了。他换了个话题。他装作不经意地讲起了笑话，以活跃桌上的气氛。爷爷有一种与生俱来的魅力。他的嘴边总是挂着两个笑涡。他很清楚该用哪种语气、哪种态度，把最不可能卖出去的商品推销给最不可能买东西的客户。他能把沙子卖给沙滩；把冰淇淋卖给冰淇淋车；把微风卖给飓风。当桌上的气氛趋于紧张时，他立刻就能反应过来，想出法子让每个人开心起来。尤其是四岁的孙女。她笑得前仰后合，比萨的碎屑纷纷落在塑料托盘上。但她的爸爸似乎忘了如何去笑。爷爷说起那个经典的番茄过马路被压成番茄酱的笑话时，他连嘴角都没动一下。甚至当爷爷将番茄换成胡萝卜,将番茄酱换成胡萝卜泥时,他同样面无表情。爷爷又说,一个爸爸带着两个孩子在路上走,两个孩子想要吃冰淇淋,爸爸死活不肯给孩子买,因为他是犹太人。当然,这个笑话完全让爸爸笑不出来。

身为儿子的爸爸说,拜托,算我求求你了,别再说这个词。爷爷说,哪个词?犹太人?你这是种族歧视吗?你觉得犹太人要低人一等吗?爸爸吃着自己的意大利通心粉。爷爷喝着自己的咖啡。孙女问,我可以去玩了吗?爸爸点点头,说,你首先要说谢谢。孙女说,谢谢。爸爸说,不客气。

爸爸用略带挑衅的目光打量着爷爷。爷爷说,我就直说了吧,一块奶酪三明治可算不得一顿午饭。你什么意思?就这么一杯酸得掉牙的咖啡,和一块小得可怜的三明治,我难不成还要感谢我的儿子?然后呢?我不在的时候你帮我收信,我还要付你钱吗?你帮我报税,帮我订机票,这些账都要和我一笔一笔算清楚吗?爷爷沉默了。他试图用气势碾压过儿子的吝啬,让儿子感到羞愧。他以居高临下的口吻教训儿子,告诉他一个真正的男人所应有的气度。一个真正的男人不会请自己的爸爸喝一杯恶心的咖啡,吃一块寡淡的三明治,然后还指望对方诚心诚意地表示感谢。尤其是,他还算是他的长子。身为长子,应该将照顾父亲视作自己的义务。儿子应该感恩于自己有幸替父亲效力。

但是没有，儿子没有丝毫感恩的意思。相反，他开始提出各种各样的问题。他想知道爷爷靠什么养活自己，他是否适应另一个国家的生活，他有没有碰见什么人，政治局势是否影响了旅游业，当那个国家在短时间内经历了翻天覆地的变化时，他是更有安全感还是更有危机感了？爷爷回答了他的问题。确切说，是其中的一些问题。但他不理解身为儿子的爸爸为何如此好奇。也不尽然，他其实是理解的。身为儿子的爸爸这是在引诱他上钩，好向政府进行举报。他在替自己未来所能继承的遗产做周密的筹谋。若想在爷爷死后最大化自己的利益，他必须从现在就开始打算。爷爷不再回答爸爸提出的问题。

他们沉默地坐着。爸爸问，你这次打算住多久？爷爷说，我下周五就走。爸爸说，那样你就错过了她的生日派对。说完摇了摇头。爷爷说，我不想扫你们的兴。爸爸喃喃自语，十天。爷爷说，你是嫌长还是嫌短？难道不是你替我订的机票吗？爸爸避而不答，而是问，办公室住着还习惯吗？爷爷说，浴室盥洗池的下水道堵了。爸爸说，我知道。厨房的橱柜里有一个橡皮搋子。爷爷说，好的。爸爸说，那里的小动物都还好吗？爷爷说，你是说蟑螂吗？蟑螂还不错，有它们的陪伴，我至少不会感到孤单。爸爸说，它们会传播疾病；它们会趁人睡觉的时候，爬进耳道里产卵。爷爷说，胡说八道。全世界哪儿都有蟑螂，又不是唯独在这里才有，它们又不是危险动物。爸爸说，你这次没带吃的回来吧？爷爷没有吭声。他们沉默地坐了好一会儿，爸爸的目光始终停留在桌子上，最后终于打破沉默：我们必须好好聊一聊。

*

已经是爸爸的儿子走出室内游乐场的洗手间时，他的手机震动了起来。打电话来的是孩子们的爷爷。电话那头的声音透着恼火。爸爸站在狂风大作的广场中央，他找不到路，广场上没有指示牌，天又下着雨，到处都是令人作呕的乞丐。过来的地铁上还遇到检票员，迫使他临时下去两次。第一次是因为穿制服的检票员已经进了他的车厢，第二次是因为他看谁都像乔装成便衣的检票员，心里直发毛，实在坐不住了。儿子叹了口气，耐心地进行了解释。他用自己最平静、最具有指导意义的语气说，你站在广场中央，背对地铁站的出口，可以从左侧入口进入购物中心。对，走旋转门就可以。你会经过 Hemtex、Forex、JC，以及一家化妆品公司，对，就是在路中间打广告的那家。然后左转，往停车场的位置走，乘坐自动扶梯下来。如果看到 Clas Ohlson 的入口的话，就要往回走了。身为爷爷的爸爸说，好，然后挂了电话。

二十分钟后，爸爸到达了室内游乐场。他仿佛逆风而行一般前倾着身体；喉咙里发出咕噜咕噜的响动。他径直走了进去，既没有按门铃，也没有付入场费，至于门口挂着的要求脱鞋的提示牌，更是看都没看一眼。他很快看见了自己的儿子，脸上露出释然的微笑。爸爸的胡茬看上去刺刺的，隐约有些灰白的痕迹。他的牙齿黄黄的。本应是白色的绒线衫和衬衫领口的内衬一样，满是污渍的斑痕。爸爸摇摇头说，这操蛋的天气。他们彼此拥抱了一下。他和孙子孙女打了个招呼。他在桌边坐下，说自己想喝杯咖啡，最好再来点甜的，比如一根维也纳香肠，或者一块巧克力杏仁饼。

儿子搬了张宝宝餐椅过来，将一岁的儿子安顿好，然后走到柜台前点单。他端着食物走回来的时候，爷爷正在逗一岁的孙子玩。他将餐巾纸揉成一团，然后攥紧拳头，来回交替变换，最后让一岁的孙子猜餐巾纸藏在哪只手里。一岁的孙子猜了一遍又一遍，看样子颇为享受，或许他已经懂得，有时候要装出乐此不疲的样子，陪老年人找点乐子。四岁的女儿问，我能去玩了吗？爸爸说，吃完饭才能去玩。我给你们买了比萨。爸爸特地强调了我这个字，这样孩子们才知道，买比萨的事和爷爷没有半点关系。四岁的女儿说，我现在不饿。爸爸说，你肯定饿了。四岁的女儿说，我不喜欢吃比萨。爸爸说，你喜欢吃的。然后将比萨切成小块。四岁的女儿说，我想要吃三明治。爸爸说，你不能吃三明治。爷爷说，你对她太凶了。还有，我的维也纳香肠呢？爸爸说，我给你买了三明治。爷爷模仿孙女的腔调说，我不喜欢吃三明治。四岁的孙女一脸惊讶地问，你不喜欢吃三明治吗？爷爷说，我更喜欢吃维也纳香肠。四岁的孙女说，我也是。一岁的孙子已经吃掉了半个比萨。爸爸埋头吃着自己的意大利通心粉。爷爷喝着自己的咖啡，吃着自己的三明治。谁都没吭声。爸爸试着挑起话题，爷爷用只言片语敷衍过去。爸爸又问了几个问题，爷爷不再回答。

爸爸说出口的那些话就好像被无底深渊吞噬掉了一般。他就好像在和停车场自动收费的闸机对话，完全得不到回应。他们沉默地坐着。两个孩子在蹦床上撞到了一起，开始厉声大哭起来。他们的家长赶紧跑了过去。一岁的儿子已经吃完了比萨。他正抱着奶瓶咕嘟咕嘟喝水。四岁的女儿也吃完了比萨。她跳下椅子，朝着足球和篮球的混合运动场奔去。爷爷问，她怎么打扮得像个男孩子？爸爸说，她喜欢穿上面印有数字的运动衫。他们又陷入了沉默。爷爷清了清嗓子。爸爸喝了一大口水。

爷爷说，你把我的银行流水带来了吗？爸爸说，没有。爷爷说，可我需要它们。爸爸说，我知道，我会搞定的。爷爷说，我需要看脚。爸爸说，行啊。你去和家庭医生说好了。我帮你约好时间了，下周一早上九点一刻。你记得住吗？下周一早上九点一刻？爷爷从内侧口袋里掏出一张纸，是一只对折的白色信封。他在上面写下十个数字：下周一的年月日以及约定的时间。爸爸说，你没有行事历吗？爷爷说，我不需要行事历，行事历就是纸业公司为了赚钱而多此一举的发明。爸爸说，你什么时候动身？爷爷说，下周五。爸爸说，那样你就错过了她的生日派对。爷爷说，年纪越来越大并不是一件值得庆祝的事。爸爸说，这样下去不行。爷爷说，怎样下去不行？爸爸说，就是现在这种情况。所有的一切。包括你住在我那儿。包括我帮你打理方方面面。爷爷说，我住在你那儿？我住的明明是你的办公室。爸爸说，没错。你这样住下去不是个办法。爷爷说，我每年也就住两次吧？爸爸说，每年两次，每次两个星期，也就是说一年里我有一个月没法工作。爷爷说，你不是在休陪产假吗？爸爸说，目前是的。可半年后我就要上班了。

爷爷盯着自己的儿子。爸爸说，你走之前，记得把钥匙还给我。爷爷说，那我以后住哪儿？住你们家吗？爸爸说，家里住不下，就算能住下，我估计谁都不好过。爷爷说，那我住旅馆去？你的意思是，让你亲生父亲住旅馆？这就是你所希望的？我要见孙子孙女，还得自己付旅馆钱？你就像对待一只老狗一样把我赶到大街上？爸爸说，小点声。爷爷愤怒地说，你凭什么叫我小点声。说完重地捶了一下桌子。

一岁的儿子咯咯笑起来。四岁的女儿跑了过来,满脸写着担忧。她说,你们吵架了吗?爸爸对爷爷说,这件事我们以后再聊。爷爷说,以后是什么时候?爸爸说,等孩子不在场的时候。

*

星期五的下午,身为妈妈,同时也身为妹妹的女儿在下班回家的路上。整座城市散发着浑浊的臭味。直梯有一股绝缘胶带的味道,自动扶梯仿佛烧焦的橡胶般刺鼻,地铁车厢里弥漫着炸薯条的油腻味。短短半个小时内,她就跑了两趟厕所。她感到高兴、骄傲、内心强大,同时又感到悲哀,心情仿佛坠入冰窖。有那么一小段时间,她浑身充满了能量,而下一秒,她又在地铁上沉沉睡去,错过了应该下车的站。睡醒的瞬间,她突然很想吃芝士蛋糕。这是唯一令她产生食欲的东西。芝士蛋糕,这座该死的城市里,哪里才会有芝士蛋糕呢?

她走进一家咖啡馆。柜台后留着络腮胡的小伙子说,我们有胡萝卜蛋糕。妹妹用沙哑的嗓音说,我问的是芝士蛋糕。小伙子说,好吧。她说,对不起,我只是有点累了,而且很想吃芝士蛋糕。她继续往前找。她问过一家面包店，又问过一家保健品药店。最后，她在一家食品店找到了芝士蛋糕。它们显然已经放了很久，看起来又干又瘪，可她还是买了两块。她就站在路边，狼吞虎咽地吃完了它们。她才不在乎别人的目光呢，别人想怎么看就怎么看好了。她继续往家走。她的手机响了。她按下接听键，电话那头传来爸爸的声音：你总算接电话了。她说，明明是我先打给你的。爸爸说，听到你的声音真好。我们见个面吧？喝杯咖啡？吃顿晚饭？我什么时候都行，我知道你忙，你决定就好。她说，等一下，爸爸。出什么事了吗？爸爸说，没事啊。我就是想见见我优秀的女儿嘛。她说，见面当然没问题。她翻了翻自己的行事历，然后说，下个星期我的日程排得都很满，不过明天中午可以一起吃个饭，你说呢？爸爸说，明天是星期几？她说，星期六。我们十一点半市中心见吧？爸爸说，一言为定。明天见，我亲爱的小天使。他们挂了电话。

她继续往家走。她体内所孕育的，还算不上一个婴儿，甚至连胚胎都不是。只有一些分裂再分裂的微小细胞，最终形成一个毫米大小的卵球体，植入子宫内膜。它还没有皮肤，没有神经系统，没有耳朵，没有眼睛。没有肌肉，没有骨骼，没有肾脏，没有心脏。没有肠道，没有消化系统，没有肺，没有膀胱，没有性器官，没有人格，没有姓名。还要过上很久，它才能呼吸第一口空气，迈出第一步，然后进入烦人的两岁，恼人的三岁，乱七八糟的四岁。没有离婚申请；没有警察局的听证会；没有律师函；没有法庭陈述；没有上诉；没有共同监护权的协议；没有新的传票；没有和新任调查员的见面——反正对方对于过去五年发生的事情一无所知；没有冲突——包括父母双方各应负责哪个周末，何时进行交接，谁来安排圣诞节，谁去参加学校毕业典礼，各自抚养的小时数如何计算；没有新一轮的监护权调查；没有不断搬迁的住宅；没有独立顾问的介入——评估父母长期冲突和矛盾对孩子造成的伤害；没有最终报告——建议其中做得较好的一方承担主要的抚养义务。这些她都做到了。她考虑得太过周到，行事太过谨慎，以至于儿子拒绝回家，只落得她孤单一人。她其实并不孤单。她的身边有所谓的男朋友。她的肚子里，胚芽正在发育成胚胎，初现血管雏形的心脏刚刚开始跳动。

*

身为爸爸的爷爷走出地铁站，穿过市中心。一家咖啡店，一家熟食店，一家烧烤店，一家印度餐馆，两家发廊，一间道具服装店，一家裁缝铺和两家比萨店。爷爷是无论如何都不会光顾印度餐馆的。他的儿子一再说那家的印度菜很好吃，而且价格很低廉，可他始终不为所动。爷爷不信任印度人。印度人什么东西都敢往菜里加。菜单上写的是鸡肉，实际可能是狗肉。他也不吃烧烤，因为烧烤店是库尔德人开的。爷爷认为库尔德人和阿尔巴尼亚人一样不可信——他们的名声可能还更糟。爷爷在两家比萨店间犹豫不定：绿色招牌的那家卖的比萨更贵，配菜的沙拉还要额外收钱；蓝白色招牌的那家只有两名店员，顾客大多是去买饮料，而不是买比萨的。今天，他选择了蓝白色招牌的那家。路对面经营汽车维修业务的电工冲他点了点头。比萨店的小伙子额头上一年四季都架着一副反光镜片的墨镜，可能是为了遮挡抬头纹，也可能是掩盖过高的发际线，见爷爷推门进来，冲他打了个招呼。弗丽达从最里面的洗手间走出来，手里拎着一只磨旧的手袋，笑得热情而爽朗。不难猜想，她曾有过胜于现在百倍的美貌。她（照例）说，你看着精神真不错。他（照例）答道，住在国外就是有这点好处。

爷爷点了他常吃的比萨，坐在他常坐的桌边等着。其他桌的客人看着都很眼熟，只是和爷爷的目光从来都没有交集。一个男人的脖子刺有文身，另一个穿着绣有字母的皮背心。

柜台后的小伙子问爷爷，等待比萨烤好的同时，要不要来瓶啤酒。爷爷谢绝了。他清楚啤酒并不是免费赠送的。小伙子故意用随意的口吻问起，就好像他要请爷爷喝一杯一样，但爸爸曾经吃过一次亏，所以爷爷坚决不会上这种当。比萨烤好后，他接过热烘烘的扁平纸盒。弗丽达帮他开了门。柜台后的小伙子说，欢迎再次光临。

爷爷站在办公室门外，将装比萨的纸盒放在楼梯间的地板上，从口袋里摸出钥匙圈。他在手里掂了掂。这是他的钥匙，是他花钱配的。原来的那串丢了，儿子不肯帮他配新的，只是将自己的钥匙圈丢给他，让他去找锁匠。哪里会有锁匠呢？儿子说，锁匠到处都是。爷爷问，你不能帮忙配一串吗？儿子问，为什么？爷爷说，我太累了。儿子说，不行啊，爸爸。我这周有三份审计报告要交。我还要联系装修公寓的工人。我的女朋友要开会。这周简直要忙疯了。要是你能去找个锁匠把钥匙配了，那就算帮我的大忙了。行吗？爷爷点点头。他找到锁匠，配了钥匙。配钥匙的钱是他花的，钥匙自然也是他的。无论过多少年，儿子都不能理直气壮地要求他交出钥匙。

爸爸坐在电视机前，找了把剪刀将比萨剪开。他试着让自己沉浸于每周末播放的英国侦探剧的剧情。每个人看起来都差不多。警察和小偷没有区别。阴雨连绵的天气。大家都穿深色风衣，脸上一副忧心忡忡的表情。他的思绪回到白天和儿子的对话。儿子。看上去像是他的儿子，实际上是条毒蛇。他怎么能泰然自若地坐在那里，当着孙子孙女的面，让亲爱的父亲滚出家门？他怎么会如此冷漠绝情？究竟从什么时候起，他变成了一个毫无感情的机器人，将事业和金钱置于父亲之前？不可思议。儿子是他人生的污点。儿子不配当一个儿子。儿子是一个被宠坏的孩子，太过轻易地获得了他想要的一切。一个庸碌无为的中年人，将自己的全部失败归咎于他人。他这辈子都用有色眼光看待周遭世界，一旦有任何的不如意，立刻将责任推脱得一干二净，找出各种理由和借口。儿子小的时候，种族歧视就是万能的借口。没有申请到连锁超市的社会实践岗位，儿子说，连锁超市有种族歧视；所有科目都是优秀，唯独音乐理论是良好，儿子说，音乐老师有种族歧视；篮球比赛中，因为手肘撞击到对方球员的太阳穴，被判第五次犯规，儿子说，裁判有种族歧视；他和朋友约好去动物园岛看露天电影，当晚狂风暴雨，爸爸说，天气也有种族歧视吗？儿子笑了笑。他在整支篮球队里算是肤色最浅的那个，也是总容易感觉自己遭到歧视的那个。

初中时，他疯狂迷恋上了音乐。无论走到哪儿都要戴着耳机。一次，爸爸将耳机藏了起来，想看看他究竟会找多久。儿子在公寓内一圈又一圈地找，找了整整半个小时。爸爸说，你不戴耳机也可以去学校嘛。儿子说，不行。爸爸问，为什么？儿子说，我不知道。反正就是不行，我必须戴耳机。他和篮球队的几名队友一起开始玩起了音乐。问题在于，他们根本不在认真玩音乐，光在打鼓和闲聊。他们有时从爸爸收藏的黑胶唱片里偷偷拿走几张,有时干脆把一段旋律嫁接到另一段旋律上。毫无创造性可言,谈不上旋律,没有过门或副歌,只有喋喋不休的咒骂,呜里哇啦的警笛声,还有不知所云的歌词——什么保持最纯粹的自我,永不追随流行趋势,坚持小众路线,等等。因为儿子坚信,音乐世界里的所有邪恶都来自商业化的大型唱片公司。

后来他和孩子的妈妈离婚了。爸爸和孩子们零星地见了几次面,后来就完全没了联系。儿子交了个满脸雀斑的女朋友,从她那里了解到了女权主义思潮。当爸爸和儿子再见面的时候,世界的邪恶根源突然变成了男性的集权。滥用暴力、集体强奸、高跟鞋、女式自行车,甚至靠美女吸引眼球的广告,儿子认为它们的存在无一不是男性的错。爸爸说,但这个世界毕竟是美好的。至少你们的世界是的。你们根本没见识过现实的残酷。你们从没体验过在秘密警察砸门时躲在沙发床下面的滋味;你们从没有过在监狱里含冤自焚的舅舅;你们从没体验过真正的饥饿,真正的不安和真正的恐惧。儿子说,可你又知道些什么?

爸爸移居海外后,儿子接管了爸爸的公寓。爸爸连转让费都没要,唯一的要求是让儿子负责帮他收管信件。此外,在他回来的时候给他提供个住的地方。儿子在一所久负盛名的商学院攻读经济学。他的同学在毕业后纷纷前往海外发展,有的在伦敦做到了首席商业顾问,有的在柏林创建了自己的网络公司。儿子选择审计作为主攻方向，因为最简单，也最稳妥。他通过两个经营出版社和书店的哲学家朋友租下了现在的办公室。其中一个朋友曾是20世纪70年代左翼浪潮的领军人物，另一个在哥德堡暴动中因为和警察发生冲突而遭到逮捕，在监狱里蹲了好几个月。爸爸不清楚这两个朋友的具体背景，只在几年时间里，看着他们运来的书在儿子的办公室里越堆越高。那几年，儿子宣称，导致邪恶的因素不再是种族歧视，商业唱片公司，或者男性集权，而是资本主义。爸爸不可置信地摇了摇头，说，可你好歹也是学经济的吧？儿子说，我是商学院里的叛逆者。

已经成为爷爷的爸爸想，我儿子的脑子里，一次只能容纳一种思维。一切都是别人的错，而这个别人通常就是爸爸。他坐在电视机前。比萨被切成四块，仿佛代表着春夏秋冬。他吃掉其中的两季，将另两个季节留作明天的午饭。他站起身，将装有比萨的纸盒拿去厨房。路过客厅时，他不小心碰倒了一摞书。他任由书稀里哗啦地散了一地。这又不是他的错，是儿子在办公室里堆满了垃圾，让人几乎无法呼吸。

*

身为妈妈兼工会律师的女朋友朝着地铁站的方向一路

小跑，以免错过家里早早开始的晚饭。尽管已经过了下班的时间，她的工作还没有结束。她要逐条研究劳动法院针对港务公司的集体合同违约行为要求其赔偿的裁决；她要仔细阅读同事的记录，准备好下周和警察局的庭外调解。由于被严令禁止开展私人业务，三名警察对他们的雇主提出了起诉。一名爆破专家想要有偿教授安全经济的驾驶技术；一名侦察员尝试利用无人机在高尔夫球场提供摄影摄像服务；一名家庭暴力部门的调查员希望在学校里组织和推广有关网络安全的讲座。警察局声称，警察开展副业的行为会损害民众对警察团体的信任度。工会则通过其代理律师提出反对。

她是代表警察工会的律师。她的名字就列在律师事务所的网站主页上。她有自己的名片，自己专属的电话线。她有专门的秘书，非常清楚她午饭前喝哪种咖啡（加脱脂燕麦奶的双份美式），午饭后喝哪种花草茶（洋甘菊茶），加班时吃哪种糖（水果软糖）。比她年长的同事会向她寻求经验和建议。她的老板在周五的例会上不止一次赞赏她的工作。她的工资是妈妈退休金的六倍还不止。尽管如此，她偶尔还是会怀疑这一切是否真实。刚入职的时候，她会时不时登录工会网站的主页，在下属机构员工名单中找寻自己的名字。名单中包括了秘书、保安和行政人员。在加粗字体显示的工会律师一栏中，她看到了自己的姓名。

她是家里出的第一个大学生。她的父母是移民。得知工厂急需劳动力后，他们离开了自己的祖国，坐着大巴辗转颠簸来到这里。爸爸进入沃尔沃后不久，妈妈也在沃尔沃找到了工作。他们在同一家工厂上班，赚着相同的薪水。他们在厂里一直干到退休，家里买的车也是沃尔沃的。她高中毕业的时候，父母破天荒地为她在餐馆庆祝。服务生西装笔挺，餐桌上铺着雪白的桌布，装饰着好看的鲜花。妈妈穿的还是她出席女儿坚信礼时的那条裙子。爸爸告诉服务生，他女儿今天过生日——这话勉强算对吧，她的生日也就刚过去几个月而已。服务生端着插有生日蜡烛的奶油蛋糕走过来的时候，爸爸扬手打断了服务生的步调，再三询问清楚蛋糕的确属于餐馆的免费馈赠，才允许女儿吹熄了蜡烛。爸爸眼里含着泪水，说，现在你已经是个大姑娘了。妈妈说，你可以自由选择人生方向和生活方式。她说，我打算选择间隔年。妈妈说，哦。爸爸说，你接下来不会要吸毒吧？妈妈说，你自己决定学习的科目和专业吧。爸爸说，医生或者工程师，你看着办吧。

还没成为妈妈的女儿选择了法律。她搬去了斯德哥尔摩的一幢学生宿舍。她花了整整四年半的时间进行了彻底的改头换面。她减少了四分之三的化妆品用量，扔掉了所有带醒目品牌标识的衣服。她捋平了自己的舌头，成功摆脱了方言和粗话。她只有在健身和锻炼时才穿套头衫、运动裤和球鞋。她买了若干双黑皮鞋和一件棕色的二手名牌大衣，以此为行头频繁出没于各种派对，用盒装葡萄酒将自己灌醉，畅谈社会范畴和文化领域内的热门话题。她和一个语言学博士生上了床。她和一个颇具学者气质的夜店咖同居了半年。她和一个学平面设计兼职跳脱衣舞的女孩有过公开的关系。她还和一个系统工程专业的男孩断断续续地来往了一年零七个月的时间。她的交往对象差别迥异，但都属于一类人：他们的家庭结构和背景差不多；他们的成长环境差不多；他们都喜欢烧烤和露营；他们都会在夏天旅游或度假；他们聊的话题也差不多：电影、三部曲小说、男演员女演员、家庭俱乐部、运动员、创作型歌手，全都是她从未听说过的陌生名字。她通常只用微笑和点头应付过去，每次她不小心暴露出自己的无知——从网球明星安德斯·雅瑞德、作家斯文·德尔布兰克、记者玛戈尔·阿克尔森、乡村西部舞，到SAG集团——别人总会歪着头打量着她，眼神里流露出同情和鄙夷。他们会安慰她说，不知道这些事也很正常，但说话的口吻还是有掩饰不住的惊讶——毕竟，她居然会以为苏里南是一道甜点，TBC是一个电视频道。

父母造访斯德哥尔摩的时候，她特意带他们在学生宿舍的走廊里转了一大圈，向见到的每一个同学介绍他们。她自己也不清楚为何要这么做。或许，她只是想向朋友们证明，自己这一路走来有多么曲折；让父母见证，现在的自己经历了怎样脱胎换骨的改变。朋友们评价她的父母善良、彬彬有礼、风趣幽默。父母则表示，她的朋友们应该花点时间打扫房间，把自己拾掇得清爽一点，而不是一副醉生梦死的颓废模样。

大学毕业后，她在瑞典最大的工会下属律师事务所找到了工作。她不理解同事们为何要抱怨工作负担过于沉重。就她而言，这份工作给予了她从未有过的挑战，让她充满了能量和热情。她很快适应了这里的节奏。加班期间，她会换上舒适的运动服和塑料拖鞋。在重要诉讼和庭审前，她会播放大音量的嘻哈音乐迫使自己集中精神。她越是做回自己，她和那些非法律专业人士的交流就越是轻松。他们都是平凡而普通的人，有些被迫在没有通风的餐馆厨房里每天工作十四个小时；还有些以林业工人的名义被从柬埔寨骗到这里，实际却在采摘浆果、住简陋窝棚，而且根本拿不到协议好的薪水。律师这份工作似乎天生就是为她准备的，它所带来的唯一的烦恼是，与她的事业相比，生活中的一切都显得黯然失色，无足轻重。

五点十分，她走出电梯，将钥匙插进锁孔，啪嗒一声开了门。她跨过堆积成山的鞋子，将大衣罩在衣架上的另一件大衣外面，摘下围巾，扔在早已不堪重负的衣帽架上，然后转过身，伸出双臂拥抱从客厅里跑出来的孩子们。四岁的女儿喊着妈妈，一头扑进她怀里；一岁的儿子发出咿咿呀呀的声音，抱着她的大腿往上爬。厨房里传出男朋友的问候声：亲爱的，你回来啦？红线地铁又晚点吧？她没有接茬。她不想在周五的晚上引发争吵。他挑起事端并不奇怪。毕竟他带了一整天的孩子。他总不能把气撒在孩子头上，所以只好拿她当出气筒。可她休产假的时候，不也一个人在家带孩子吗？她当初的表现是幼稚还是成熟？她不再去纠结这个问题，而是抱起孩子走进厨房。四岁的女儿试着将一岁的儿子推倒在地，一岁的儿子想要用塑料杯打四岁女儿的脸。妈妈说，让我们看看超人爸爸今天做了什么好吃的。爸爸说，炖牛肉，不过我加了哈洛米芝士进行了改良。她将孩子安顿在各自的位置上，然后相互拉开一段距离，避免彼此再次陷入争吵。

炉灶上的余温映出红光。水槽里堆满了使用过的砧板，黏腻的汤锅，倒空的罐头和几块脏兮兮的塑料拼豆板。她说，亲爱的。他应了一声。他们彼此亲吻了一下。一个短暂而敷衍的吻。一个属于退休老夫妇的吻。一个坚信礼式的吻。女朋友一边在水龙头下洗去公共交通带来的细菌和灰尘，一边想，究竟从什么时候起，我们不再认真亲吻彼此了呢？

他们熬过了晚饭。他们总算哄睡了两个孩子。妈妈从卧室走出来，看了看时间。他们还有两个小时属于自己。

他们可以喝茶、看电影、做爱、按摩。她唯一不愿做的就是陷入争吵。但当她返回厨房时，他却一脸愠怒。她第一时间就察觉到了他情绪的波动。他在开关抽屉时故意发出很大的动静，他在更换水槽下的垃圾袋时故意重重叹了口气。他问，你想喝茶还是咖啡？他的口气很不耐烦，似乎连煮开水都是一次麻烦重重的挑战。

她究竟做错了什么？哄睡一岁儿子的时间太长？上厕所的次数太多？忘记回收空的牛奶盒？在工作期间精神出轨塞巴斯蒂安而毫不自知？她说，茶吧。他问，哪种茶？又来了。关键不在于他说的话，而是他说话的方式。那种口吻。就好像他已经就一个问题重复了上百遍之久，而她始终给不出答案。他恨不得要说：滚远点，你这该死的笨蛋！她说，洋甘菊茶。他一言不发地拿出两只茶杯和两只茶包。她说，你生气了吗？她讨厌自己这么问。她曾经暗暗发誓，照顾他的情绪并非自己的责任。毕竟生气的人是他，旁人无法替代。不过既然话已经说出口，他自然有理由摆摆架子、思忖片刻后再回答：没有。我只是有点累。真是漫长的一天。她知道接下来应该表示好奇。她应该顺势询问，一个人在家带两个孩子是不是很麻烦。可她不想这么问。生女儿的时候，她几乎用足了产假，而他只是象征性地休了几天陪产假。现在换她全职上班，也算公平。虽然她没有发问，但他还是自顾自讲了下去。开车前往室内游乐场，一岁的儿子在儿童座椅上拉粑粑了，四岁的女儿帮忙在停车场找到垃圾桶。室内游乐场的工作人员一开始没开门，后来他们三个一起玩了滑梯。他讲得不慌不忙，面面俱到，少说也有五分钟，不，十分钟的时间。字里行间流露出他身为一个好爸爸的自豪感和炫耀感。她知道他渴望鲜花和掌声，可她早已疲倦了不断喝彩。他说之后他们在广场上买了水果，然后汽车要加油，四岁的女儿又突然想要尿尿，所以绕了点路才回家。她边听边点头，回想起自己休产假的时候，他对那些琐碎的细节是否同样觉得无趣。他一脸疲惫地说，休陪产假绝对能把人耗死。真不知道我怎么能撑下去。她说，亲爱的。语气中透着阵阵寒意。她改用稍稍轻松些的口吻说，亲爱的。你在家多久了？四个月？试试看连续在家十一个月。他说，真不知道你是怎么熬过来的。说完摇了摇头。

她看着他。他从冰柜里拿出一盒冰淇淋。他努力想要从板结的表面挖下一块，因为太过用力，勺子柄都有些微的变形。他若无其事地提了一句，后来爸爸也来了。她说，那很好啊。你们现在说话吗？他说，我尽量，不过和他交流还是挺困难的。我只能没话找话，不然两个人都很尴尬。她点点头。他们沉默了片刻。她在掂量他爸爸在他心目中的分量，从而联想到自己的妈妈。他说，我提到了爸爸条约。她说，哦。他说，我说这是最后一次让他住办公室了。

她问，真的吗？他点点头，说，他走之前，我会把钥匙拿回来的。

他们站在共同的厨房里。茶渐渐冷了。冰淇淋也开始融化。木地板上满是一岁儿子留下的污渍：踩扁的橘子瓣，黏糊糊的玉米粒。爸爸的形象突然缩小了下来。她看见十三岁的他，戴着新买的耳机，一脸骄傲地走进体育馆，用倔强的眼神对视着台球桌旁的大男孩，极力掩饰着内心的恐惧；她看见十九岁的他，在和爸爸失联许久后，努力考上了久负盛名的商学院，只为了在再见到爸爸时不让他失望；她看见二十九岁的他，聚精会神地坐在电脑前，手机就靠在耳边，按照爸爸的指示将钱在不同账户中进行周转，甚至没问过爸爸为何不在自己生日时送上祝福；她看见三十三岁的他，在女儿出生后的第二天忐忑不安地站在婴儿房外，在手机上翻找爸爸曾经的痕迹，却不知道该发短信给哪一个号码——爸爸最近用的号码，爸爸最有可能接听的号码。

她提议，我们坐一会儿吧？他点点头。他们来到客厅里，在沙发上坐下。他喝了一口茶。她说，你并没有做错什么。每次他回瑞典的时候，你都帮他安排好住处。他的信件和银行账单也都是你在处理。你还帮他安排来回行程和预订机票。他说，可我是长子。她说，和这个有什么关系？他又重复了一遍，我是长子。而且是我接管了他那套一居室。她说，可他当时要移居海外嘛。是他要离开这里的吧？儿子清了清嗓子，说，是啊，可他每年至少要回来两次。他睡床的话，我只好睡沙发。她说，可房租一直是你在付吧？他说，那当然。她说，所以房屋租赁权变更的时候，也是你出钱买下公寓吧？他点点头。她问，他为什么不买？他说，他不肯。他不愿意背贷款。他总觉得房产市场属于泡沫经济。听说一居室开价100多万瑞典克朗时，他说银行纯粹在骗大家的钱。他说那些买房子的人一辈子都是房奴，贷款永远也还不清。她说，那你怎么有钱买的？他说，爸爸写了张字据，证明我一直住在那里，所以我有折价购买的优先权。后来公寓就归我所有了，爸爸回来的时候也会借住。再后来要搬到这里，我就把公寓卖了。他回瑞典的时候就住我的办公室。她说，你这么安排，一直都没出什么岔子？他说，确实。简直像做梦一样，完全没问题。他们相视一笑。他们都知道每次爸爸离开的时候，办公室会变成什么模样。一次她恰好路过那里，提出要帮忙打扫一下。他怎么都不肯放她进来。他说，你还是不要看到的好。他们于是去了广场上那家印度餐馆吃了午饭。儿子说，给我的感觉是，他想要把属于我的东西尽数摧毁。女朋友说，这种念头真够可怕的。

许多年后，他们肩并肩坐在客厅的沙发里。孩子们已经睡了一个小时。她抚摸他的脸庞，他用手指绕着她的头发。他们不知不觉地依偎在一起。她说，我们看部电影吧？他点点头，然后挑了部纪录片。他们越靠越近，也越来越难将注意力集中在纪录片上。她关了灯，他拿来了避孕套。他们在沙发上做爱。一岁的儿子醒了，很快自己又睡了。他们彼此对视了一下，不约而同地笑了。或许情况正在好转。从现在起，孩子们渐渐开始会自己睡了，他们又能重新找回彼此。

事后他说，你知道我下周三打算做什么吗？她说，生日派对前的大采购？他说，差不多吧。我决定尝试单口喜剧。她说，什么？他微微一笑，说，单口喜剧。我打算表演单口喜剧。城南的一家酒吧每周三晚上有开放麦。她深吸了一口气。这种感觉似曾相识。但凡有哪个冒冒失失的客户将一堆未分类的发票塞在塑料袋里扔给他的时候，他都会嘟囔着自己受够了这种生活，发誓要从此改行。可改行做什么呢？这是个问题。

他们刚开始恋爱的时候，她就提出过建议。她说，你要不要恢复攀岩训练？他说，没戏，那一页已经翻篇了。她试探性地问，那进行音乐创作呢？他说，我都快三十了。哪还有机会在乐坛闯出一片天地？她提议，那写作呢？你这辈子总该试着写本书出来吧？他没有吭声。她说，我是说真的。你不是说过，读一本好书的感觉是无与伦比的吗？他说，咳，那都是青春期做的白日梦。

之后的一个周末，他们前往船岛参观一场军事主题的艺术展览。树梢间藏着身穿迷彩服的假人士兵，沿着码头陈列着一排夸张的白色立方体灯箱，上面摆着各式各样的透明武器模型。回家的路上他说，或许我应该读一个艺术方向的夜校。布展看起来还蛮有意思的。她说，那就读呗。试试又不是什么坏事。几周后，他帮一个朋友设计个人主页。晚上回到家，他突发奇想，觉得不妨拓展自己的事业版图，在为客户做审计的同时，附带提供设计个性化网页的服务。她说，这主意不错。试试呗。到了夏天，他买了一套入门工具包，打算开始在家里酿造啤酒。浴室里堆满了发酵桶、深底锅、温度计等各种啤酒相关的配件。一连好几周，他都忙着给大大小小的容器贴标签。一天她下班回家时，突然发现这些瓶瓶罐罐不见了。她从没打听过它们的去向。就像她从未指摘过他的热情。她只希望他能找到生命的目标，因为她很清楚，一具毫无灵魂的肉体苟延残喘在世上，是怎样的一种折磨。

可是单口喜剧？为什么偏偏是单口喜剧？他说，我在休陪产假期间听了好多单口喜剧的段子。不就是说话嘛。我太清楚自己应该把哪一面呈现在舞台上了。我不仅要模仿他们的说话频率和密度，还要借鉴他们段子里的政治色彩和意义。当然，生活智慧和思维高度也很重要。他报了几个她从未听说过的喜剧演员的名字。她看着他，仿佛他说的是来自另一国的语言。她问，这件事和你爸爸有关吗？他说，完全没有。真的没有。*所有的一切都与他无关。*

她不禁怀疑，沙发上那具赤裸身体内，究竟藏着怎样的灵魂。他说，周三玩点新花样也不错嘛。她说，新花样？你有过旧花样吗？再说，周三不是我们大采购的日子吗？他说，我会搞定的。重点在于，每十秒钟制造一次笑声。铺垫，笑点。铺垫，笑点。我打算用关于汽车的笑话开场。一辆汽车就像一个家庭，每个人都有不同的体验。他伸出手臂搂住她。她小声说，你不必依靠单口喜剧讨好大家。他说，我知道。只是这次休陪产假的机会，让我清醒认识到，生命中最重要的是什么。

他从沙发上站起身来。他说，你觉得我没有说单口喜剧的潜质吗？她说，你当然有。我只是担心你会偏离应有的轨道。他说，比如说？她没有回答，而是起身走向洗手间。一岁儿子用过的纸尿裤在废纸篓里堆成了一座小山，压得垃圾袋滑脱了下去。用不了多久，他们之中就有人需要伸出手去，从被尿浸湿的、沉甸甸的、凉冰冰的微黄色尿不湿中找到垃圾袋边口，咬紧牙关，强忍住呕吐的冲动，然后冲进楼梯间，将垃圾袋直接扔进垃圾道内。她有强烈的预感，那个人将会是自己。但现在还不到时候。她转过身走向马桶。

她上过厕所，取出隐形眼镜片。他不在身边，做这些事都轻松了许多。他正坐在客厅里的沙发上，等着向她炫耀自己首部作品的内容，那将会是一个五分钟长的段子合集。她对着镜子里的自己说，这是你们的必经阶段。你们很快会为此笑出声来。你们回顾这些年来的短信聊天记录，会惊讶于自己是怎么被碎片化睡眠逼疯的。你们会感恩于自己没有被生活摧毁，而一切都在迎向光明的未来。

在卸妆和刷牙的时候，她回忆起初次见到他的情形。那是在创意园区的攀岩馆。她和她的朋友笨手笨脚地往自己身上套安全绳，准备尝试最初级的岩壁。她用眼角的余光瞥见一个黝黑的身影在手上抹了抹镁粉，活动了一下脖子，然后飞身攀上陡直的岩壁。她几乎不敢相信自己的眼睛。如此瘦弱的一个人怎么能身手如此利落，而且还没系安全绳。攀到顶端后，他双手一松，整个人向后仰去，跌落在厚厚的保护垫上。他完全没有留意到她的目光，径直走向更衣室。

他们第一次交谈是在一个朋友的暖房派对上。拥挤的公寓里，每个人都将酒杯高举过头顶，以防饮料洒到自己的礼服上。这一策略并不怎么成功，因为酒杯在空中的碰撞依然会造成液体的泼溅。客厅传出的音乐声震耳欲聋，厨房水槽里堆满了塑料杯。大家渐渐放肆起来，有人开始抽烟，地板上满是黏稠的污渍。她好不容易在厨房里找到一处不受打扰的角落，抬眼看时才发现，他就坐在餐桌的另一边。他们的目光在空中交汇，彼此点了点头。她大声说，我们在攀岩馆见过的。反正我是看见你了的。他也用喊的方式回答道，有可能。不过我有一阵子不去了。应该是几个月前的事了吧。他说自己曾参加了一场抱石攀岩的资格赛，就在几乎要锁定胜局的关键时刻，他不慎拉伤了韧带，不得不抱憾退出。她说，太不幸了。他说，确实。她给他看自己打手球留下的伤疤，还有在西班牙旅游时被狗咬的瘢痕。

他说自己小时候，曾经有过一只养着孔雀鱼和剑鱼的水族箱。但一年夏天，所有鱼突然全死了。他猜测是喂得过多导致（当然也有可能是喂得太少，不过他还是宁愿相信自己喂多了）。父母没有买新的热带鱼，而是清空了水族箱，放了几只竹节虫进去——反正他爸爸坚称那是竹节虫。不过它们几乎一动不动，所以他至今都怀疑那就是几节普通的树枝。她说自己中学隔壁班的一对双胞胎嚷嚷着要养一只小猫，但双胞胎的妈妈对猫过敏，所以给她们买了一只迷你猪作为宠物。双胞胎高兴坏了，给小猪套了一只紫色的颈圈，牵着它到处溜达。迷你猪黑黑小小的，样子特别可爱，不过食欲极其旺盛。小猪长啊长啊，最终证明它根本不是什么迷你猪，而是一只普普通通的猪。这只120千克的庞然大物只要出门，要么把附近邻居家的孩子吓得直哭，要么对着花花草草一顿乱啃。据说它还攻击过一头牧羊犬，狠狠咬了对方的脖子。

他们聊起彼此的成长经历，聊起家附近特色各异的公园。那些从小住在独栋别墅里的孩子一定不能理解，他们这些在公寓长大的小孩在童年时期互相串门的热闹和温馨。

她当时的男朋友一走进厨房，她立刻腾一下站起身来。她跟着他回到客厅，他给她倒了杯酒，她接过酒杯，一口气喝完，接着又给自己倒了一杯，就那么拿在手里。他们在客厅地板上跳舞，当时的男朋友冲她喊，怎么样，这酒味道不错吧。散场的时候，她径直走向衣帽间，不让目光扫向厨房。卧室的床上堆着小山似的外套。当时男朋友有些微醺，需要她帮忙才能穿上大衣。就在走向楼梯间的路上，她还是无法抑制自己的冲动，特意兜了不必要的半圈回去，看看他是否还在厨房。他还在。他冲她举起手中的酒杯，微微一笑。她也对他报以微笑。在回程的出租车上，她试图说服自己，那只是一次再普通不过的偶遇，并不能说明什么。很多人都会在派对上遇见某个陌生人，相谈甚欢，然后不了了之。

她不应该联系他的。她正在谈一场稳定而幸福的恋爱。她看了看当时的男朋友，在脑海里列出了自己为之心动的方方面面。他矫健而厚实的身体给人以安全感；他在淋浴时会情不自禁地唱歌，大多数时候只是陶醉地哼哼，并不在乎确切歌词；他不介意别人提起他年轻时的糗事；他安于现状，从不会表现出焦躁和贪心；他很知足。而他的性格和情绪深深感染了她。和他在一起，她能体会到发自内心的平静和惬意。

三天后，她坐在办公室里，针对一起工作环境相关案件的无罪判决写一份上诉报告。一名锻造工人在使用连铸机执行日常操作时不幸身亡。按照工作流程，工人必须爬进机器手动完成"更换引锭杆"的任务，与此同时，大批900℃高温的钢坯缓慢地经过工作区域。

不知道出于什么原因，那名单独执行任务的工人不慎跌落，正好掉在其中一块钢坯的正下方，并因暴露于持续高温而死亡。地方法院认为，尽管连铸机操作的风险评估中存在缺陷，但风险评估和致命结果之间的关联极其微弱，不足以裁定工厂方面有罪。坦率说，这一裁决简直是失心疯。这得是什么样的老板才会犯下这种低级错误啊。就因为抠门，不肯多雇几个工人，或者在更换那根破烂杆子的过程中，暂时关闭900℃高温的浇铸机器，所以导致一名工人白白丧了命？行啊，那我们就法庭见！

她努力平复了心绪，将自己的泄愤之辞统统删去，以冷静而专业的笔调完成了报告，用邮件发送给老板。然后她注意到来自他的邮件——她未来孩子的爸爸。她逐字逐句读完了他写的邮件。她从电脑前抬起头来，生怕有人察觉到自己的脸红。她又读了一遍邮件。然后又是一遍。很快她就能一字不差地背出来了。她决定不去回复。诚然，他能够身手敏捷地攀上陡直的岩壁；他有一双温柔善良的眼睛；他的文笔风趣幽默；他们在一场嘈杂的暖房派对上相谈甚欢。然而和自己能聊得来的又不止他一个。再说，她对目前的伴侣很满意，不愿冒险破坏现状。

三周后，她回复了他的邮件。她说自己不能见他。她在公司的电脑上写了邮件，保存在草稿箱内，然后用自己的手机发送出去，刻意营造出一种她总算有时间回复的假象。就好像她百无聊赖地站在站台上等地铁，除了发邮件再没有别的事做；就好像她突然想起来他写了邮件，不回复显得不够礼貌。他立刻有了回音。他问她，他们为什么不能见面。她说他明知故问。他回了一封。她又回了一封。他再回了一封。两周后，她已经对他的邮件产生了严重的依赖。她每三分钟就要查看一次邮箱。她在电梯里会不自觉地脸红。她在乘坐公交车时大笑出声。她读完他的邮件，然后将手机贴在胸口，脸上泛出幸福的微笑，惹来地铁上的老太太善意的侧目，仿佛早已洞穿她的心思，只是不宣之于口罢了。

他们给对方发送各种各样的歌曲、图片和链接。他们约定永远不要见面，因为一旦见面，他们就会结婚；一旦结婚，自然免不了举办婚礼；他们的舅舅肯定喝得酩酊大醉；他们的表兄弟会操起餐具陷入混战；他们的姑妈会嘲笑亲家的着装品位；还有他们的爸爸，爸爸们会做什么呢？他写道，除非我来出机票钱和出租车费，否则他肯定不会现身。她写道，我爸爸肯定一路开着沃尔沃过来，等着酒都喝完了，东西都吃完了才肯走。他写道，我们这一代的爸爸都有什么破毛病？讲真的，究竟是什么把他们毁成这样？我的朋友里，怎么就没有谁和爸爸维持一个正常的关系呢？她写道，什么是正常的关系？他写道，好像我认识的每一个人，所处的每一种关系都不太正常，尤其是和父母的关系。这种情况正常吗？她写道，说不上正常，也说不上不正常吧。每一封新邮件都好像又打开了一个缺口，一点一点推倒他们之间隔阂的墙壁。虚拟空间中的文字仿佛看不见的飞盘，远远地抛出了现实的边界。对亲近的渴望成为迫在眉睫的愿景。两个月后，他们其中一个写道，我其实并不快乐。另一个写道，我也是。是谁先写的并不重要，重要的是他们的关系已经悄然发生了改变。

他们终于见面时，已经太晚太晚。他们注定是属于彼此的。他们的父母，父母的父母，父母的父母的父母或许在拥挤的公园里，在早餐桌上，在酒吧里，在电影院中，在学生舞会上曾经相谈甚欢，为了就是他们这一刻的相见。他们约在格伦达尔的山顶公园见。他先到了，确定灌木丛中没有隐匿貌似她前男友的可疑人物。他眺望着湖水，用手机发短信给她。她远远地就看见了他。他的双眼洋溢着阳光，笑容中满是期待，头发被风微微吹起。她带了点心。他带了沙拉。他略带抱歉地解释说，自己不知道如何拌沙拉。他所能想象到的最美味的沙拉，就是把尽可能多的食材全搅拌在一起。在食品袋的底部，在餐巾纸、餐盘、刀叉和咖啡壶的下面，躺着一大盒已经变成黏腻糊状物的沙拉。他打开盒盖，里面果然应有尽有：红葱头、石榴、豌豆、甜菜、西兰花。谁都没有动沙拉，倒不是因为它的样子难以下咽，而是他们根本腾不出时间。他们不停地聊天，恨不得把所有的话在一天内全部说完。

七年后，她站在他们共同的浴室里。孩子们已经睡了。她已经不记得山顶公园里聊天的细节，只记得他们约好中午十一点见面，一眨眼的工夫就到了黄昏时分。他们坐在野餐垫上聊了八个小时，几乎没有吃像样的东西，只是喝咖啡、抽烟、吃点心、接吻。后来他们不得不彼此道别。他们站起身时，双腿已经快要失去知觉。他们在停车场停下了脚步。是时候说再见了，他们不能继续同行下去。他们各自的伴侣会起疑心，会盘问个究竟。而他们不知道该如何诚实地回答。他们从未有过这种感觉。他们久久不愿离去。他们吻了彼此。然后又吻了一次。他们说了再见。他们又拥吻在一起。最后还是她先离开，顺着坡道驶向山下的十字路口。她扭头看时，他还站在原地。夕阳勾勒出他的轮廓。他无须任何表示，眷恋的目光已经说明了一切。

后来他们就在一起了,整整六个月里形影不离。这样的朝夕相处本应是一场灾难。当他们作为两个有血有肉的人步入现实世界时,他们用语言堆砌起的一切本应毁于琐碎的细节:肚腩、肌肤、睡衣、工作压力、日常的疲劳。但他们熬了过来。他们熬过了她怀孕,熬过了碎片化睡眠,熬过了大雨倾盆的旅行,熬过了冬季漫长的黑夜,熬过了家庭内部的冲突和纷争。他曾因为孩子迟迟不睡而大为光火,冲进厨房砸碎了上好的瓷器;她对家人的爱永远赶不上对于工作的热情,当产假结束后,她在重返职场时容光焕发到令人讶异。这些,他们都以默许或妥协的方式熬了过来。

可现在,当女儿四岁,儿子一岁时;当他说他要单方面终止爸爸条约,然后突然宣布涉足单口喜剧领域时;当她站在镜子前,打量着自己卸妆后的素颜时,她第一次怀疑他们是否还能继续走下去。走向卧室时,她听见他的声音。他正在谈论车的款式和型号。他顿了顿,给掌声和笑声留出时间,然后自己笑了起来,喃喃自语道,好,真他妈精彩。

IV 星期六

一层台阶就是一层台阶，永远不可能变成别的东西。只不过这个星期六的清晨，妹妹和她的男朋友将台阶变成了冰冷的枕头。他们头枕着台阶，仰望着黎明的太阳奋力从铅灰色的云层中挣扎出来。他们的身体是凉的，内心却滚烫地热。舞池地板上的重低音将对面仓库的窗玻璃震得嗡嗡作响。尽管在进门前已经戴好了耳塞，他们的耳朵里还是充斥着哔哔的噪音。

派对是午夜时分开始的，他们直到最后一刻都无法确定自己是否能赶得上。整整一周，他们都为工作忙得焦头烂额。她周五早上有一个重要的客户会议，他带着精力旺盛的九年级学生进行了一天的户外运动。他们在家里吃了晚饭，看着电视昏昏入睡，十二点半才醒过来，喝了杯咖啡，然后出门打了辆出租车。他们到的时候，场地已经半满。一个小时后，墙壁上开始渗出冷凝的水汽，酒吧源源不断地提供着酒精饮料，充满"笑气"的气球刺激着人们最原始的欲望。作为妹妹的她只喝纯净水，以男朋友身份自居的他为了应景，象征性地买了一瓶啤酒。他喝了两口。当听见 DJ 播放起一首令他难以抗拒的歌曲时，他整个人涨红了脸，兴奋起来。她站在吧台边，看着他在舞池中央踩踏出节奏。他的热情和光芒令场内的其他人纷纷为之侧目。先是女人，然后是男人。甚至还有几条狗，戴着荧光的耳罩，不知道出于何种原因在吧台周围跑来跑去。

他和她完全不同。他从不需要依赖酒精鼓起勇气。他从来都是想跳就跳。他对音乐的节奏熟稔于心，舞步笃定而自信。旋律响起时，他矮胖的身体似乎也轻盈起来，他轻易就能成为全场的焦点，成为舞池中央最闪耀的那一个。而陌生人纷纷被他吸引，心甘情愿地围在周围沦为陪衬。她站在吧台边注视着他。然后她放下水杯，将自己抛进舞池中央。

散场的时候已经是早上八点。他们预订了出租车，直接瘫倒在地，头枕着台阶望着天空发愣。倘若地质学家在这里，大概可以仔细端详这些台阶，根据矿石的属性和线条轮廓追溯历史变迁的轨迹。而对他们而言，石头只是石头而已，浅灰色的，粗糙的，带有凹槽的石头。他们躺在那里，大口大口地呼吸着新鲜空气，凝视着曾经的工厂留下的锈迹斑斑的指示牌。伊克斯特罗姆木工厂。斯德哥尔摩钢琴厂。简&科涂料和清漆厂。拉狄乌斯有限责任公司。他说,如果我们有孩子的话,每天的这个时间就要爬起来。她说,你不知道孩子醒得有多早。我儿子每天早上五点就起床。一直如此。就像闹钟一样准时。他说,你知道他的近况吗?她摇摇头。他问,你不想聊这个话题?她没吭声。他说,我们的孩子可能不是成绩最优异的,但一定是全班跳舞跳得最好的。她点点头。他说,他们的胃口肯定很好。而且毛发浓密。他说完,摸了摸她刮去汗毛的小臂。她说,而且喜欢球类和户外运动。

他说,周末的时候你一定能睡个好觉。我保证。我会带孩子们去厨房待着。她说,难不成你想生一对双胞胎?他说,我们会烤松饼。切碎水果摆在上面。一杯加脱脂奶的咖啡,一罐加自制麦片的酸奶。等你睡到自然醒,我们就把早餐端到你的床上。孩子们边唱歌边欢呼,让普普通通的一天过得比生日还热闹。她说,接下来我们要做什么?他说,我们躺在床上,边吃早餐边读报纸。你读新闻版,我读文化版,孩子们看电影。她说,他们也会喜欢叶普盖尼·鲍艾尔吗?他说,以后会的。等他们长到十一二岁,肯定会的。不过他们暂时还只能欣赏迪士尼的《幻想曲》。到了下午我们再出去,孩子们在公园玩,我们跑跑步,在室外运动器材上健健身。她说,然后呢?他说,晚上我们找家有特色的餐馆，趁孩子们在婴儿车里呼呼大睡，我们开一瓶红酒，吃完饭后手拉手回家。她说，这真的是你对家庭生活的憧憬吗？他说，差不多吧。她说，那你今天有什么安排？他说，我打算和你在一起。她说，好啊。他说，我们难得达成一致意见。她说，不过我约了爸爸吃午饭。他说，就算三个小时好了。他们相视一笑。出租车来了。他们坐在车后座上，向城里驶去。出租车开上利杰霍蒙大桥时，厚厚的云层总算散开。他侧过脸，出神地凝视着波光粼粼的水面。她咬紧了嘴唇，拼命压抑住想说爱他的冲动。

*

到了周末，爸爸、妈妈和两个孩子总算可以全家行动了。他们忙着收拾东西，准备坐地铁去市中心。两个小时后，他们还在忙着收拾东西，为坐地铁去市中心做准备。纸尿裤要多备几块；上次野餐留下的装有腐烂水果的塑料袋要扔掉；奶瓶里的水要灌满。还要带上煮熟的玉米棒，孩子们的换洗衣服，湿纸巾和防潮垫，在地铁上消磨时光用的玩具，两双备用袜子——袜子总有一种自动消失的魔力，勺子，围兜和更多湿纸巾。身为爸爸的儿子希望孩子们打扮得漂漂亮亮的。他们总不能穿着足球衫就和爷爷见面。最后大家总算穿戴整齐了。但每次临到要出门的时候，要么有人想要拉粑粑，要么有人想要撒嘘嘘，要么手套不见了，要么衣服弄湿了。四岁的女儿非要穿短裤出门，一岁的儿子爬到楼梯间里，像弹竖琴一样，用手指拨弄着脏兮兮的通风口。一切收拾妥当，终于可以出门了。妈妈突然想要上厕所。四岁的女儿也嚷嚷着要尿尿。爸爸说，你刚才拉粑粑的时候没尿吗？四岁的女儿说，我可以忍住不尿的。我厉害吧。爸爸说，比绿巨人浩克还厉害？四岁的女儿说，谁都没有绿巨人浩克厉害。他能举起一整栋铁房子。

拖拖拉拉一番之后，他们总算出了门，进了楼梯间，推着婴儿车进了电梯。这时才发现婴儿背带忘了拿。妈妈回去拿婴儿背带。又忘了婴儿车的车锁。妈妈说，到了那里再买好了。爸爸坚持上楼去拿。爸爸说，有谁看见我的手机了？四岁的女儿说，我看见它在浴室里。爸爸和四岁的女儿又坐电梯折返回去。

最终，他们顺利站在站台上，等地铁进站。吃完早饭后，他们就一直忙个不停。妈妈说，现在总算能歇口气了。爸爸说，地铁还有四分钟进站。他抱起女儿，以好爸爸的姿态指着地铁站墙壁上巨大的时钟，告诉她红色的秒针不停地在转，转过一圈后，分针才会往前挪动一格。不知道为什么，盯着秒针转动的时候，时间似乎走得特别慢。四岁的女儿说，我会看时间。爸爸说，嗯，你太棒了。女儿说，我会看时间，我会说波斯语，我会说冰岛语、法语，还有瑞典语。爸爸说，你会什么波斯语？女儿发出"波儿波儿"的音。她说那是小鸟的意思。

*

身为爷爷的爸爸特意穿了一件干净衬衫。他认真刮了胡子。他正在去城里的路上，目的是见见自己的小女儿，他最宠爱的孩子，他引以为豪，没有辜负希望和期待的完美女儿。诚然，她年轻时和那个笨蛋在一起是一个错误的决定。她就不该和他结婚。更不该和他生孩子。她应该听从爸爸的建议。好在现在她已经走出了过去的阴影，专注于自身职业道路的发展，并且成为一名杰出的公关顾问，还能体恤和照顾亲爱的爸爸。地铁现在经过的城区是爸爸生活了半辈子的地方——或者说，生活了一辈子，要看怎么定义了。他强迫自己关闭了记忆的闸口，转而开始数地铁车厢里共有多少个瑞典人。随着地铁越来越接近市中心，车厢里的乘客也越来越多。他从车厢窗户里看见自己的倒影。他的面孔显得年轻而有活力。到了他这个岁数，大多数瑞典人看着都像半死不活的酒鬼。由于面部肌肉缺乏锻炼，他们的脸颊松弛得厉害。在机场的时候，别的国家的旅客高谈阔论、开怀大笑，瑞典人则沉默地待在一旁。瑞典人如果做手势的话，十次有九次都是将食指竖在嘴唇前，示意对方噤声，对于250块面部肌肉而言，这种强度的锻炼远远不够。爸爸一边这么想着，一边在中央车站下了车。

走向自动扶梯的时候，爸爸手机的短信提示音响了。女儿写道，很抱歉，她不得不取消今天的午餐。她临时接到一份重要的工作任务。作为补偿，她可以请爸爸星期天吃个晚餐。爸爸完全没有失望。他完全理解将工作摆在首要位置的必要性。他走进瓦萨大街上的麦当劳餐厅，要了三份芝士汉堡和一小杯去冰的芬达。他坐在靠窗的座位上，回忆起离婚后，自己在这里和孩子们团聚的时刻。在被前妻扫地出门后，他被迫在朋友家的沙发上过夜。不过，他还是坚持和孩子们见面。他们曾经看过电影，还在霍恩大街上的麦当劳见过面。他们点了家庭套餐和去冰的芬达。全家人一致认为，芬达是最好喝的汽水，而冰块只是水，如果要求不加冰块，就能得到满满一杯的芬达。女儿狼吞虎咽地吃掉了汉堡包，胡乱往嘴里塞了些薯条，一口气喝掉了汽水，然后问爸爸自己能不能去游乐区玩。爸爸说，当然可以。儿子仍然坐在餐桌边。他说自己的自然科学进步很大，得到了有史以来最好的成绩。最近一次法语测验，满分40分，他得了39分。这学期十九门考试中，他有十七门拿了全班最高分。爸爸开玩笑地问，还有两门呢？

儿子叹口气说，都怪丽萨那个学霸。爸爸笑了。爸爸说，分数是很重要的，但分数不代表一切。最重要的是生活幸福，还有富裕。儿子点点头。

对于儿子的表现，爸爸丝毫不觉得奇怪。一到周末，儿子从不和朋友去外面玩，而是整晚整晚地坐在家里，在硬纸板上剪下卫星的形状，然后粘贴到自己做的太空书上。爸爸为自己的儿子而骄傲——至少是相当满意的。这时，游乐区突然传出尖锐的喊叫声，女儿和其他两个孩子不知怎地吵了起来。爸爸赶忙走过去解决矛盾。他不记得自己具体说了什么，但肯定没放狠话。他压根就没生气。既没对女儿甩耳光，也没冲女儿扔鞋子，甚至没有在女儿屁股上轻轻地来一巴掌。女儿总算停止哭泣后，一位身材微胖的女士走了过来，她穿一件紫色POLO衫，上面还别着一枚银丝带。她微微一笑，用英语对爸爸说，你要知道，他们还都是孩子。爸爸下意识地用瑞典语回了句，你说什么？对方仍然坚持用英语说，他们比我们年幼，比我们弱小。爸爸用英语说，我知道。对方说，他们也有感情。他们也会害怕。爸爸说，我知道。那位女士最后说了一句，就像你和我一样。说完用手放在爸爸的肩上，意味深长地拍了拍。爸爸点点头，勉强挤出一个笑容。

等对方走远了，他看着女儿，忍不住哈哈大笑起来。儿子和女儿也跟着笑起来。他们笑那位女士居然以为爸爸不懂瑞典语（也可能是她自己不懂瑞典语？）；他们笑她对他说的那番话（爸爸甚至都没动手！）；他们笑自己笑得如此放肆，甚至都忘记了自己在笑些什么。等他们笑完了，爸爸去柜台点了两杯圣代。等他端着塑料托盘走回桌边的时候，儿子已经准确地计算出两杯圣代的总价，以及爸爸应有的找零。回家的路上，爸爸一直在模仿那位女士的腔调：他们也有感情。他们也会害怕。一次又一次将大家逗得哈哈大笑。虽然并不理解这句话的意思，女儿也懵懵懂懂笑得很开心。

身为爷爷的爸爸将塑料托盘留在餐桌上，走出麦当劳。他从游客中心里领取了免费的地图、广告册，还要了一只印有三皇冠标志的蓝色塑料袋。瓦萨大街依然如故。只是便利店、皮具店和画框行被其他更时尚的店铺所取代。它们原先的位置上建起了一座酒店、一家中餐厅和一间霓虹灯闪烁的商店，爷爷看了半天也没弄清楚它究竟卖什么东西。接着就是停车场大楼，下行台阶和喜来登酒店。酒店还没引入密码锁的时候，爷爷和他的朋友经常来这里蹭免费的厕所用。

瓦萨大街的另一边毗邻梅拉伦湖，可以看见斯德哥尔摩的老城和中心桥。水畔坐落着叹息隧道。这名字是爷爷想出来的。尽管从没去过威尼斯，但他听说那里有一座著名的叹息桥。既然如此，将此处命名为叹息隧道就再合适不过了。一到周末，这里就挤满了人。大人们喝啤酒，讲笑话；孩子们比赛往水里扔树棍和空罐子。有一次，一个孩子还带了钓竿过来。但大多数时候，大家不过是找个借口远离父母，获得暂时的喘息。

那时，叹息隧道里什么都买得到：信封、二手童装、竹节虫、家庭装鲭鱼罐头、大麻、突击步枪配件、处理的图书馆藏书、鸡毛掸子、防风外套、（还有一次）一台笨重的老式投影仪。身为爸爸的爷爷问，你觉得谁会买这玩意儿？他一个朋友说，没准当老师的会感兴趣？在这里，爸爸能结识来自世界各地的朋友，买到各种各样价格低廉、稀奇古怪的东西。秘鲁人偏向于为专职地板打蜡的公司提供劳动力，波兰人则擅长从事水暖工，大家都很好奇，为什么所有的瑞典女人都叫谢诗婷。几个长期混迹于叹息隧道的杂耍艺人语重心长地告诫新移民，千万要提防瑞典病。

新移民很疑惑，瑞典病是什么？杂耍艺人解释说，瑞典病和西班牙流感差不多，甚至更糟。西班牙流感伤害的是一个人的身体，瑞典病摧毁的是一个人的精神，它的效力直抵大脑。年轻人来到这里，对未来怀有憧憬，坚信一切皆有可能，却被瑞典病一点一点蚕食掉所有梦想。爷爷的一个朋友举了一个现实的例子：多年前，一个精神的小伙子千里迢迢来到瑞典。他热爱弹吉他，梦想组建一个乐队，出唱片，坐着豪华轿车巡回演出。眼见着希望越来越渺茫，他不得不降低自己的期望值。他开始满足于成为一名音乐教师，找一个漂亮的女朋友，买得起一辆沃尔沃740。他向音乐学院递交了申请，却被拒之门外。他想读师范课程，又被告知不够资格。在到处碰壁后，他不得已又一次调整了自己的梦想。他觉得只要找到工作就好，做什么都行。至于女朋友嘛，长相身材说得过去就好。结果他所能找到的，就是在便利店做小时工。他另外还在香肠加工厂多打了份工。

他根本没钱买车，也没钱找女朋友。他所能约到的女孩距离他梦想中的差了十万八千里。她长得又丑，身材又胖；她有一副公鸭嗓，一旦忘记吃药就哇啦哇啦叫个不停；她爸爸死了，哥哥住在精神病院；根本不能指望她能当一个好妈妈。爱弹吉他的小伙子也清楚这一点。他知道这个女朋友根本配不上自己。他知道他应该继续寻觅其他女孩。可他们还是阴差阳错地成了一对。她抱怨他赚的钱根本不够贴补家用。无论他怎么拼死拼活地干，她就是不满足。她的不满越积越多。她要求他卖掉他的吉他。他不肯。

半年过去了，便利店不再雇用小时工，他因此面临失业。他被迫卖掉了自己的吉他。两周后，卖吉他的钱也花光了。但这一切并不是瑞典的错。当年轻人意识到，自己无论做什么工作，赚的都不会比国家提供的免费补贴更多时，瑞典病就开始悄然渗入骨髓。爱弹吉他的小伙子不得不接受这样一个现实：他付出的工作时间纯属浪费，不仅不能创造价值，还会消耗更多。政府向他传达的信息是：你太没用了，我们宁可出钱让你待在家里，看看电视，打打游戏，省得你占用社会宝贵的工作资源。瑞典病正在潜移默化地影响着人们的思维。它仿佛一个始终萦绕在耳边的声音，提醒你这辈子有多么失败。而改变命运的唯一方式就是推翻重来，结束现有的一切。离开现在的家庭，建立一个新家庭。他离开了自己的家庭。他甚至不敢直视孩子们的眼睛。他唯一能做的，就是站在叹息隧道边，苦口婆心地警告所遇见的年轻人，趁着你们的精神还充满活力，趁着你们的眼神还闪着光芒，对这个国度怀有敬畏之心，别让它改变你的人生。拒绝接受免费的好处。因为任何免费的东西都要付出代价。所谓的免费，是需要用你的灵魂交换的。但爷爷从没把杂耍艺人的警告放在眼里。瑞典病就是那些失败者编造出来为自己开脱的借口。如今他退休了，对自己的论断更加深信不疑。

爷爷走进叹息隧道，发现这里已经空空如也。他旧时的朋友全都不见了踪影。其中几个死了。还有几个坐了牢。大多数都移民国外了。人类活动的唯一痕迹就是绿色垃圾桶前堆得整整齐齐的空啤酒罐。身为爸爸的爷爷坐在岸边，大口大口喘着粗气。他望向水面。手机铃声响了，他将显示屏来回拉远拉近，眯起眼睛想要看清楚来电人的姓名。

当发现是儿子打来的电话时，他直接把手机塞回内侧口袋。他闭上眼睛。再睁开眼时，一切都陷入了黑暗。

*

上了地铁后，他们分开行动。妈妈负责带一岁的儿子，爸爸负责带四岁的女儿。爸爸和女儿找到两个空位坐下，爸爸从背包里拿出故事书。

故事的主人公是一个老爷爷，这天，他花大价钱买了只苹果。狡猾的水果小贩将果园里最大最红的苹果扣了下来，给了老爷爷一只又小又绿的塑料苹果。老爷爷完全没有察觉到异样，他回到家，将塑料苹果摆在窗台边，耐心等待它成熟。一只鹦鹉飞了过来，淘气地碰翻了苹果，刚好砸在一个老奶奶的头上。老奶奶尖叫起来，吓坏了树上的猫咪，这时，一辆疾驰而过的汽车被猫叫声分了神，撞坏了果园的篱笆。路过果园的小男孩摘走了最大最红的那只苹果，送给自己的老师。小偷从老师那里偷出了苹果，没跑多远就和校长撞了个满怀，苹果飞了出去，正好落在正要去营救猫咪的消防员手中。消防员架好梯子，身手敏捷地爬上树。但为了抱住猫咪，他只能先将苹果放在一旁。他顺手就放在了老爷爷的窗台边。老爷爷发现了又大又红的苹果，还以为塑料苹果已经成熟，高高兴兴地吃了起来。

故事书的最后一页是一张城市的全景图。女儿听得聚精会神，爸爸为此十分骄傲。很快就要到玛丽亚广场站了，距离市中心越来越近。爸爸指着窗外的招牌问女儿，这是什么字，那是什么字。四岁的女儿一一回答。爸爸说，哇，你才四岁就认识这么多字啦。他十分享受周围人的目光。等等，有人注意自己吗？他朝四周看了看。大家都戴着耳机坐在座位上，眼睛懒得从手机屏幕上挪开。唯一有反应的是他的女朋友，她正站在车门边，眼神里充满了不屑。爸爸不服气。他指着出租车顶的招牌告诉女儿，上面印着出租车三个字。又指着街边的发廊说，那两个字是发廊。窗外出现了一所学校。女儿认出了"学"。爸爸提示她，学什么呢？四岁的女儿说，学习？爸爸说，再猜。四岁的女儿说，学生？爸爸说，很接近了。四岁的女儿说，学不会？爸爸放弃了。他冲女朋友挤出一个微笑。女朋友将目光转向窗外。一岁的儿子肯定睡了，因为女朋友戴上了那对白色耳机。四岁的女儿问，我们今天要见爷爷吗？爸爸说，可能吧，看情况。

*

只想当游客的游客尽自己所能，摒弃掉丑化城市的一切因素。20世纪80年代中期的时候，她曾经造访过这里。

当时她在金融行业工作，下榻比耶亚尔路的一家豪华酒店。包括酒水在内的餐饮开销全由阔绰的雇主承担。他们从早到晚都在开会，几乎没有时间观光旅游。不过最后一天早晨，趁着预定好的出租车还没到来，她步行穿过了所在的城区。整座城市有一种无与伦比的美。水波微微地荡漾，泛出粼粼的光。每个人都显得光彩夺目，甚至连流浪汉都精神奕奕。

那个年代，街上有流浪汉吗？她陷入了沉思。没有。街上有弹奏吉他的嬉皮士，有派发咖啡的基督教团体，还有身穿传统服饰，表演排箫的印度人。但她不记得有流浪汉或是乞丐，甚至根本没有穷人。这些年来，她在各个国家的首都间辗转生活，旅行箱里的东西只能利用回家的短暂间隙进行更替。所谓家，不过是一间冷冷清清的公寓，她住了快两年的时间，连厨具都还没添置。她每周工作80到100个小时。她妈妈说，你应该减掉至少一半的工作量。你应该歇一歇。让自己喘口气。给自己放个假。见见朋友。跳跳舞。成个家。多陪陪我。她说，没关系。我还年轻。有的是时间。后来，她妈妈得了白血病，女儿回去照顾她。妈妈于1993年2月去世，同年秋季，女儿开始学习护理专业。她原来的方向是儿童和青少年护理，但毕业后，她在一家设施齐备、环境优美的养老院谋得了职位，倒也觉得不错，于是工作至今。

每天早晨，她都要沿着走廊进行查房，逐一问候老人院的住客。她先敲敲门，然后拉开窗帘，开窗透气，让尿骚味散掉，更换床单。她努力说服他们走出自己的房间，到餐厅里喝一杯咖啡。在餐厅的时候，她总央求他们讲讲战争年代的故事，包括1942年迪耶普战役攻打纳粹的情形；1943年将日本人关押进集中营的始末；以及1948年，叛逆的他们离开家乡投身红十字事业时，欧洲的风貌格局。但大家似乎都过着远离漩涡中心的生活。1945年7月庆祝战争结束时，他们担心狂欢的人群太过拥挤，谁都没有出去。1969年7月20日，全世界都在议论人类首次成功登月，他们有的在忙着洗衣服，有的在接待远道而来的表亲。一些老人已经神志不清，甚至记不清自己兄弟姐妹的姓名，还有一些宁愿活在当下，也不肯回忆过去。

他们兴致勃勃地说起自己的小孙女参加舞蹈比赛，儿子考虑定居国外，还有涌入瑞典的移民，纷纷建起清真寺，靠政府救济过活。已经没有妈妈的她说，我妈妈也是移民。她抛弃了祖国的政治理想，在这里开拓出身为停车场管理员的职业生涯。二十年里，她总共休了三天的病假，最后她死于白血病。84岁的詹姆斯说，真是不幸啊。91岁的塞勒玛说，凡事总有例外。89岁的海伦说，很少有移民像你妈妈这么勤奋。她一直留在养老院工作，逐渐地又成为一名非正式的电脑技术顾问。倒不是因为她的电脑知识多么丰富，而是因为她是唯一一个敢给打印机换墨盒的人。据说她曾经成功地进行了双面打印。她还帮部门主管顺利拔出了卡在电脑上的 U 盘。从此以后，老年人但凡碰到电脑方面的问题，都会主动来找她。她的耐心惊人的好，她用平静的声音向 82 岁的史蒂夫解释说，断开路由器，往里面吹气并不能修复无线网络；当 92 岁的贝蒂往公共娱乐室幻灯投影仪的出风口里塞 DVD 光盘时，她告诉她，这样并不能播放影片；91 岁的厄尔不小心将牛奶泼洒进手提电脑的键盘，她帮他从备份文件中还原了硬盘。

她在养老院一直工作到退休，现在，她突然有了用不完的时间。没有孩子和孙子的优点在于，她可以自由自在地环游世界，尽情探索那些她曾走访过，却印象模糊的城市；而缺点在于，她拍摄的照片不知向谁展示。如果有孩子的话，她会给他们打电话，告诉他们这座城市看似没有改变，其实已经和从前不同。

那些建筑还在，天空依然高远，从岸边望出去，还是水波粼粼的景象。但城市里的人不一样了。他们的面孔和其他大城市的并无差别：哥本哈根、布鲁塞尔、巴黎、纽约、布拉格。这座城市的特色已经消失。它已经流于庸俗和平常。唯一的亮点大概就是旅游纪念品商店，里面陈列着印有百分百瑞典字样的黄蓝色 T 恤，塑料的维京海盗头盔，还有不同尺寸的红色木马。其中一个摊位后，两个头戴圣诞帽的小伙子正在兜售拐杖糖——距离圣诞节还有一个多月呢。游客们站在桥上眺望水流城堡。他们站在议会大厦前拍照留念。她没有拍照，而是右转，沿着岸边向市政厅的方向走去。这里更为安静。没有游客，没有戴圣诞帽的摊主。只有她和静静的流水，还有一小段通往码头的台阶。她远远地看见了他。他坐在公园长椅上，斜对面就是一家夏季营业的冰淇淋店。他穿一件黑色大衣，脚上是一双白得刺眼的运动鞋，手腕上还挂着一只蓝色塑料袋。她看见了啤酒罐，起初还以为他喝醉了。但走近一看才发现，啤酒罐和他隔了老远的距离，肯定不是他喝剩下的。再说，他的穿着如此考究，胡子也刮得干干净净，显然不会大白天地孤身一人坐在外面喝啤酒。他大概只是睡着了。这时，他突然睁开眼睛，大声喊叫起来。他站起身，跌跌撞撞地走向码头。她赶紧冲上前去，在距离水边还有几米的地方一把抓住了他。

*

全家人在中心车站下了车。妈妈打算去文化中心看一场关于未来身体的展览，一岁的儿子可以在儿童游乐区里爬来爬去，四岁的女儿要玩里面的木头积木。儿童游乐区暂时客满，要等至少一个小时才能进得去，于是他们领了等号牌，吃了点水果，先去楼上看展览。一只玻璃罩子里陈列了三十多只血脉偾张的、勃起的、足以以假乱真的阴茎。牌子上写着：这些仿真阴茎同时也可以作为长笛吹奏。爸爸说，鸡鸡笛子！真够可以的，是吧？四岁的女儿耸了耸肩。另一件展品是由镜面和灯光效果布置而成的房间。四岁的女儿轻轻感叹了一声，哇，待在里面流连忘返。

身为爸爸的儿子时不时看一眼手机。每隔一段时间就拨打一次爸爸的瑞典号码。有的时候无人应答，有的时候显示忙音。女朋友说，亲爱的，别去管他了。要是想见我们，他自然会打电话来的。我们总不能因为他耽误了自己的事。

儿子不再管爸爸。他试着将全部精力放在家人身上。他不再时不时看一眼手机，猜测可能发生什么事。参观完展览后，他们喝了杯咖啡，然后就轮到进入儿童游乐区了。他们将鞋子放在门口的小格子里。妈妈将大衣挂在儿童挂钩上。爸爸将羽绒服拿在手里。他不信任其他的家长。要是把羽绒服挂在外面，还不知道会被谁拿走呢。就算入口处有工作人员值班也没用。他们又不知道每件衣服的主人是谁。妈妈看了看他，没有说话。一岁的儿子在一堆婴儿书里绕着圈子爬得起劲，四岁的女儿用木头积木先搭了一堵墙，然后又搭了一辆奶牛运输车。妈妈说，你休息一下吧。爸爸说，不用，没事。妈妈说，亲爱的，我是说真的。你去楼下的图书馆歇着吧。看看书，写写你的剧本，或者冥想一会儿。随便你做什么，怎么放松怎么来。爸爸说，不用。我宁可留在这儿，和我的家人待在一起。妈妈压低了嗓门说，见你的鬼吧。我还不知道你待在这儿会有什么后果吗？你最后还不是朝我们撒气，说什么每个人都做了自己想做的事，只有你最倒霉。就因为你的愿望无法满足，你就要任性，甩脸色，让我们大家都不高兴。走吧，赶紧走。我来管孩子。他站起身，朝儿童游乐区的入口处走去。四岁的女儿喊起来：爸爸！爸爸笑了，他说他很快回来。看见女儿因为他的离开而难过失落，他不知道自己是应该高兴还是内疚。

他下了楼，走进图书馆。他挑了几本书，在窗边的扶手椅里坐下。他先是拿起一本备受推崇的美国当代小说，翻了前几页，然后又拿起一本法国短篇小说集，读了半页前言。他突然有了灵感，赶紧将想到的段子记在手机里，接着沉沉睡去。他被手机的震动声吵醒，心里涌起难以名状的喜悦。电话那头却不是爸爸的声音，而是女朋友焦急地问，你在哪儿？他说，休息一下啊。不是你让我歇着的嘛。他的女朋友说，你已经歇了一个小时十分钟了。他说，不好意思，边说边站起身来。她说，婴儿车里还有湿纸巾吗？他说，我去拿。他坐自动扶梯上到三层。他低头看了看手机。他群发了一条短信。*你们最近有爸爸的消息吗？*妹妹很快回复了：*我们今天中午本来要一起吃饭的，可我*

*临时有事取消了。他好像也没意见。*妈妈的回复是：*不知道。没消息。*

身为爸爸的儿子走下自动扶梯，最后一次尝试给爸爸打电话。电话接通了。爸爸的声音变了。听上去仿佛很……高兴？背景里还夹杂着脚步声。儿子说，你在干吗？爸爸说，我在城里，正在散步。儿子说，散步？你一个人吗？爸爸说，和一个朋友一起。儿子说，一个朋友？哪个朋友？爸爸说，就是一个朋友，你又不认识她。我等会儿打给你。

爸爸挂了电话。儿子拿着手机愣在原地。一个朋友？爸爸根本没有朋友嘛。自从警察去叹息隧道突击检查了一次，妈妈禁止他再去之后，他就再也没有朋友了。

*

身为爷爷的爸爸睁开眼睛。世界漆黑一片。他刚刚心脏病发作了。他刚刚经历了脑溢血。某种神秘力量侵入了他的大脑，切断了他的视觉神经。他就是一具行尸走肉，很快就要彻彻底底地死掉。他听见了声音。欢笑的孩子。弹跳的球。汽车。更多的汽车。一辆公交车停在路旁，液压升降装置发出泄气般的声响。他从公园长椅上站起身来，在黑暗中摸索着前进。他听见自己的喊叫声在水面上久久回荡。有人抓住了他的手腕，将他拉回长椅上，轻轻拍打他的脸颊。一个女声用英语问，你能听见我说话吗？他用英语答道，能。她说，你吃什么东西了吗？他说，没有。我只是睡着了。她沉默了。他猜测对方已经走了。和其他人一样，站起身，头也不回地离开了。然后，他听见了打火机的声响，闻到了香烟的气味。她还在。她并没有弃他于不顾。他说，我睡眠不好。她说，看得出来。他说，我的眼睛没有问题。她说，你睁开试试。他睁开眼睛。眨了眨。他意识到自己已经能坐起来，这是一个好的征兆，因为死人通常会无力地跌倒在地。他的身上直冒冷汗，这也不错，因为死人是没有知觉的。一团漆黑中出现了光斑，起初像是微小的爆炸点，然后渐渐连成线，就好像无数道被晨曦晕染的地平线。再然后，他熟悉的世界又回来了。阳光直射进他的眼睛，周围的一切都还在：树木、房屋、长椅、汽车，还有坐在他身边抽烟的女士。她问，感觉好点了吗？他点点头。她的外貌和他想象中截然不同。她的嗓音远比她的容颜温婉动人。但这些都不重要，重要的是她留在他的身边。

*

曾经只是儿子的爸爸在文化中心一楼的自动旋转门里

转了一圈又一圈。四岁的女儿跟在一旁哈哈大笑。不断有人想要进来，却被无奈地拦在旋转门外，四岁的女儿冲着他们挥手，欢呼道：这是我们的地盘！一岁的儿子坐在婴儿车里，四个轮胎打气不均，推起来有些颠簸。一岁儿子的上嘴唇全是干掉的鼻涕。底部的置物篮里装着浸过水的简易绘本，婴儿车的密码锁，腐烂的橘子皮，两只不配对的手套，一双被遗忘很久的备用袜子，便携式打气筒，一把雨伞，四岁的女儿心血来潮收集来的石头，还有刚才他们看展览时拿到的宣传单。爸爸嘟囔着说，一个朋友。可他没有朋友啊。四岁的女儿看着他。他一声不吭。他们离开了旋转门。他把尿布包翻了个遍，可就是没找到擦鼻涕的纸。爸爸只好用一张餐巾纸沾了水，将一岁儿子的鼻涕擦干净。一岁的儿子受到冷水的刺激，哼哼唧唧地打了个激灵。

爸爸回忆起他和女朋友刚谈恋爱的时候，他们流连于各种展览、各家咖啡馆，享受各种晚宴和美食，他们早出晚归，每一天都充满了无限的可能。如果将那时的他们比作灵活的瞪羚，现在的他们就是笨重的梁龙；那时的他们像是飞速前进的摩托艇，现在的他们仿佛迟缓而行的游轮，连掉转方向都变得异常艰难。但凡他们走进某家颇具情调的咖啡馆，里面的服务生就会礼貌地告知，婴儿车必须留在外面，而且咖啡馆内不提供宝宝餐椅。因此，爸爸建议去全景咖啡馆用餐，那里的服务生态度冷淡漠然，就好像早已对彼此心生厌烦的家人。所谓全景咖啡馆，景色自然没得说。咖啡免费续杯。自助沙拉吧也很实惠，至少分量很足。还有一岁儿子喜欢的甜玉米棒。爸爸说，价格方面也很公道。但妈妈在那家吃了好多次，觉得口味很一般。爸爸说，好吧。妈妈提议说，要么我们去剧院餐吧？那家的环境更为考究，价格相对也高一些。爸爸说，他不是很想去那家吃。要么亚洲餐馆怎么样？他们经过文化中心一楼的餐厅，妈妈皱着眉头翻看菜单。爸爸知道她很不满意，菜单上缺少无麸质素食的选项——其实是有的，不过妈妈去前台问过了，那两道菜都包含奶制品。他们离开文化中心，商量下一步该往哪里走。爸爸问，你现在还是不能吃乳糖？妈妈说，我尽量不吃。你对此有意见吗？爸爸说，没有。四岁的女儿说，我要吃香肠。爸爸问，我们接下来去哪儿？女儿说，香肠加番茄酱。妈妈说，不知道，你有什么想法？女儿说，香肠，香肠，香肠。妈妈说，杰奎琳上次提到，国王岛上有一家素食餐厅很不错。说完，她拿出手机。四岁的女儿一字一顿地说，香肠！

爸爸一言不发地站着，心想如果稍作计划的话，这种情况完全可以避免。他小的时候，只要出去玩，妈妈总是做好三明治，带好果汁和苹果，午饭就解决了。他和两个孩子吃什么都行。他内心有声音在呐喊：我们只要几根热香肠就满足了。或者从麦当劳买几只汉堡包也行啊。我们迅速解决完午饭，就可以继续逛继续玩了。但现实是，他们必须站在原地，等待妈妈问出素食餐厅的地址。他们步行前往国王岛。他们沿克拉拉山大街向北走，经过酒类专营店时，看到几名顾客绝望地想要往里挤——周六下午通常三点就结束营业，现在已经是三点零二分。他们经过昼夜营业的药店，他们穿过横跨瓦萨大街的桥，他们经过排队等候的出租车。

在走上下一座桥时，爸爸回忆起他们刚恋爱的那个夜晚，他们决定往水里扔点东西，恰好看见了一堆鹅卵石。他们每人挑了三块，每一块象征着自己希望改变的性格。她扔掉了恐惧规划、容易害羞和哪怕不是自己的错也会道歉。他扔掉了自责和固执。他拿着最后一块石头站在水边，犹豫着不知道该扔掉什么。她说，或许你可以去掉一些控制欲？他说，我又没有控制欲。或者说，和其他人相比，我的控制欲并不夸张吧？就算我有控制欲，那也不是什么坏事。要是没有控制欲的话，说不定我一事无成呢。她说，好吧好吧，你不用急着解释。扔点别的就是了。他将那块石头在手里掂了掂。鹅卵石表面在黎明的晨曦中闪闪发亮。他将石头命名为完美主义，然后扬起手，在空中划出一道漂亮的抛物线。他们朝着家的方向走去。她说，完美主义和控制欲难道不是硬币的正反面吗？他说，我不觉得。

七年后，他们带着两个孩子走过同一座桥。他们彼此默默无言。下了桥后，他们右转继续往前走，两个人依然沉默。四岁的女儿说，我们是要吃香肠吗？他们终于到达了那家素食餐厅。里面的灯光被刻意调暗了亮度，深棕色的餐桌显得很有质感，墙上贴满了自然风格的壁纸。爸爸有些后悔刚才质疑女朋友的选择。还好有她在身边，不然的话，自己可能会变成爸爸那样的人：因为贪图打折便宜，连吃三天的鲜虾沙拉；一件衣服十年都不换；坚持用一部古董手机，电池的待机时间只有二十分钟。（朋友？什么朋友？哪来的朋友？还有，他的口气怎么那么高兴？）女朋友说，看起来不错啊。他说，的确不错。女儿问，他们有香肠吗？妈妈说，亲爱的，他们肯定会有的。女儿说，那番茄酱呢？爸爸说，我们进去看看就知道了。

他试着拉开门。门锁上了。告示牌上显示餐厅的营业时间是工作日上午十点到下午五点。四岁的女儿大哭起来。看见女儿哭了，一岁的儿子也跟着哭起来。一辆蓝色的铰接公交车从身边驶过。爸爸突然涌起一阵冲动，想要扔下婴儿车，跳上公交车，就此消失。但他只是停下脚步，踩下婴儿车的脚刹板，一个人走进最近的7-11便利店，给孩子买了两根香肠，又给自己买了一根。为了避开女朋友指责的目光，他站在柜台前，狼吞虎咽地吃完了香肠。负责收银的女孩看了看他。他指着另两根香肠说，这是给我孩子买的。女孩点点头。

他们沿着工坊大街向南走,看到一家从未光顾过的咖啡馆。它看着属于一家不知名的连锁品牌。没有孩子的时候,他们肯定不会考虑在这种地方吃饭。而现在,他们毫不犹豫地推门进去,选了一张适合放婴儿车的桌子坐下,爸爸走到柜台前,给女朋友点了一份豆腐沙拉,给自己点了三明治和拿铁咖啡,给孩子点了水果奶昔和杏仁饼。女朋友听见他的点单,抬起头看了他一眼。他于是将杏仁饼换成巧克力球。柜台后的小伙子问他,怎么称呼?爸爸愣了一下,什么?小伙子说,你的名字?他拿着记号笔等着答案。爸爸想了想,报出一个名字。小伙子将名字写在咖啡杯上,然后问他需不需要收据。

*

爷爷和游客坐在叹息隧道边的公园长椅上,谈论着不同城市间的区别。她说她住在温哥华,加拿大的温哥华(这是她的原话,先报上城市,再说明国家)。她在金融行业做过好些年,之后学了护理专业,在一所养老院找到了工作。她坦然地报出养老院的名称,就好像提到某个国家或某个城市般自然。可爷爷从没听过这个名称,所以转眼就忘得一干二净。她说自己退休后,在一家工作室找了个兼职，为那些"比我年龄还大的顾客"缝制帽子。爷爷说，你年龄又不大。她说，瞧你说的。然后笑起来。她问，你呢？你是做什么工作的？爷爷说，我干了一辈子的销售。我卖过芝麻粒，卖过香水，卖过走私手表，卖过丹麦坐浴桶，卖过功放机，还卖过皮衣。不过现在我也退休了。爷爷补充道，我住国外，为了看孩子才回来的。她说，我还以为你是来旅游的呢。爷爷笑了，我？旅游？你怎么会这么以为的？她说，大概是你手上拎着游客中心的袋子吧。他说，你说那个啊，别人看见我拎着袋子，对我的态度就会好很多。她说，你说的别人是指哪些人？爷爷说，所有人。尤其是店员。还有公交车司机。还有警察。她沉思了半晌，说，我在这里碰到的人态度都挺好的。爷爷说，一开始是挺好的，后来就变了。

游客自顾自点起一根烟，没问爷爷是不是也想来一根。爷爷认为这是一种暗示的褒奖。说明他外表年轻，保养得宜，不可能有抽烟的陋习。他打量了她一番。换作二十年前，她在他眼里完全是路人的级别。十年前的话，他可能会注意到她，但她绝不是他喜欢的类型；而现在，他觉得她已经足够漂亮了。相貌是天生的，她又无权改变。游客站起身说，我要去市政厅了。爷爷说，我也是。

他们沿着岸边往市政厅的方向走。爷爷说，自己在销售之余，还有过好多足以申请专利的创意。比如他很早就想到，人们可以花钱命名宇宙中的某一颗星星。他还想过往洗盘刷的手柄中灌洗洁精。可惜每次都有人捷足先登——他们比他更有钱，更有人脉。

他们走上通往市政厅的桥。游客翻开旅游手册大声朗读起来。她说斯德哥尔摩市政厅耗时十二年才修建完成，总共动用了800万块砖石。爷爷说，要我讲，浪费时间不说，还糟蹋了材料。他们走进市政厅的内庭。风渐渐小了。他们看见几名举着自拍杆的游客，一对拍结婚照的新人，在头戴鸭舌帽、身穿白背心的摄影师指挥下做出各种姿势，还有来自荷兰的一群中学生，试着摆出金字塔状的人墙造型。她说，有水的城市就是漂亮。到了夏天，大家都会在湖里游泳吧？爷爷说，会是会。不过湖水可是够冷的。她说，冷归冷，但很干净啊。爷爷说，又不能喝。那些愚蠢的政客还做白日梦呢。游客点点头，没有继续追问下去，但爷爷自顾自往下说，在斯德哥尔摩申办奥运会前夕，当地政客邀请奥组委和主流媒体代表品尝梅拉伦湖的湖水，希望以此博得对方好感。偏巧那天，梅拉伦湖水达不到饮用水的标准，害得奥组委的委员全拉了肚子，奥运会举办城市于是花落雅典。游客说，真够倒霉的。爷爷说，活该。他们就是群蠢货。游客说，谁？爷爷说，全部都是。尤其是那些政客。不过奥组委的也没好到哪儿去。

游客说，我要继续往前走了。很高兴见到你。爷爷说，你要去哪儿？游客说，老城。爷爷说，我跟你一起。反正我也没别的事做。他们折返回去，又上了桥。她低头翻看旅游手册。他紧走几步，生怕被甩开。他说，那儿就是老城。她说，我知道。我就要去那儿。爷爷说，我也是。他的手机响了。他说，不好意思，我接个电话。游客继续往前走去。是他儿子来的电话。他解释说自己在忙，然后匆忙挂了电话。爷爷和游客来到西长街。爷爷说，当心钱包。这一带有很多小偷。他们在皇宫前观看了换岗仪式。爷爷说，分配到这儿来的都是最懦弱的士兵。他们朝国王花园的方向走去。爷爷说，雕塑上的那个国王深受瑞典纳粹的爱戴。

游客打了个哈欠，说自己累了。她要回游轮的客房休息去了，然后跟着游轮驶向赫尔辛基和圣彼得堡。身为绅士的爷爷自然提出要陪她一起走过去。游客说，她自己能找到路。爷爷还是坚持跟着。游客表示了感谢，但还是宁愿自己走。爷爷说，城市里乱得很，不知道哪条小巷里就藏着非裔的毒品贩子。游客说，够了。愤然转身离开。

回家的路上，爷爷高昂起头，仿佛一头孤独的狼。他骄傲于自己的生活并不需要其他人的参与。他周围的人都是蠢货。他的小女儿是个蠢货，因为她取消了约好的中饭；他的儿子是个蠢货，因为他想要把自己的父亲赶到大街上；他的前妻是个蠢货，因为她一手摧毁了他们的婚姻；他的第一个女儿是个蠢货，因为她任性地撒手人寰；他的兄弟姐妹们都是蠢货，因为他们只有在借钱时才和他联系；瑞典铁路局是个蠢货，因为红线车次安排得太少太不合理；旁边的男人是个蠢货，因为他一边大声打电话一边吧唧吧唧地吃橘子；迎面走来的女士是个蠢货，因为她的手袋留了个口子，钱包早晚被偷；地铁司机是个蠢货，因为他每次刹停得太急。爷爷步伐缓慢地走过通往公寓的小树林，一边想，要说蠢货中的蠢货还是那些前来旅游的老太太。长相丑陋，烟瘾深重的加拿大籍老太太，穿着廉价的大众品牌服装和毫无款式可言的旅游鞋，主动迎上前来，有一句没一句地搭讪，暗示对方跟她们回到豪华游轮的舱房内，躺在硬邦邦的床上，盖着沉甸甸的被子，彼此拥抱，感受对方的气息。那么大一艘船，谁都不会注意房间里住了一个人还是两个人。游客说，你可以睡沙发。不过他一进舱房就意识到，她根本没有让他睡沙发的意思。他说，我能打开电视吗？我要有声音才能睡得着。游客说，你不用担心睡不着。然后将他引到床上。她说得没错。他不需要开电视就睡着了。

第二天一早，他们享用过丰盛的自助餐，游轮继续驶往下一站。没有人会注意到他的消失。但这一切并没有发生。爷爷倒在沙发里，感到深深的遗憾。他为她而遗憾。她曾经有过机会，却白白浪费了。当晚，他梦见有人进入自己的身体，在他的血管中游走，有人用手握住他的心脏，像抓一只小鸟一样攥紧了它，缓慢、持续，力道越来越大，越来越猛，直到小鸟折断了脖颈，爷爷才在痉挛中醒来。身上一件印有广告词的白色T恤早已湿透，变成了透明的质地。

V 星期天

身为爸爸的儿子照例在早晨四点三刻醒来。今天是星期天。他等到九点才给身为爷爷的爸爸打了电话。对方没有接听。九点一刻,他又打了一通。然后是九点二十。九点二十五。最后爸爸总算接听了电话。儿子说,你身体怎么样?爸爸说,累。非常非常累。我的脚痛得厉害。眼前模模糊糊看不清楚。儿子说,你在干什么?爸爸说,看足球比赛。英超。儿子说,一会儿见个面吧?他们约好在比萨店斜对面的咖啡馆见。儿子说,要我去接你吗?爸爸说,我们直接在咖啡馆碰面就行。记得带上银行流水。

儿子离开家,朝办公室的方向走去。他塞着耳机,播放列表里都是他喜欢的音乐。音乐使得二十五分钟的路程缩短成二十分钟;音乐使得他在揿下行人过街按钮时暗暗使劲;音乐使得他的脚步更为轻快,嘴唇更为紧闭,脊背更为挺直，眉毛更为舒展。十七年。这样的情况维持了十七年。已经超过了他照顾我们的时间。不过那算哪门子的"照顾"呢。他是怎么照顾我们的？他想来就来，想走就走。他会突然出现，又突然消失得无影无踪。这个周末，我们还在一起看电影。三个月后，他又说约在公园见面。又过了半年，他不请自来地登门造访，送给妈妈两大包内衣。接下来，可能有一年半的时间都杳无音信。某一天，他突然主动联络儿子，询问儿子的近况，然后又消失半年。有整整四年的时间，他们完全没有对方的消息。之后，他说市内那套一居室需要租客，于是和儿子签订了爸爸条约。移居海外后，爸爸只有在需要转账时才会寻求儿子的帮助。

第一次发生在儿子去柏林看朋友的时候。爸爸打电话过来。他需要将钱汇给在保加利亚的某个人。爸爸说，事情很着急。最晚要在今天前将钱用西联汇款寄出去。儿子记下了收款人的姓名和地址，然后开始查找柏林有哪些周日营业的西联汇款网点。他将事情经过原原本本地告诉了朋友，以证明他和爸爸之间存在某种纽带，他们一直是有联系的，他没有被抛弃或遗忘。他向朋友借了电脑，将钱汇入账户，从自动取款机里取出现金，然后穿过整个柏林，搭乘有轨电车再转地铁到达火车站。他赶到网点时，距离结束营业只剩二十分钟。柜台里一位浓妆艳抹的老阿姨解释说，由于证件不全，他无法进行汇款——他的瑞典驾照不在可接受的证件范围之内。他必须出示护照。他试图想要说服对方。他说自己的情况的确很紧急。他可以明天一早将护照送过来给她过目，但这笔钱必须要在今天汇出。最后，他眼睁睁看着老阿姨关闭了柜台，只好打电话给爸爸，承认自己汇款失败。他做好了被痛斥一顿的准备。爸爸肯定会大声嚷嚷说，自己的儿子就是个废物，什么事都做不好。然而爸爸并没有骂骂咧咧，而是平静地说，明天汇款也行。儿子说，你不是说事情很着急吗？爸爸说，明天也来得及啊。第二天，儿子在朋友家附近找到一家西联汇款的网点，顺利汇出了钱，然后将解付确认码通过短信发给了爸爸。儿子没有收到任何回复。他又发了一遍，并且请爸爸回复确认已经收到短信。还是没有消息。快到吃午饭的时候，儿子给爸爸打了电话，爸爸的声音很不耐烦，就好像电话那头是某个想要骗钱的拙劣推销员。儿子说，是我。爸爸说，什么事？儿子说，你收到确认码了吗？爸爸说，收到了。钱汇到了。儿子说，好的。爸爸说，好。他们挂了电话。

儿子走上坡道。他回想起其他的几次转账：爸爸的一个表兄在英国，急需一笔钱；给葡萄牙一家家具厂汇500欧元，订购一个重要的配件；向斯洛伐克的一个电器生产商汇700欧元；往越南的一家制衣厂打款400欧元。爸爸总是找他，从不联系妹妹。因为他是长子。因为他住在爸爸的公寓内。有一段时间，他频繁出没于中心车站的福瑞斯换汇网点，柜台里的工作人员都认识他了。他们会客客气气地主动和他打招呼，问他周末过得如何。有一次儿子莫名感到恍惚，网点工作人员甚至比爸爸更关心自己。

他的朋友中，只有一个对此提出异议。就是那个住在柏林的朋友。他和他爸爸的关系也差不多。他说，我能理解你对你爸爸无条件的爱和纵容。可我必须要多嘴问一句：你爸爸究竟是做什么的？儿子答，进出口生意。朋友说，进口什么？出口什么？儿子说，各种东西，什么都有。朋友说，你汇的是你自己的钱吗？儿子说，不是。显然不是。都是我爸爸的钱。他在我这里有个账户，我先帮他垫上，然后再从他的账户里转钱过来。朋友说，你难道不该查查收款方的底细吗？如今的时代，大家互相猜忌怀疑已经成了常态。如果不能确定收款人一定可靠，我是肯定不敢贸然汇款的。你这么谨慎的人，就从没考虑过这一点吗？

儿子从不会将大衣留在公共衣帽间内。他总是给自行车上两道锁。在咖啡馆里回邮件的时候，他必须确保自己背靠墙而坐。他总觉得周围的世界对自己怀有深深的敌意，直到他遇见后来成为他孩子妈妈的女朋友，对方告诉了他关于近乎偏执地猜疑的理论：一个人如果遭到父母的忽视或遗弃，或是长期得不到关爱呵护，就会产生一种不安全感，总觉得自己会受伤害。女朋友的结论是：宁愿宠坏孩子，也不要冷漠对待孩子。尽管如此，他倒是从没担心过向全世界转账汇款会有什么风险。他自豪于爸爸总会想到自己。儿子坐在吧台边喝酒，或是在餐厅里吃饭时，只要有人提到钱，亲戚，周末安排或是天气之类的话题，他就会不自觉地联想到最近又帮爸爸往伊斯坦布尔的商业伙伴那里汇了钱。这让他感到自己是个称职的好儿子，他和爸爸的关系融洽而和睦。每一次汇款都十万火急。任何事都不如汇款来得重要。就算要在周末前赶完三份审计报告，儿子也会在第一时间到达福瑞斯换汇网点，在黑黄色的西联汇款表格上填好信息，然后将解付确认码通过短信发给爸爸。儿子对朋友说，我好像就是无法对爸爸说不。朋友说，为什么？你拒绝的话会怎样呢？儿子说，他会断绝和我的一切关系。他以前就这么干过。

儿子左转穿过一片林地。他记得一个春日，他和两个朋友在巴黎游玩。手机嗡嗡震动起来。是爸爸。短信上只有三个字母：SOS。儿子从餐桌边站起身，走出餐厅，在路边打了电话过去。爸爸很快接听了。他的嗓音比以往更加沉闷。他拼命咳嗽，停都停不下来。几分钟后，他的一名下属接过了电话。下属说，你爸爸病得很重，一连好几周都卧床不起。他们怀疑他得了肺癌，或是肺结核。下属说，今天早上他咳出了好多血，他连站起来的力气都没有了。他很虚弱。他很苍白。他觉得肺里长了东西。我们想要尽快安排他再做一次肺部 X 光检查。不过当务之急是你尽快赶过来。你爸爸需要你。越快越好。儿子边听电话边往酒店走。他向朋友解释了原因，顺便告诉前台的女接待员，他的爸爸病得很重，他必须立刻赶往机场。

午夜时分，他已经降落在另一个国度，胸中憋闷得难受。前来接机的是爸爸的下属，他比他年长几岁，但已经谢顶。他们简单拥抱了一下。下属一瘸一拐地走向汽车，解释说自己出了一场车祸。他开车去海边的时候，前面拖拉机的拖板松了，几大捆干草滚落下来，他避让不及，直接开下了路沿。这是八个月前的事了，现在他已经基本康复，只是走路还有些不稳，屁股也隐隐作痛。

他们坐上车，沿机场高速驶往市中心。所有灯柱的顶端都竖着总统肖像，一眼望去似乎没有尽头。总统肖像在紫色背景的衬托下露出虔诚的微笑，他为国家带来繁荣稳定，给予女性自由，并且创造出更多经济机遇。他深知所有改变必须循序渐进。他向人民承诺，只要坚持单一的宗教信仰，这个国家就不会陷入混乱。他是恐怖主义、宗教迫害、大规模抓捕和反民主的代言人，他是西方列强的走狗，是巴勒斯坦的叛徒，是渴望权力、贪婪成性的白痴，根据家族中其他成员的说法，他的妻子比他有过之无不及。儿子抬头看了看宣传画。他问，你知道为什么他总选用紫色背景吗？下属看了一眼总统，说，是吗？我从没想过这个问题。我已经很久没有留意过这些画像了。汽车左转驶上主街，接着右转进入超市后的一条小路，那里就是爸爸住的地方。

爸爸躺在沙发上，浑身直冒冷汗。他无法站起身，一双眼睛努力挤出微笑，用微弱的声音央求儿子带他回家。回到瑞典。儿子说，你什么时候能动身？爸爸轻声说，我动不了身。我太虚弱了。我就要死了。儿子奔向最近的网吧。他付了钱，连上网络，开始搜寻前往瑞典的航线。同时他打电话给外交部的一个朋友，询问如何将重病的瑞典公民带回国。朋友给了他紧急救援中心的电话，搭乘医疗救援飞机的价格高达数十万瑞典克朗。他又和保险公司通了电话。只要登记过正确的联系地址，受保人就能获得为期四十五天的旅行保险。儿子说，爸爸已经在海外居住四个半月了。保险公司的工作人员表示，很抱歉，他们不能支付爸爸回程的费用。

儿子挂了电话，继续搜寻可能的方案。包机价格太过高昂，去瑞典也没有直飞的航班，抵达斯德哥尔摩的唯一方法就是从巴塞罗那转机。机票销售代理拒绝了儿子购买联程航班的要求，因为飞往巴塞罗那的飞机预计在一个航站楼降落，而飞往斯德哥尔摩的飞机又在另一个航站楼起飞，而转机的时间太短，根本赶不上。于是儿子分别买了两张单程机票。他想，行的，必须行。我们没有其他选择，我们必须立刻出发，我们必须回家。爸爸必须得到真正的治疗，我们一起总能解决回家的问题。他跑回公寓，爸爸已经有些神智不清，他告诉爸爸自己购买了回程的机票，自己预定了机场的轮椅服务。儿子说，我们会坐飞机回去，经由巴塞罗那转机。一切都会好起来的，我会一直陪在你身边。爸爸问，多少钱？儿子说，多少钱都无所谓，这钱我来出。爸爸说，谢谢，然后拍了拍儿子的肩膀。爸爸说，可我站都站不起来。儿子说，你必须站起来。

接下来的几个小时里，他们一直在为回家做准备。下属去康复中心借了一只助行器，帮助爸爸从公寓挪进汽车。儿子准备了餐盒，然后分别通知了妈妈和妹妹。妈妈祝爸爸一路平安，妹妹帮他联系了一位做无国界医生的朋友。儿子给无国界医生打了电话，详细描述了爸爸的病情，以及爸爸在当地做过的检查。胸片并没有显示任何异常。妹妹的朋友沉默了半天，清了清嗓子问，你说他做过了肺部的X光检查？儿子说，对，做了两次。对方说，他也看了当地的医生？儿子说，当然，看了好几次。可他们什么都查不出来。他们就是一群江湖庸医。这里的医疗就是个笑话。对方问，谁说的？儿子说，是他说的。对方问，他接受抗抑郁治疗了吗？他是不是自行停止服药了？儿子说，抑郁难道会导致瘫痪和咯血吗？对方说，我的建议是，你们一回到瑞典就去看精神科的急诊。

  第二天就是启程的日子。下属和儿子合力将爸爸抬下楼梯。爸爸撑在助行器上，艰难地挪向等在门口的汽车。儿子将行李装进后备厢，虽然爸爸一路都在说自己快死了，自己肯定撑不过这一路，他们还是顺利抵达了机场。儿子推来了轮椅，他们办理了登机手续。他们登上了前往巴塞罗那的飞机，万幸的是，那家从来都无法准时起飞的航空公司居然只晚点了十分钟不到。爸爸小声问，我们能赶上去斯德哥尔摩的飞机吗？儿子说，可以的。一定可以的。他们坐在机舱的最前面，巴塞罗那机场那边已经有轮椅等候在机舱出口处。空乘人员说，你们最后下飞机。儿子说，决不。安全带指示灯一熄灭，他立刻站起身，挡住后排乘客的去路。他连拖带拽地将爸爸笨重的身体从座椅上拉出来，将他的胳膊架在肩膀上，踉跄着走出了机舱。他好容易将爸爸安置在事先预定好的轮椅上，爸爸整个人几乎快要晕眩过去。他急促地喘着粗气，脸色蜡黄，喃喃自语说自己想要睡觉。一行人奔向行李传送带，儿子负责推轮椅，负责租借轮椅的机场地勤人员紧紧跟在后面。地勤人员说前往斯德哥尔摩的飞机是从另一个航站楼起飞的，位于机场的另一边。他说他们肯定赶不上。他们可以坐机场穿梭巴士过去，但也要一刻钟。爸爸似乎已经丧失了意志力，他睁着眼睛，干裂的嘴唇微微颤抖，眼白蜡黄一片。儿子拒绝接受不可能的事实。他们走出自动门的时候，机场穿梭巴士刚刚准备启动。负责租借轮椅的地勤人员喊道，就是那辆车。他跑上前去，冲着司机拼命挥手。司机关闭了车门，他直接冲到车前，攥紧了拳头来回摆动，他看了看司机，又指了指儿子和爸爸。

司机停下车，打开了车门，儿子和地勤人员赶紧将轮椅抬进车厢。他们一路驶向另一个航站楼。他们每隔半分钟就要看一看时间。负责租借轮椅的地勤人员一遍又一遍嘟囔着，你们是赶不上的。但他的语气里透着一线生机，似乎也想孤注一掷地试试这么做到底能不能行得通。他冲巴士司机嚷嚷了几句，巴士停在一个完全不是站台的门口。他们将轮椅抬下车，奔向值机柜台。他们仅用四分钟就办好了前往斯德哥尔摩的登机手续，紧接着跑向登机口。负责租借轮椅的地勤人员一直跟在旁边，脸上有着难以抑制的兴奋表情。到达登机口的时候，前往斯德哥尔摩的飞机还没开始登机。儿子双膝一软，蹲坐在轮椅旁边，好不容易才平复了呼吸。他站起身，在机场便利店买了矿泉水，咖啡，还有一大包巧克力，和爸爸以及地勤人员分着吃了。儿子说，总算赶上了。负责租借轮椅的地勤人员说，我从没怀疑过。他们在机舱门口道了别，儿子搀扶着爸爸往里走。

他们的座位本来在机舱最后，但一个带孩子的家庭主动提出和他们进行对调。爸爸无力地跌坐在座椅上，很快沉沉睡去。儿子侧过身，为他系好安全带。尽管彻夜未眠，尽管汗流浃背，尽管压力重重，爸爸身上的气味还是那么好闻。

一下飞机，他们就坐上出租车，直奔圣约兰医院的精神科急诊部。妹妹早已等候在门口。她扶着爸爸走上人行道，然后给爸爸一个大大的拥抱。爸爸轻声对妹妹说，谢谢，你还特意跑这一趟。爸爸迈着小碎步，几乎凭自己的力量走进候诊室。儿子拎着行李跟在后面。他们拿了等号牌，在候诊室内耐心等待。半小时后，进来一个年轻的小伙子，胳膊上打着石膏，头发染得五颜六色。小伙子的妈妈和分诊台的护士说话时，小伙子一直用直勾勾的眼神东张西望，仿佛来自另一个世界。年轻的小伙子比爸爸先进去。爸爸摇了摇头，说，他是假装的，他根本没病。一个半小时后，终于轮到爸爸了。儿子跟着进去，妹妹等在外面。爸爸剧烈咳嗽了一阵。然后又是一阵。爸爸将黏液和血吐在纸巾里。医生让爸爸坐下来，平静一下。

爸爸说，自己是被迫来看病的。在他看来心理学是专为女人和疯子准备的，弗洛伊德是一个沉溺于可卡因的犹太裔恋童癖，荣格就是个基佬。当然，爸爸也有心情低落的阶段，比如离婚之后，比如确诊糖尿病的那一刻。可谁没有偶尔沮丧的时候？鸟儿会难过，狗狗也会难过，人类当然也免不了难过。医生问，你最近一次感到难过是什么时候？爸爸说，难过？我从没觉得难过。我没有时间难过。我有三个孩子。不，两个孩子。我工作了一辈子。我的意志力是很顽强的。脆弱的是我的身体，我的身体吃不消。儿子坐在爸爸斜对面的椅子上。儿子掩面哭了起来。医生用带着浓重俄语口音的瑞典语说，我看你的儿子好像很难过。爸爸说，他总是想得太多。他太敏感了。

医生说，你应该能理解，我不能收治你入院。但我可以向你推荐别的医生定期随访。爸爸用锐利的眼神看了看她。他说，我不需要什么心理医生，我需要一个真正的医生，我需要做脑部的核磁共振。我需要……他开始剧烈咳嗽起来，止都止不住。医生说，这样的话，我可以请普通的急诊科医生过来，检查一下你咳嗽的原因。

普通的医生为爸爸检查过身体，以疑似肺结核为由将他收治入院。他需要严密观察，需要接受肺部X光片检查。他住进一间属于自己的单人病房，里面有电视，有格纹床单，窗台上还摆着塑料花。爸爸很快适应了这里的生活。孩子们探视的时候，他说这里提供的餐饮很可口，护士态度很和蔼，医生怀疑他要么得了肺结核，要么是其他肺部感染。他说，你们还以为我抑郁了呢，抑郁总不至于瘫痪吧？说完哈哈大笑起来。他的咳嗽时好时坏，有几天甚至连起床都困难。医院用救护车将爸爸送往胡丁厄的传染病院。前往探视的访客都必须佩戴口罩。那里的公共娱乐室内配有带录像机的电视。在爸爸多次抱怨电视节目单调乏味后，孩子们带了一大堆的录像带过去，都是爸爸喜欢的电影：《夺面双雄》《潜龙轰天》《七年风暴》《热血高手》。爸爸问，没有尚格·云顿的片子吗？有的，看，这是《终极标靶》。还有《叠影威龙》。爸爸笑了。他看起来精神了不少。几周后，医生宣布说，疑似的肺结核症状似乎已经消失。孩子们的结核菌测试都显示阴性。爸爸不再咳嗽，至少咳得少多了。爸爸又见了一名心理顾问。她推荐电休克治疗的同时，配合使用抗抑郁药物。爸爸又回到精神病部门接受治疗，和另外三名被爸爸称为"疯子"的病人住同一间病房。他接受了电休克治疗，同时按时服用抗抑郁药物，一个阳光明媚的星期二，医生宣布爸爸可以回家了。

现在，他回到儿子的公寓——其实是自己的公寓，躺在自己的床上——其实是儿子的床，开着电视。妹妹也在，还带着自己的儿子。爸爸感慨道，简直像是鬼门关走了一遭。你们知道我是这么熬过来的吗？你们知道当所有希望破灭时，是谁救了我的命吗？他的儿子露出了微笑。他知道接下来会发生什么。这一刻终于要来了。在这么多年的等待后，他终于要开口说出这番话了。爸爸的讲稿上一定是这么写的：是我对孩子的爱，支撑着我熬过最艰难的时刻。我的儿子拯救了我，他的责任感和良心是我最大的救星。我最亲爱的儿子，我为你感到无上的骄傲。谢谢你为我做了这么多。然而爸爸并没有说他该说的话，而是表示：多亏了我超强的意志力，我才终于熬了过来。如若不然，我整个人早就垮了。

儿子起身去上厕所。他听见卧室传来细碎的说话声。儿子回来的时候，爸爸说，自己为有如此成功优秀的孩子感恩不已。他的语气中透着不情愿，就好像演员说台词时，暗示着自己所扮演的人物即将遭遇不测。但儿子还是喜出望外。对于儿子的付出，爸爸从未提出过补偿，包括机票、出租车费、餐饮等等。他当然不会，因为我们是家人。

身为爸爸的儿子按照约定的时间到达了咖啡馆。他已经在里面转了一圈，和店员打过招呼。他本应在桌边坐下，耐心等待，但他知道，那样一来，他很有可能等上一两个小时，甚至耗掉一整天的时间。十分钟后，他果断地走出咖啡馆，穿过公园，进入公寓，顺着楼梯上到二楼，直接来到爸爸面前。爸爸正萎靡不振地坐在电视机前的沙发里。儿子说，你身体还好吧？他憎恨自己问话的声音。爸爸说，不怎么样。说完直挺挺地倒在沙发上。他说，我很累，我病了，我的脚痛得厉害，眼睛看不清东西，根本没什么胃口。

儿子从地板上捡起免费报纸，将空比萨盒折叠压平，打开百叶窗，让阳光透进来。他说，每次都是这样。爸爸没有吭声。儿子问，你住这儿还习惯吗？爸爸说，凑合。就是书太多了，堆得到处都是。连个下脚的地方都没有。

儿子说，妈妈说，你们约会的时候你很喜欢读书。爸爸没有吭声。儿子说，起来吧，我们去咖啡馆。爸爸躺着不动，说，这儿的邻居不怎么样。儿子说，这儿的邻居有什么问题？爸爸说，他们吸毒。儿子说，你是说桑多吗？他在仓库当保管员。人是有点特别，但他绝对不是瘾君子。爸爸说，隔壁的那个女的经常接客。儿子说，谁？克拉拉吗？爸爸说，那个中国人。儿子说，她有一半泰国血统。爸爸说，每天从早到晚，她家里人来人往的，从来就没消停过。儿子说，她是灯罩设计师。她有自己的公司，通常在家上班。我们客厅里那盏印有弗里达·卡罗作品的绿色灯罩就是她设计的。你见过吧？爸爸说，我都好久没去过你们家了。儿子说，反正挺敞亮的。他俯下身，捡起散落一地的书。他问，这些书是不小心碰掉的还是？爸爸假装没听见。儿子说，我们走吧。他感觉自己的声音仿佛一个讨厌健身的私人教练，又像是伪装高潮的色情片演员。爸爸叹了口气，从沙发上站起身来。比萨碎屑窸窸窣窣地掉落在地毯上。他问，外面冷吗？儿子说，外面一直都挺冷的。爸爸说，你怎么不戴帽子？他们沿着大路往前走。爸爸走得很慢，儿子留意到他的脚有些跛。爸爸说，你应该戴上帽子，不然耳朵会冻僵的。

爸爸走进咖啡馆，挑了一个角落的位置坐下。他告诉儿子自己想吃的东西。儿子走到柜台前点餐。一方面，他希望爸爸能主动提出请他喝咖啡——哪怕只有一次；另一方面，他又为自己的念头感到羞耻和惭愧——难道请爸爸吃顿饭还要斤斤计较吗？他渴望自由，却又不知道究竟是什么束缚住自己。爸爸依然坐在角落的座位上。儿子端着咖啡、点心和水走了过去。爸爸叹了口气，抱怨说桌上的台灯不够亮，咖啡的味道太淡，杏仁饼做得太小。爸爸说，你把银行流水带来了吗？儿子点点头。拿出一只塑料文件袋，里面装着从网上银行打印出的银行流水。上面列出了近六个月来所有的存取款交易记录。交易记录并不多，包括爸爸的旅行支出、看病就医的花费，以及政府的退税。所有明细都列在一页纸上。但爸爸还是拿出笔，逐条核对每一笔交易。他问儿子借了手机，打开计算器功能，验算明细相加的结果是否与总金额相符。儿子说，肯定不会错的，爸爸。这家银行信誉很好。他们不会讹诈客户钱的。爸爸说，你最信赖的人，往往是最高明的骗子。儿子说，这是一句谚语吗？爸爸说，反正是我的谚语。爸爸继而问，这笔是什么？儿子说，这笔是你上次的机票钱。爸爸说，六千三百瑞典克朗？机票价格不都在五千到六千之间的吗。这笔有六千三？也太多了吧。儿子说，上次是临时决定回家的，你不记得了吗？爸爸一遍又一遍地重复着数字：六千三？六千三？儿子早有准备，他拿出购买机票的收据，指了指右下角的金额，爸爸这才不吭声。儿子说，你看到总价了吧？其实决定得这么仓促，能买到这个价格的机票已经很划算了。爸爸依然一声不吭，完全不理会儿子试图缓解气氛的良苦用心。

儿子喝完了咖啡，清了清嗓子。他说，现在我们谈谈爸爸条约吧。

*

已经成为爷爷的爸爸一早就被手机铃声吵醒。铃声响了一次又一次，最后他终于按下了接听键。儿子坚持要在今天见他，因为下周儿子要休陪产假，父子俩又没法单独见面。他们约好在咖啡馆见面。挂了电话后，爸爸又昏昏沉沉地睡了过去。等他再次醒来的时候，儿子已经在公寓里走来走去。他用钥匙开了门，自顾自地闯了进来。爸爸能听见儿子在厨房里无奈地叹气。儿子生气了。一直都是这样。他伴着怨气出生，想必也要在怨气中死去。儿子的世界里，就没有一件事情令他满意。问他几个问题吧，他觉得你过分好奇。什么都不问吧，他又嫌你漠不关心——他那么无聊的生活能有什么事！带吃的去吧，他觉得是嫌他招待不周；不带吃的去吧，他又要抱怨自己采购辛苦。如果住上一个月，就会严重干扰到他的工作；可要是只住上十天，又来不及和孙子、孙女见面。但凡发生什么事，儿子都能把它和过去的点点滴滴联系起来——那些破事，除了他自己，再没有别的人在乎。他们可以一起观看电视上的足球转播，他们可以约在城里的咖啡馆见面，他们可以沿皇后大街散步聊天。生活还在继续，有必要总揪着过去不放吗？儿子总能找出各种方式让人不痛快。他会说，足球队的队服让他联想到爸爸住院时候诊室里那幅油画的颜色。他会掂掇手里的咖啡杯，装作不经意地问爸爸，他是否还记得他上次和麦当劳里一个胖老太太吵架。有时候在路上走得好好的，儿子会毫无来由地说，我们住老房子的时候，有一次你在厨房里狠狠甩了我一巴掌，对吧？对此，爸爸完全没有印象。他应该从没打过儿子耳光。爸爸所能想起来的是，儿子十几岁的时候，腆着圆鼓鼓的肚子，交往了一群狐朋狗友。儿子在头上绑了块红色手帕，看着和海盗差不多，牛仔裤肥肥大大，走路都带着风，他斜睨着眼，看着爸爸的目光里充满了不屑。一次他们在厨房的时候，爸爸用和蔼的语气询问他的学习情况，儿子说都挺好。爸爸说，生命只有一次，要尽可能多做些事。儿子说，爸爸就没做什么事。爸爸自然发了脾气，不过打耳光是不可能的，顶多就是推搡了一下。儿子应该感谢他当时没用力，不然少说也要留个瘀青之类的。

　　他们往咖啡馆的方向走。爸爸说，我请客，你买单。说完哈哈大笑起来，似乎很满意自己的笑话。他心安理得地接受儿子出钱的事实。这是儿子成年的标志,证明他和爸爸一样,也算是事业有成的男人。但儿子并不买账。儿子总是有各种各样的不满。他们一坐下来,儿子就开始历数这些年来帮过爸爸的忙。他帮爸爸订了机票,帮爸爸在不同账户间转账,帮爸爸收管信件。爸爸说,拆几封信能有多大麻烦?再说,我原来的银行账户好好的,都是你让我换成什么网上银行,说利率更高。儿子没有吭声。爸爸继续说,要是你教会我上网的话,我也能自己订机票。儿子说,可你又没电脑。也没有银行卡。爸爸说,你帮我申请一个不就行了。儿子说,申请是要手续费的。爸爸说,钱不是问题,重要的是我们关系融洽。我一点都不想和你吵架。

但儿子并不想要解决问题。他只想挑起战争。他指责爸爸从不打扫卫生。他非说爸爸从办公室里偷拿了东西。他说爸爸只有在有需要的时候才会联系他,这显然不是事实,因为儿子从不会主动给爸爸打电话。爸爸说,这是法庭吗?你这是在指控我吗?我的罪名是什么?儿子说,我不是这个意思。爸爸说,那你为什么要把我赶出去?儿子叹了口气,说,没有人要把你赶出去。你都不住这儿,怎么可能被赶出去?爸爸说,你和妈妈聊过这件事吗?儿子说,她和这件事有什么关系?爸爸说,我劝你还是先和她聊聊,省得到时候又后悔。儿子说,我唯一后悔的是,像这样任其发展了这么多年。爸爸注视着儿子。他努力想要理解，儿子的愤怒究竟从何而来。

儿子说，我只想要在你和我之间建立起另一种关系。一开始，我是孩子，你是大人。然后我成了大人，你成了孩子。难道我们就不能都当一回大人吗，以成人的姿态面对面聊聊天？他们沉默地坐着。爸爸说，你不是大人。你永远也成不了大人。成天和纸尿布打交道，靠老婆的钱活着的人，永远都只是孩子。儿子说，你为什么要这么说？你难道不知道我会难过吗？爸爸说，我只是说实话而已，大人是不会因为实话而难过的。我这辈子只靠自己，从没需要过其他人，一个人都没有。儿子说，那你想过，就没有人需要你吗？爸爸说，什么人需要我？儿子说，比如你的两个孩子？爸爸突然提高了嗓门：我的孩子？柜台后摆弄咖啡机的小伙子不由往这里瞟了一眼。爸爸继续道：我从没背叛过我的孩子。我给他们鼓励，给他们支持，我一直都在。我……儿子打断他，你觉得你第一个女儿会赞同你的观点吗？爸爸站起身，推门走出咖啡馆。他穿过街道，然后原路折返回来，俯下身对儿子低声说：等我死的时候，你会后悔的。

*

身为妈妈的妹妹打算星期天晚上请家人吃饭。准确说，是彼此还能说得上话的家人。她的妈妈和爸爸要是待在一个厨房里，肯定会挥着餐叉冲对方大吼大叫。她自己的儿子也没法来，因为他还住在他爸爸那里，一看是她打来的电话立马就挂。请男朋友的话就更不合适了，因为他还不是她的男朋友。晚上来赴宴的只有她的爸爸和她的哥哥。她准备了素食意大利千层面。哪怕就这一次，他们也应该试着和平相处，避免争吵和冷战。他们应该聊聊日常生活，聊聊意大利大选，聊聊政府开辟自行车道的好处，聊聊朋友们圣诞节的安排。他们应该找一部其实谁都没看过的热门电视剧，想怎么评价就怎么评价。她哥哥不应该趁着晚餐的契机，咄咄逼人地质问爸爸，为何在他们年幼的时候任性离开。她爸爸也不应该冷嘲热讽地回击说，自己对儿子失望之极，因为儿子挣得比同班同学少多了。她应该不需要坐在中间，在长不大的哥哥和老糊涂的爸爸之间调停斡旋。他们应该收敛各自的脾气，像普通家庭一样和和气气地吃一顿饭。

她打开橱柜想要拿一瓶红酒，却突然改了主意。她在红酒杯里倒满了鲜红色的浓缩混合果汁，然后看了看时间。他们应该很快就会到了。她的手机震个不停。哥哥发短信问，是否需要他带什么东西。她回复了短信，然后查了查邮件。她其实没必要这么做，今天是星期天，她又没有特殊的工作任务要完成。之前她给儿子发了邮件，按照平常的惯例，儿子是不会回复的。所以，当看见儿子的名字出现在发件人一栏时，她简直欣喜若狂。在阅读完邮件内容后，她差点没把手机掉在地上。

*

身为爸爸的儿子走出家门，去妹妹家参加星期天的家庭聚餐。这一切实在太不可思议。仿佛就在昨天，他从幼儿园接了妹妹，帮她寄出写给迪士尼俱乐部的信——妹妹在信上写道，她的爸爸消失了，而她表现得很勇敢，所以她应该当选这周的小英雄。而每到星期五晚上，迪士尼俱乐部公布小英雄名单时，妹妹会为一再落选伤心落泪，他总在一旁耐心安慰。如今，妹妹住在瓦萨斯坦一间设计独特的两室一厅公寓内，任职于一家拥有五十名雇员的公关公司，负责管理四个客户账户。仿佛就在几小时前，妹妹放学回家，哭红了眼睛告诉他，自己被同学欺负了。如今，妹妹已经能一手策划和安排由各大机构赞助的反霸凌慈善晚宴。仿佛就在几秒钟前，他偷偷打开妈妈的酒柜，骄傲地向妹妹展示如何把金巴利、伏特加、威士忌、百利甜酒和比特酒混合在一起，制作成巫婆的迷药。如今，妹妹发短信交代哥哥带点红酒过来，而且注明"最好是瓶装的"。他当然知道要买瓶装的，他喝利乐包装的红酒都是好多年前的事了。他站在厨房里，在两瓶红酒间犹豫不决。为了确保档次合适，他特意打开酒类专营店的网站查询价格，其中一瓶卖 170 瑞典克朗，另一瓶卖 79 瑞典克朗。他选了便宜的那瓶。对于一次普通的家庭聚餐而言，170 瑞典克朗的红酒显然太过奢侈了。在乘坐地铁前往市中心的路上，他发短信问：*除了红酒，还要带什么吗？* 妹妹回复道：*做沙拉的芒果！* 紧接着又是一条短信：*还有葱！* 他买了芒果、葱和一只购物袋。其实他没必要买购物袋。但他想要向妹妹和爸爸证明，自己是那种会出钱买购物袋的人，尽管芒果和葱的分量不重，用超市免费提供的小塑料袋完全装得下，可他不屑占这点便宜。

*

身为妈妈的妹妹一遍又一遍地阅读儿子发来的每一个字。她跌坐在沙发上。她躺倒在床上，将头埋进层层叠叠的床罩中。她想起了爸爸曾说过的话。当她年幼的时候；当她伤心难过的时候；在更衣室里，当爱丽丝·佩特琳或弗朗西斯卡·奥贝里议论她身上胎记的时候；或是当马克思·鲁特曼嘲笑她汗毛浓密的小臂时。爸爸蹲下身来，柔声说他们不过是嫉妒，嫉妒你拥有他们所欠缺的东西。他们非常清楚，我们和他们不一样。我们所拥有的是他们的两倍还多。你或许以为自己是一个平凡人，其实不然。你有一对翅膀，你是一个女王，你的周围有繁星闪耀，你的眼睛仿佛满月。她说，真的吗？爸爸点点头。他的神情前所未有地严肃。他小声说，我们和别人不同。我们是降落人间的天使。我们身上的一切早已存在于宇宙之中。你知道人是由什么组成的吗？氧。氢。碳。还有其他一些物质，比如氮和钙。只有具备了这些，才是一个完整的人。在你出生之前，我完全不想再要孩子了。我有一个女儿，还有一个儿子。尽管他们并不是一个母亲所生，但对我来说已经足够。这个世界是那么拥挤。后来你出生了，一切都不一样了。你不同于任何人。你是一个伟大的杰作，你是人类的完美句点，我会一连几个小时躺在你身边，静静注视你的手肘，你的膝盖，你眉头间挤出的褶皱，从中我仿佛看见了自己的影子。你身上的胎记并不丑陋，它美极了，它是你被选中的标志。她问，被什么选中？爸爸说，没人知道答案。至少现在谁都不能确定。但有一点可以确定，我们比我们的同类要强大。我们比世界上99.9%的人都要聪明。我们比他们更漂亮，更幽默，更具音乐天赋，我们的思维更敏捷，我们奔跑的速度更快，我们的销售技巧更高明，所以我们肩负的使命也更重要，重要到别人会嫉妒，会憎恨，老板担心我们会取而代之，所以想方设法找茬，诬赖说我们在工作中谋取私利，从而有正当理由将我们辞退。但这些都不是事实。是老板心虚，能力差，对我们的完美无缺和优秀卓越感到恐惧。爸爸越说越激动，做了几个深呼吸使自己平静下来。爸爸说，总的来说，我们就是太聪明了。聪明到无法与普通人共事。聪明到无法放低身段，适应他们那些愚蠢的规则。她说，哪些规则？他说，所有的规则。构成人类的基本元素由一块陨石孕育出一只蝌蚪，由蝌蚪孕育出一头三角龙，由三角龙孕育出一棵橘子树，由橘子树孕育出你的奶奶，你的奶奶孕育出我，我孕育出你，如此生生不息。

*

身为哥哥的儿子站在公寓大门外。密码锁已经更换过，原先的数字塑料板由数码金属板所替代，只需要输入探访住户的姓氏即可。他输入了妹妹的（也是爸爸的和他自己的）姓氏。屏幕上显示正在呼叫住户，但是姓氏一栏里，除了妹妹的，还有她前夫的信息——那个已经和她分居超过十年的男人。接着跳出一条错误提示。屏幕上显示，所呼叫的住户无法接通。他给妹妹的手机打了电话。她说，我这就下来。他等了好几分钟她才出现。她的眼睛哭得通红。她茫然地看了看街上来回穿梭的车辆，然后说，今天真是够呛。

他们搭直梯到达七楼，她的房门没锁。她去地下室的洗衣房时都懒得锁上房门。有一次她甚至这样过了一个周末，钥匙就插在内侧，她解释说有两个哥德堡的朋友可能会过来住。他问，关系很近的朋友吗？她说，反正我们见过很多次。然后嘲笑了他的大惊小怪。她说，他们人很好的。他说，在这一点上，我们两个完全不同。

他说得没错。他们来自同一个家庭，成长于同一间公寓，但彼此都无法理解性格上的巨大差异。她带他参加派对的时候，所有人都把大衣往床上一扔，只有他踮起脚尖，仔细地将大衣挂在窗帘杆上。她说，你这是在干什么？他说，我在把大衣藏起来。他说话的神态就好像这是世界上再自然不过的事情。然后他掏空了大衣的口袋，用钱包、钥匙、耳机把牛仔裤口袋塞得鼓鼓囊囊；她无意中提到自己所有的文件、照片、工作资料和日记都存在同一个电脑里，而且从不备份，他于是特意给她买了一只移动硬盘，对所有内容进行拷贝。他几乎冲她吼起来：你的电脑怎么能没有备份呢？她说，没有备份我用得也挺好啊；一个周日，她的前厅里突然多出一只黑色的大旅行箱。他问，这是你的吗？其实问的时候他就知道，这肯定不会是她的。她从不用这么廉价的旅行箱，东西也从没收拾得这么整齐过。她说，这是我朋友的朋友的。他说，哪个朋友？她说，阿德里安的朋友。就是我在古巴认识的那个。他说，阿德里安的朋友为什么要把箱子留在这儿？她说，阿德里安的朋友因为舞团巡演的缘故，跟着国家剧团在瑞典旅行了一大圈。因为拿的是瑞典标准的薪水，所有舞者都买了好多好多的东西。阿德里安的朋友上飞机时实在带不下了。她说，他让我下次去古巴的时候，顺便把箱子带过去。他们站在前厅里，那只黑色的大旅行箱突兀地横在中间。他说，你不是开玩笑吧？她说，什么？他说，你已经开箱检查过了吧？她说，这又不是我的箱子。他说，你疯了吗？万一里面藏了毒品呢？她说，不可能。里面全是衣服。他连鞋都没脱，径直走了进去。他翻出工具箱——他曾帮她组装过她儿子的双层床，以及缺少电视机的电视机柜。她说，你给我住手。她反复强调，这又不是我的箱子。他找出螺丝刀、老虎钳和榔头——其实算不上榔头，只是一只用来锤松肉排的锤肉器。她拗不过他，只好任由他去了。他花了十分钟才撬开了锁。他在箱子里一层层地翻来找去。她从厨房里喊道：喂，缉毒犬，你的收获如何？你找到什么好东西了吗？有的话也给我开开眼啊。他翻出了运动衣、慢跑鞋、耳机、两大袋鸟食。但没有任何非法的东西。

看到他终于放弃，妹妹笑了起来。她说，看见了吧，对别人要多点信任。可他还是不肯罢休。她动身前往古巴的前一晚，他又给她打电话，以近乎恳求的口吻要求她再检查一次行李箱的夹层，确定那两袋鸟食里没有藏别的东西。她说，鸟食里真的没有别的东西。他说，你确定吗？她说，确定。我得赶紧打包了。她收拾好行李去了机场。与此同时，他眼前浮现出的画面是：海关人员将她带到一边，事实证明，那两袋根本就不是鸟食。她被押上法庭，被当庭宣判死刑，且立即执行枪决。她的最后一通电话先打给了儿子，她想说爱他，可他却拒绝接听。她又打给了哥哥，痛斥这一切都是他的错。然而，他想象中的一切并没有发生。她不过因为行李超重而多付了钱。阿德里安和他的朋友来机场接她，朋友接过箱子，道了谢，似乎并不在意明显被破坏过的密码锁。后来她和阿德里安分了手，回了家。

妹妹为什么总能过得无忧无虑？或许是因为爸爸离开的时候，她年纪还太小；或许是因为她天生就有一种自得其乐的气质；或许是因为身为哥哥的儿子成了一个和爸爸截然不同的爸爸。

哥哥脱了鞋，跟着妹妹进了厨房。他是第一个到的，这并不奇怪。爸爸至少还要一个小时才能到。厨房天花板上装着一排悬挂式酒杯架。餐桌上方的黑板上贴着各种各样的英文版心灵鸡汤：*你给予他人如此多的爱，却吝于对自己付出；敢于与众不同，才能迈向进步；追求内心的平静*。冰箱上的磁力贴都是她儿子婴儿时期的照片。她的儿子脱离这个家庭已经有一年多的时间。每次他看见照片，都会好奇和自己的孩子分开究竟是一种怎样的感觉，该如何熬过这么长的时间，恐惧的成分有多少，自由的成分又有多少。她蹲下身打开烤箱，看看意大利千层面有几分熟。他说，你想聊聊吗？她摇摇头，递给他一只红酒杯。他说，至少，你可以告诉我发生了什么吧？她说，等会儿吧。我们先聊点别的，聊点开心的话题让我振作一下，我才有力气面对这些倒霉事。

*

摆脱妈妈身份的妹妹试着让面部表情归于平静。她下了楼，替哥哥开了门。他一头黑色卷发斜斜地向后拢去，看着就好像被冻住了一样。羽绒服太大，他几乎不需要伸出胳膊就能拥抱住她。在通往七楼的直梯里，他问，出什么事了？是工作上的问题还是你前夫找你麻烦？我发誓这次要让他长长记性，我会……她摇了摇头。她说，不是的，和你也没关系。他们走进公寓。她说，我男朋友今天不在。哥哥说，你男朋友？就是那个私人教练吗？她说，他不是私人教练。他是体育老师。哥哥说，哦。然后接过红酒杯。她说，你那是什么表情？他说，我没做什么表情啊。她说，你就是做了啊。他说，我没什么表情。你之前为什么说他是私人教练？她说，大概是因为我知道，如果我说他是体育老师的话，你就会这副表情。哥哥说，还是说说发生什么事了吧。她说，拜托，我们先聊点别的吧。随便什么，什么都行。

她的哥哥说，自己还要休一段时间的陪产假。而他已经决定尝试单口喜剧表演。他说，今天早些时候，他见到了他们的爸爸，和他开诚布公地谈了一次。她说，效果如何？他说，相当不错。当然了，他的情绪是有点激动，难免的嘛。不过我们至少没吵起来。我说这是我最后一次帮他安排住宿。我觉得就这一点而言，我们都达成了一致意见。她说，你觉得？他说，他动身前会把钥匙还给我。如果他不给的话，我就自己去拿。

他们沉默地坐了一会儿。哥哥说，你应该知道，为什么他每年都坚持回来两次吧？她说，因为想见见我们？他说，才不呢。她说，因为他毕竟还是想花点时间陪孙子孙女？哥哥笑着摇摇头，说，再猜。她说，因为他需要开药？他说，接近了。真正的原因是，他在那个地方一旦居住超过六个月，就被视作永久居民了。那样一来，他就要交税。好多好多税。妹妹看了看他，说，从什么时候起你变成他们国家的税务专家了？他说，我只是在陈述事实而已。她站起身，从烤箱里取出意大利千层面。他说，对不起。她说，没关系。他说，我以为你知道的。她说，我也许是知道的，只是没意识到罢了。

他说，说吧，出什么事了？她摘下隔热手套，拿过手机，给他看儿子发来的邮件。哥哥的脸色顿时变得苍白。他说，你不是开玩笑吧。这不可能是他写的。肯定是他那个到处生事的爸爸。这些话绝不可能是他写的。她说，我不知道。可我不会就此罢休的。我还是会坚持至少每两天写一封信给他。我是不会因为他的激进态度而退缩的。他说，能再给我看一下吗？老天。要是我的孩子这么写的话，我早就崩溃了。这种状态到底持续多久了？她说，十三个月两周零三天。他说，真变态。她说，他还那么小。他说，会有办法的。我有强烈的预感。这事肯定会解决的。他一定会看穿他爸爸的谎言，他会回到你身边的。这是他唯一的出路。她勉强挤出一个微笑。他摇了摇头，说，唉，这些爸爸啊。都是些该死的蠢货。她说，想想我们的妈妈，就像个实验品一样，到最后还不是和爸爸一样。他说，我们只能屈服。她看了看手机，说，说到爸爸，我们的爸爸呢？他说，要不然我打个电话？她说，他有我们的电话。他会打过来的。她做好了沙拉，舔了舔沙拉叉。时间指向八点半，他们开始吃饭。

*

身为爸爸的爷爷到达女儿公寓大门外时，比约定时间提前了整整三刻钟。他不是紧张，而是为很快能见到最亲爱的女儿感到无比的喜悦。为了不过早打扰女儿，他在街角转了一圈。

他坐在公园长椅上，心中突然涌起回家的熟悉感。停在路旁的汽车一辆辆擦得锃亮，看着价值不菲。后座上丝毫没有被充作卧铺的痕迹。女人们的五官经过整容手术的精心雕琢，男人们的身体因为健身而没有一丝赘肉，孩子们的衣服和鞋子都是搭配成套的，老人们的皮肤被度假海滩的阳光晒成金棕色。这里是他应该住的地方。他折回公寓门口的时候，比约定时间提早了刚好一刻钟。原先的密码已经作废。新安装的安保系统太过复杂，估计只有工程师才能摆弄明白。

他本可以给女儿打电话，可手机里余额不足。如果女儿是真心实意请他来吃饭的话，至少应该把进门的方式告诉他，看他迟迟没出现的话，至少也该来个电话。他走到街对面的运动主题酒吧里坐下，酒吧里铺着绿色的桌布，一半区域播放足球赛，另一半播放冰球赛。入口处的招牌上写着，晚上八点半前都属于欢乐时光，酒吧提供特价啤酒。爸爸点了一杯啤酒，耐心等待女儿的电话。他又点了一杯啤酒。八点十分，他看见儿子从门外匆匆经过，手里还拎着一只食品购物袋。爸爸十分意外。他本指望自己会和最心爱的女儿单独共进晚餐。他本想向女儿解释，哥哥是个叛徒，完全不管家人的死活。而现在,他赴宴的愿望已经没那么强烈了。距离欢乐时光结束还有两分钟时,他又点了两杯啤酒。服务生问,两杯都是给你自己的吗?他说,怎么了?她嘟囔了两句,走开了。爷爷又点了一杯啤酒,尽管现在的价格差不多是刚才的两倍。他拿出手机。他不明白他们为什么不给自己打电话。他们难道不会感到不安吗?等等,他恍然大悟。他们之所以不打电话,是因为他们根本不想让他来。现在,他们正坐在舒适的公寓里,暗自庆幸他迟迟没有出现。他们为终于甩脱了他击掌欢呼。到了九点半,他用现金付了账,离开酒吧,又一次回到公寓大门前。他用力敲了敲门上的玻璃框。他凑近金属板,朝按键上呵气——一般来说,刚被摁过的那些字母上会显示出模糊的指纹——但这次并不奏效。他掏出交通卡,插进门缝内,试图划开锁舌,可仍然不管用。终于有人来了,可惜对方是个多疑的傻瓜,直截了当地问他是否住在里面。他给予了否定的回答。对方说,抱歉,那我不能放你进去。他又回到酒吧。服务生开玩笑说,好久不见。他又点了一杯啤酒。服务生问,需要我帮你拿菜单吗?爷爷说,不用。我不饿。

*

身为妈妈的妹妹靠向椅背,意兴阑珊地听着哥哥对女朋友喋喋不休的抱怨，努力克制住打哈欠的冲动。他说自己简直没办法和她生活下去，虽然他包揽了全部——至少也是大部分的家务活，可她总是挑他的错。妹妹说，不过钱都是她挣的吧？哥哥说，也不都是。况且我正在休陪产假嘛。她说，可你在休假之前不也没什么事做吗？他说，我们这种供大于求的行业，吸引新客户是很难的。

她的哥哥坐在他惯常坐的椅子上，背朝角落，目光盯着手机。他说，有的时候我会怀疑，我们是否真的适合彼此。她说，你能别说这种丧气话吗？她是你这辈子最好的选择了。你忘了当初你有多爱她吗？他说，真的吗？我都不记得了。

妹妹从没真正搞懂过哥哥挑选女友的品位。上高中的时候，他爱上了一个满脸雀斑的女权主义者。选择经济方向后，他又对成长于郊区的女孩情有独钟——那种说话带口音，穿阔脚裤、戴硕大金耳环的女孩。后来他毕业了，成立了自己的公司，开始约会那些充满书卷气的女性。周日晚上，兄妹俩会在妹妹家见面。妹妹的儿子待在自己房间里不出来，妹妹当时的男朋友负责洗碗，哥哥则在眉飞色舞地描述自己新近的约会对象。每次他都说，这个女孩和其他人不一样，我和她是认真的，她就是我等候已久的人。妹妹问，为什么？他说，因为她有一只名叫杜拉斯的猫。妹妹说，好吧。下一个女孩将帕特里克·夏穆瓦佐小说里的片段摘抄下来，镶了画框挂在洗手间。剃平头的女孩读完了安·卡森的所有作品。手腕内侧有疤的女孩打算将自己第一个孩子命名为普宁。一个女孩曾在布罗斯攻读图书馆专业，另一个女孩趁着在伊卡连锁超市打工的间隙，读完了全本的《追忆似水年华》。妹妹当时的男朋友诧异道，全本的《追忆似水年华》？全部七卷都读完了？有一次，哥哥看见一个女孩用胡里奥·科塔萨尔当作电脑桌面背景，因此饶有兴趣地和她搭讪起来。还有一次，一个女孩借给他一本卡尔维诺的《如果在冬夜，一个旅人》，然后表示如果他对某些段落和章节的偏好和自己相同，那么这本书就权当馈赠的礼物（她已经用不同颜色的便利贴注明欣赏和讨厌的部分）。一个女孩狂热地推崇《反抗的美学》，另一个女孩对此恨之入骨。但对于那些从没听说过《反抗的美学》的女孩，哥哥连认识的兴趣都没有。妹妹的儿子问，《反抗的美学》是什么？妹妹说，完全没概念。妹妹当时的男朋友说，《达·芬奇密码》的续集吧。然后突然大叫起来，哎呀，我肚子痛！都是今天中午吃的印度菜！哥哥懒得理他。对妹妹的儿子说，是彼得·魏斯的一本小说。妹妹的儿子说，好看吗？哥哥说，不清楚。老实说，我连序言都看不下去。他约会的所有女孩都或多或少有着外国血统。一个是半波兰裔半葡萄牙裔；一个父母一方来自秘鲁；一个出生于乌干达，但成长于瑞典的埃斯勒夫；一个的父母来自阿尔及利亚，定居于哥本哈根。她们的姓氏都奇奇怪怪的，属于写进文档里，电脑需要自动修正的那种。还有一个姓氏倒是寻常，本人是从韩国收养的。哥哥被她吸引的原因，是她书架上陈列着一整排《吉姆爷》的各种译本（哥哥立刻原谅了她按颜色对口袋书进行归类的做法）。哥哥和她们或约会，或恋爱几个月，半年，甚至一年，然后以分手告终。

又一个周日，他坐在妹妹家的厨房里，惆怅于自己再也寻觅不到真爱。妹妹说，你应该放弃对所谓真爱的执念。他说，我只是想找到和我百分百合拍的女孩。妹妹说，可你不能改变你所爱的人。再说了，你是真的想要寻找真爱吗？他说，那当然。这是我从十五岁时起唯一的梦想。妹妹当时的男朋友说，不过你每次描述你理想的女孩时，给人感觉都像是在说你自己。大家陷入了沉默，紧接着爆出一阵笑声。面对太过尖锐和真实的评论，除了笑，似乎找不到任何方式缓解尴尬。

半年后，他遇到了注定要成为他孩子妈妈的女人。他一再表示他们有着全然相同的灵魂，但妹妹一眼就看出，他们是截然不同的两个人。实在要说有相似的地方，大概就是发型吧。他住在市中心的老公寓，她住纳卡区的精英社区；他同时经营两家公司——一家审计业务公司，一家股份有限公司（出于避税的考虑），她刚从法学院毕业，在工会下属的机构担任律师，负责维护工人权益；他习惯使用鞋楦，每天都为退休金烦恼，她的手机常常忘了充值，梦想着能去印度旅行；他喜欢节奏鲜明的嘻哈音乐，她喜欢轻快缥缈的灵魂乐。尽管如此，当他们手牵手出现在妹妹家的时候，仍不失为一对憧憬幸福的爱侣。哥哥注视她的目光透着前所未有的痴情和迷恋。每次她去洗手间的空档，他都要问妹妹，她完美到不可思议，对吧？妹妹点点头。她如此完美。完美得几乎不真实。或许不受他的控制就是她的魅力所在。在有了两个孩子后，哥哥坐在老位置，怀疑他和她是否真的合适。他说，有几次，我真的有想抽离的冲动。她说，抽离什么？他说，抽离出这种生活，远走高飞。她说，走到哪儿去？他说，我不知道。她说，别任性。你真要那么做了，她是不会原谅你的。他说，我知道。她说，你和爸爸不一样。他说，你怎么知道？

　　他们沉默地坐着。时间指向十一点半。意大利千层面冷了，干了。他说，他应该不会来了吧？

VI 星期一

身为姐姐的女儿已经不复存在，或者说，在终于失去身体的那一刻，她拥有了额外的生命。她盘旋在这座城市之上，紧紧追随父亲的脚步。没有什么值得她怀念。确切说，她唯一怀念的是自己一头黑色的长发，像这样以飞翔的姿态在各个陌生城市间穿梭，如果能感受到风穿过头发的惬意，那该有多美好。但除此之外，她什么都不怀念。她的身体始终游荡在路上。她的大脑已经萎缩枯竭，肠道经过多次穿刺，免疫系统彻底宣告崩溃，内啡肽的供应已经停止。远远看去，手臂似乎维持着正常形态，但细看之下，扭曲变形的静脉血管比风湿病人的还可怖。两条腿——尤其是右腿——布满了深红色的斑点，仿佛烧伤后的瘢痕。路过的孩子们纷纷停住脚步，对着穿裙子的她指指戳戳。大人们侧目于那些针扎的印记，密密麻麻一直延伸至大腿。她的身体就是一座千疮百孔的陋屋，向它告别就仿佛甩脱一件充满陌生人汗臭的沉重外套。她终于解脱了。重获自由的第一晚，她寸步不离地守护着她的妈妈。她不愿让她孤单一人。当妈妈蜷缩在厨房里的格纹地板上，不断抽泣时，她抱着她；当妈妈一头倒在床上，几乎喘不过气来时，她抱着她；当妈妈站起身，理了理开衫的衣襟，拿起手机，按下女儿的号码，然后一脸苍白地扔掉手机时，她抱着她。她想问妈妈，你怎么不打电话给菲利普或玛丽-克莉丝汀——你的妹妹呢？你为什么把自己禁闭起来，独自面对这一切？

第二天，外面响起砰砰的敲门声。玛丽-克莉丝汀高喊着让她开门，菲利普说，假如她再不开的话，自己就要把门踹开了。听见菲利普的威胁，失去身体的女儿笑了，莫非他真觉得自己绦虫一般的细瘦双腿能踹开沉甸甸的防盗门？妈妈目光呆滞地坐在沙发上。女儿试着将妈妈推向门口，她想要靠近门锁，将钥匙塞进去。可她还没意识到，无论她用尽多少力气，都无法改变现实世界的一分一毫。

妈妈终于从沙发上站起身，打开门，投入朋友的怀抱之中，这时，她才能以某种微妙的方式感觉到钥匙泛出光泽的金属质地，感觉到妈妈柔软而有韧性的围裙，感觉到菲利普精心打理过的灰色胡须。然而每一次，当女儿试图改变现实世界时，她的双手就好像碰触全息投影，就好像攫住淙淙水流，就好像捕捉无味气息，缥缈地贯穿而过。菲利普和玛丽-克莉丝汀帮助妈妈打理了各种实际的琐事。除了帕特里克，每个人都出席了她的葬礼。仪式庄重肃穆。女儿在一排排宾客头顶上方来回盘旋。她为大家的泪水而感动。玛丽-克莉丝汀站在灵柩前，泣不成声地回顾了女儿和妈妈这些年来的挣扎和奋斗，尽管遭到背叛和欺骗，但她们从未放弃。女儿不由笑出声来。玛丽-克莉丝汀刻意避开爸爸的名字，但说到背叛和欺骗，大家都知道她指的是谁。直到那一刻，女儿才意识到爸爸并没有来。

他显然不会出现，因为他已经建立了新的家庭，生了新的孩子，在一个新的国度开始了新的生活。葬礼后一连几周，她都在空中盘旋飞翔，想要看看自己究竟拥有怎样的力量。她结识了其他失去身体的人，她惊讶于这个群体数量之庞大。黄昏到来之际，他们会聚在屋顶上默默等待黑夜的降临。而夜深人静时，他们又会窃窃私语，说起自己的悔恨，憧憬着假如能够重来一次，自己会有怎样的改变，会做出怎样的选择。女儿说，我不记得我有过选择。我好像不知不觉就留下来了。她说这话的时候，周围的气氛有些微妙。一个四十多岁、右眼上插了把尖刀的女人说，每个人都有选择的权利。一个脖子上长着棕黑色肿瘤的老人说，不，其实我们都无从选择。一个失去下半身的中年男人说，我也没有选择，最后的两个星期里，谁都没有对我说过什么。后来我就死了，到了这里，从此再也回不去了。眼睛上插着刀的女人说，可能不同的人会碰到不同的情况。我只知道自己是有选择的，我选择留在这里。一个士兵打扮的老太太说，我也是。一对约莫十几岁，全身布满三级烧伤瘢痕的孪生兄弟说，我们也是。死的时候，我们只有十四岁，但我们仍然有选择的权利。

接下来的几周里，她一直在窥探朋友们的悲伤程度。其中一些在葬礼结束后就直接回去上班了。还有一些请假在家待了几天，他们给老板打电话，解释说自己因为一个亲密的朋友突然去世而伤心欲绝。接着他们边吃早饭边看报纸，一下午都沉迷于电脑游戏之中。但洁丝汀是真的很伤心。她之所以照常上班，是因为她在家的时候更难过。有两次，她看见洁丝汀上课上到一半突然跑进走廊，只为在学生面前掩饰自己的崩溃。她露出欣慰的笑容，看来洁丝汀才是真正的朋友。帕特里克也很伤心。她看见他魂不守舍地走到圣查尔斯火车站，买了好多大麻。然后他失魂落魄地走回家，坐在电脑前回顾他们度假的照片。他没有落泪，只是目光空洞地坐在那里，一张接一张地看。一旦出现视频文件，他就立刻跳过去。

到了夏天的时候，洁丝汀和帕特里克开始不定期地见面。一般是约在帕特里克家。开始，他们的话题都围绕着已经不在人世的她。但渐渐地，他们开始谈论别的内容，洁丝汀说起自己的学生：吵闹的，勤奋的，迟钝的，还有净问些幼稚问题的，让她感觉学生教自己的比自己教学生的还多。帕特里克提到自己拍摄纪录片的计划，他想要前往秘鲁探访巴瓜大屠杀的真相，他想要拍摄两部人物纪录片，一部关于齐达内，一部关于拉赫尔·瓦伦哈根。或者干脆合二为一。洁丝汀笑了。她说，齐达内和拉赫尔·瓦伦哈根有关系吗？帕特里克耸耸肩，说，不知道。不过这可以作为我调研的课题。失去身体的女儿想要将洁丝汀从帕特里克身边拉开。她想要狠狠甩她几个耳光。她想要把厨房砸得一团糟，把刀叉统统塞进微波炉，开高火加热，等烟雾报警器尖声厉叫起来，迫使洁丝汀和帕特里克落荒而逃时，再哈哈大笑。女儿在沙发上跳来跳去。她勃然大怒。她拼命拉扯帕特里克的袖子。对方毫无反应。他们只是坐在那里，继续深情地望着对方的眼睛。女儿唯一成功的一次，是让烛台里的火苗微微跳跃了一下。后来他们就同居了，开始讨论生孩子的计划。失去身体的女儿决定再也不去关注帕特里克或洁丝汀。尽管她已经没有了身体，无法确定伤口的具体部位，但她还是感到了痛，非常非常痛。

她花了半年时间找到了她的初恋男友。他在霞慕尼当滑雪教练，同时找了份酒保的兼职。他浅色的皮肤已经晒成金棕色，每到晚上，他都站在吧台前，勾搭那些年龄还不足他一半大的女孩。一天深夜，他从酒吧回家的路上，她暗中使劲，把积攒的能量都推向他的右脚，导致他在狠狠摔了一跤后锁骨骨折。他的整个滑雪季因此报废。她为此筋疲力尽，几乎无法飞回家。她不得不在瀑布附近一连晒了几周的日光浴，才终于恢复了体力。她看着他仰面躺在床上，因为肩膀上的疼痛而发出阵阵呻吟，忍不住笑出声来。

再次攒足能量后，她找到了介绍她使用针管的男朋友。他在阿维尼翁当挤奶工，并且已经皈依了基督教。他在一家旅行公司做兼职。到了晚上，他就戴着海绵耳麦，神情紧张地坐在电脑屏幕前。起初她还以为他在推销旅游线路，因为他一遍又一遍地说，这样不行。这我没法做。她使出全身力气，狠狠打向他的额头。她捏住他的鼻子，逼迫他跪在地板上。在持续三分钟的袭击后，他哼哼唧唧地说，桑德林，方便过来一下吗？能帮我关个窗吗？（桑德林是他的同事，活像只长了头发的面团）失去身体的女儿跟着他回了家，跟着他去了挤奶车间，她听见他打着基督教的幌子蛊惑那些瘾君子，生命是神圣不可侵犯的，上帝无处不在。她使出前所未有的能量，在他面前现了一次身。她就站在前厅里，耐心地等他回家。他打开门，放下钥匙，一抬头就看见了她。他的脸扭曲得变了形，双膝跪倒在地，将额头抵住地面，含混不清地说着什么。她旋即恢复了隐身。那一整夜，她都瘫躺在前厅的地板上。她听见他从卧室发出的动静，她几次试着站起来，却又无力地倒在地上。直到次日早上十点，她才以极其缓慢的速度飞上天空，在无数次的暂停休息后，她终于回到屋顶上，将所发生的一切告诉大家：烧伤的双胞胎，眼里插着刀的女人，被毒死的中年男人——他至今不知道凶手是同居女友的前任男友还是现任情人。

数年后，她决定寻找自己的爸爸。她穿过树林和田野，经过河流和瀑布。她找到了后来的家人：她爸爸那永远面带微笑，一袭黑衣的妻子，脸上长满粉刺的儿子，朋克风格打扮的女儿。可爸爸不见了。他搬去了国外。最后，她在城里一家破败的小酒吧里发现了他。他看起来异常苍老。他总是一个人坐着，从不和别人搭话。从看见爸爸的第一眼起，她的愤怒就消失了。她只觉得他可怜。

她一整晚一整晚地陪着爸爸坐在沙发上。爸爸的公寓小得可怜，前厅放着一根棒球棍，窗边挂着一支气枪。他们一起读报纸上的新闻。当电视屏幕上出现夭折儿童的画面，他们会一起骂骂咧咧。蠢货。全都是蠢货。欧盟是蠢货，因为他们集结起所有欧洲国家，试图将它们融合成一个国家；美国是蠢货，因为他们妄想统治整个世界；以色列是蠢货，因为他们对巴勒斯坦大开杀戒；街角的比萨店员是蠢货，因为他们烤的比萨难以下咽；路对面的邻居是蠢货，因为他们让猫在屋顶上跑来跑去，大概只有用气枪乱射一气，把它们吓跑了才能睡个安稳觉。除了我们，其他人都是蠢货。我们是彗星。我们是天使。爸爸换了个频道。他们对着肥皂剧哈哈大笑。他们对着闯关节目里，答不上首都名称的蠢货哈哈大笑。他们调了鸡尾酒，互相碰杯，然后跳舞。他们在沙发上依偎着彼此沉沉睡去。她生前从未和他以如此亲密的方式相处过。她不想离开他。深夜时分，她钻进他的身体，在他的血管中四处游走，她将他的心脏攥在手心，就好像紧紧抓住一只小鸟。她坐在他身旁，看着他吃法棍面包当早饭；她坐在他对面，看着他吃比萨当中饭，吃意大利面当晚饭。他在当地的小酒馆一连喝了五杯啤酒，然后打算开车去海边。她心急火燎地想要阻止他。他走上大街，踉跄着脚步找寻自己的汽车。就在那儿，黑色的漆面已经蒙了灰尘。只有几步之遥，没错，就在他停车的地方。

他摇摇晃晃地走到汽车旁边，试着打开车门。车锁坏了。不知道哪个蠢货偷偷溜过来搞了破坏。爸爸大骂，操他妈的鬼地方。女儿表示同意。一个坐在露天咖啡座的男人冲这里嚷嚷起来：你在干吗？爸爸连声道歉，总算找到了自己的汽车。他打开车门，坐在驾驶座上，转动钥匙，发动了汽车。他眯起眼睛，被迎面驶来的汽车头灯晃得头晕。他一边狂按喇叭，一边大声嚷嚷，命令对方关掉远光灯。对方直接打开汽车大灯，强烈的光束迫使爸爸在路边停了下来，揉着眼睛，想要努力摆脱强光的干扰。她说，你今晚一定要去海边吗？爸爸嘟囔了一句，嗯。她惊讶地瞪大眼睛。是她听错了吗？她摸了摸爸爸的头，小声说，为什么非要去？爸爸又嘟囔了一句，我不知道。他的脸正对着方向盘，哆哆嗦嗦地试图再次发动汽车。她小声说，先睡一会儿吧。闭上眼睛。好好休息一下。我们可以明天再去的。失去身体的女儿说，明天，我们一起去海边。爸爸说，真的吗？女儿说，一言为定。他们在车里睡了过去。次日一早，他们在晨曦中悠悠醒来，越来越烈的阳光将汽车变成了一只烤箱。他们下了车，步行走回家。他们打开电视机。他们并没有去海边。但海滩总还是在的。海滩一直都在。他们继续日复一日的生活。爸爸每年只回去两次。他要开新的胰岛素和新的注射器，兑换钞票，接受足部护理和治疗，采购销售所需的商品，还要去医生那里检查日益衰退的视力。当然，他也要见一见孙子、孙女。爸爸问，你不跟我一起吗？她说，我还是不去了吧。她见不得爸爸享受天伦之乐。爸爸会紧紧拥抱他们，会挠挠他们的脖子，在他们耳畔哼唱童谣，那样的场景一定会令她心痛。

可如今，她还是来了。她在这座城市上空不断盘旋，努力搜寻爸爸的身影。她能感到他需要她，最后，她终于在一家运动主题的酒吧找到了爸爸。他似乎很高兴。他笑得很大声，还主动和邻桌的客人碰杯。对方提出换座位的时候，他嘴里嘟囔了两句。他迟迟不肯回家，先是服务生过来劝了一轮，然后是酒吧老板，最后服务生和酒吧老板一起出现，他才恋恋不舍地离开了酒吧。他撞见一个老女人，老女人蹲下身，在垃圾回收站后面撒了泡尿。爸爸继续往前走。女儿公寓大门前的灯关了。他往黑暗内张望了半天，然后用力捶打玻璃框。一楼的邻居打开窗，威胁说再这么下去他要报警了。爸爸说，我要见我女儿。邻居砰的一声关了窗。失去身体的女儿说，来，我们走吧。现在是凌晨一点，已经很晚了。我们明天再给她打电话，向她道歉。没事的，所有问题都会解决的。我们先离开这里再说。走，去地铁站吧。他遵照了女儿的指示。他们穿过路障，他们在一张长椅上坐下。距离下一趟火车到站还有十二分钟。失去身体的女儿说，你要保持清醒。你可以明天再给她打电话。她会理解的。谁都会迟到，谁都会忘记约定的时间，谁都会造出一个孩子，然后不负责任地走掉。

　　他看了看铁轨。他看了看时间。月台空空荡荡。他从长椅上站起来，翻身爬下轨道。失去身体的女儿说，不。快停下。这种行为是十五岁的少年才有的冲动。你已经是一个退休的老人。你醉了。时间很晚了。快爬上来。他抬起头，环视四周。失去身体的女儿说，来，我帮你爬上来。站在我身上，回到月台上去。他站着不动。失去身体的女儿说,快点。火车还有十分钟进站。他站在原地,一动不动。还有九分钟。他还是没动。还有八分钟。他弯下腰,从铁轨上捡起了几块黑色的小石子。它们圆溜溜的,就像盆栽里放的鹅卵石。失去身体的女儿用家长式的口吻说,快,给我上来。这是我最后一次提醒你,知道吗?好吧,既然我已经说了无数遍,那我就再说一遍。现在就爬上来。立刻,马上。你听见我说的话了吗?还有五分钟。他依然一动不动。还有四分钟。他就那么站着。失去身体的女儿用军事化的口吻命令道,快爬。往上爬。爬到月台上来。动作要快!还剩三分钟。爸爸。别闹了,这一点也不好玩。该死,你不能就那么站着不动。你这样做,只能让事情越来越糟。还有两分钟。拜托,拜托,拜托,拜托,算我求求你了,爸爸。快爬上来。你不应该站在这里,你应该回家。你要我怎么说才肯上来?说我爱你,说我想你,说我原谅你?还剩一分钟。远处响起隐约的轰鸣声,铁轨微微震颤着。快上来,快点,爬上来,上来,上来,上来,上……

*

休陪产假的儿子和身为奶奶的妈妈约好在街角的印度餐馆吃午饭。素食豆泥糊价格75瑞典克朗,肉和鱼价格85

瑞典克朗，烧烤套餐价格95瑞典克朗——包含沙拉、饮料、咖啡和餐后甜点。普通的馕10瑞典克朗一份，蒜香味的馕15瑞典克朗一份。儿子能够准确报出每一道菜的价格。约见家庭医生前，他必须拿出手机，翻到备忘录，查看孩子们身份证号的后四位和出生日期。但印度餐馆的价目表他倒是记得一五一十。对于儿子来说，其他事情也许过眼就忘，可菜单价格却始终牢牢印在心上。

身为爸爸的儿子提前五分钟到了餐馆。一岁的儿子在婴儿车里睡着了，爸爸将婴儿车推到靠角落的餐桌边，在这里聊天不会受到打扰。一岁的儿子还在睡着。餐馆里坐满了一半的人。两名工人走进来，点了外带的套餐。收银台后的小伙子说，要等一刻钟。其中一个工人问，一刻钟？然后朝广场的方向看了看。收银台后的小伙子说，我们争取十分钟做好。沙拉和咖啡是现成的，你们可以边吃边等。两名工人找位置坐了下来。儿子来回轻轻摇晃着婴儿车。摇晃的动作仿佛已经渗入他的身体。他在超市购物的时候，曾不止一次地以相同的方式摇晃起购物车来。他看了看时间。他丝毫不担心妈妈爽约。妈妈一定会出现的。只是她从不会比约定时间提前到罢了。

他想起爸爸离开家后，妈妈出去见朋友的那些夜晚。他们当时住的公寓，厨房窗户正对着沿街的走廊。街上浓郁的烟火气将窗玻璃和窗框熏得发黄，连带着前厅的地板也变得油腻腻的。妹妹睡着了,他还醒着。那时没有手机,没有网络,只有墙上的挂钟提醒他时间已经很晚了。他心里突然闪过一个念头:妈妈死了。妈妈遭到了强暴和绑架。站在厨房最里面,脸正对着水槽的方向,可以一直看到街上的影碟店。如果妈妈没有走地下通道的话,她的身影应该会出现在街角那里。她应该选择走地面吧,都这个点了,她总不至于蠢到走地下通道吧?难道她真的那么蠢?

突然间,他确定妈妈就是走了地下通道,而这成为她这辈子犯下的最后一个错误。他紧张地盯着街角。影碟店的老板正站在路边抽烟。一辆夜间公交车停靠在站台边,很快又离开了。妈妈还是没有回来。她被塞进了后备厢。她的尸体被浸入腐蚀性的酸性溶液中。

他想到一个主意。他可以从音乐中汲取力量,如果他能屏住呼吸,憋气听完图派克的一整首《兼职老妈》,妈妈就能毫发无损地回到家里。他找出那张全新的、闪闪发亮的 CD 专辑,放进厨房里的播放机。等到前奏放完后,他立刻深吸一口气,努力憋住。但他很快就意识到这个办法行不通。他根本做不到。他重新改写了规则。如果他能憋气听完整段前奏,换个气,然后憋气听完主歌,利用间奏再换个气,继续憋气听完副歌,妈妈也能安然无恙地回来。他试了一次。的确很难,但他还是做到了。他不知道如果妈妈死了,他和妹妹会住在哪里。跟爸爸住在这儿?跟爸爸住在外婆家？在外婆家住一个星期，再和爸爸住一个周末？外婆和爸爸永远不能住在一起。爸爸常说，我们是两种人。妈妈说，你们是同一种人。一样的固执，一样的自私。爸爸笑着说，胡说八道。如果我和你妈妈一样，你才不会看上我呢。妈妈说，可能这就是我看上你的原因。想想也真够可怕的。说完，他的父母相视一笑。得知妈妈的死讯，爸爸会作何反应？他估计要疯了。儿子很清楚这一点。只要是家人受到威胁，爸爸就会从一个普普通通的销售变成一头威风凛凛的霸王龙。

一次，儿子在公园里和几个朋友打篮球，篮球不巧砸向旁边正在烧烤的一家人。食物倒是没事，但是篮球擦碰到了其中一个老阿姨的后背。儿子记得，自己主动提出去把篮球捡回来，顺便道歉。那家的大哥据说很不好惹，所以他的几个朋友都不敢靠近，不过他倒觉得这是拉拢关系的好机会。坦率说，他一直盼望这一刻的到来，他想象着自己用爸爸的语言说声对不起，那个脸上带着瘢痕的大哥就会宽容地微微一笑，说没关系，甚至还会邀请他和他的朋友过去吃点东西。然而，大哥并没有接受他的道歉。篮球擦碰到老阿姨的时候，他顿时暴跳如雷。大哥当着他的面捡起球，一脚踹得老远，直接飞到操场的另一边。儿子有些发憷，他不知道为什么自己的道歉丝毫不起作用。他默默地将篮球捡了回来，哭着回到了家。爸爸目睹了整件事情的经过，五分钟后，爸爸下了楼，径直走到那家的大儿子面前，用他们的语言叽里呱啦说了一通。儿子只能听懂偶尔的几个词，而那些词所代表的东西，是学校课堂上绝对不会出现的。他听见大哥连声道歉，大哥的爷爷奶奶一再试图缓和气氛，大哥的妈妈殷勤地邀请爸爸坐下吃点东西，可爸爸断然拒绝了，继续咆哮道：再让我看到一次，就没这么便宜了！然后，儿子和爸爸就带着篮球回家了。儿子站在窗前，目光久久停留在街角。他把这首歌听了一遍又一遍。最后，妈妈总算回了家，一身浓浓的烟酒味。她化了妆的脸使她显得比平时更为疲惫。看见儿子忍不住哭泣时，她说，可怜的小东西，看看我。看看这双高跟鞋。我保证，任何坏蛋都不敢碰我一根汗毛。儿子说了歌曲的事，他说自己努力憋住了气，这样妈妈就能平安回家。她注视着儿子的眼睛，脸上浮现出一种既忐忑不安又受宠若惊的复杂表情。她说，你不必担心。这个世界该如何运转，并不由你决定。

约定的时间到了，她所驾驶的丰田普锐斯以风驰电掣般的速度从窗外驶过。她在广场上转了个弯，干净利索地停在两辆汽车之间。她推门进来的时候，其中一名工人赞叹道，停得漂亮。她说了声谢谢，露出满足的微笑。她拥抱了自己的儿子，然后低下头打量着婴儿车里熟睡的孙子。她说，睡得还挺沉。儿子说，是啊。他们来到柜台前点餐。

儿子点了豆泥糊和蒜香味的馕。妈妈对着菜单提了至少十个问题。她想吃鸡肉搭配辣酱，可又不喜欢花菜。最后，服务生主动表示，可以请后厨的厨师专门为她调配一种酱料。妈妈说，太感谢了。说完递上自己的卡准备付款。儿子说，我来买单。她说，绝对不行。他说，还是我来。她说，不。他们争执了三十秒，最后服务生实在不耐烦了，接过了儿子的卡。

他们取了沙拉和饮料，回到餐桌边坐下。妈妈说，这天花板的挑高不错。看样子应该是20世纪40年代末50年代初的建筑吧？儿子耸耸肩。她自问自答地说，我猜应该是1951年建的。服务生上菜的时候，她又问起餐馆的建筑年代，是在多户住宅流行前还是流行后造的。儿子说，多户住宅？她说，你知道设计师是谁吗？服务生说，不知道。我们两年前才盘下来。之前这里是一家中餐馆。妈妈说，我猜这幢房子是1951年建的。服务生将餐盘分别放在他们面前，然后掉头走了。妈妈小声说，真可悲，现在的人对历史完全不感兴趣。

他们各自吃了起来。妈妈一直在说话。她聊到了前往伦敦的出差之旅，以及前往意大利的灵感之旅。明天，她要去斯德哥尔摩大教堂听一场音乐会，星期四，法国电影节将在泽塔艺术影院开幕。她问，那你们呢？晚上睡得好吗？儿子说，我们还不错，睡得还行。休陪产假的感觉挺好的。

她说，你爸爸喜欢这个。他说，喜欢什么？她说，休陪产假。他在家带你和你妹妹。他做得特别棒。他会用欧防风和胡萝卜烹饪浓汤，还制定了特别严格的作息时间表。儿子说，我完全不知道这些。妈妈说，我没和你们说过吗？你们小的时候，他是个称职而优秀的爸爸。后来你们长大了，他才变得不可理喻的。儿子说，我不知道你是怎么看他的。你们是截然不同的两个人。妈妈放下刀叉，沉思了片刻。她说，他的勇气和精神影响了我。还有他对那些不必要规则的不屑态度。她将目光望向广场，嘴角扬起微笑，继续说道，不过他应该换个工作。这样一个充满魅力的男人不该走街串巷地兜售丹麦坐浴桶。他应该站在舞台中央或是摄影机前。儿子说，他尝试过吗？她说，没有，他完全不感兴趣。他唯一想做的就是写作。至少在有孩子之前是的。

*

感觉仿佛爷爷爷爷的爷爷般苍老的爷爷走进市中心一家诊所的候诊室，来见他的家庭医生。在前台登记时，护士问他，地址信息没错吧？护士将玻璃挡板拉到一边，向他展示灰色的电脑屏幕。爷爷戴上一副老花镜，眯起眼睛努力想要看清上面的字。护士闻到他呼出的口气，本能地往后退了一步。爷爷又掏出一副老花镜，戴在之前那副的外面，伸长脖子往前探去。他说，对，就是这个地址。护士说，你知道你可以选择离家更近的家庭医生吧？爷爷说，谢谢，我知道。可那一带的医生实在不值得信任。护士没有反对，大概表示她也赞同爷爷的看法。爷爷被带去了另一间候诊室。他坐在长椅上，使出浑身的力气保持清醒。说来也怪，喝了那么多，他的嘴巴还是那么干。

他回忆起从前，他的身体是他最忠实的朋友，有着不朽的精神。无论他怎样胡吃海塞，喝得烂醉如泥，身体总能顽强地撑下来。现在，身体已经背叛了他。身体发动了兵变。就好像他那辆旧帕萨特，之前一直跑得很好，但突然有一天就发动不了了，无论怎么修都无法阻止越来越糟的趋势。先是后视镜丢了，然后车窗按钮按不动了，接着汽油盖松了，后来连车门都出了问题，必须要一边往上提，一边往里拽才能关得上。

护士叫了他的名字。他猛一用力，从长椅上站起来。还没等他坐好，医生就说，说说吧，你哪里不舒服？他的脚疼，膝盖疼，大腿也疼，今天还有头疼，偶尔胃也疼。他经常感到胸口有压迫感，尤其是要睡觉的时候。他常常满身冷汗地惊醒过来，一天要换掉好几件汗湿的T恤。医生问，你会做噩梦吗？爸爸说，不会。但我做的梦都很奇怪。前两天，我梦见自己在马赛晃悠了几个小时。不过不是现在的马赛,而是以前的马赛。汽车都是老款的,香烟广告也有年头了,甚至连咖啡厅播放的音乐都是20世纪70年代中期流行的那些。他沿着罗蒂路向北走,然后右转拐上丰唐街,接着左转到三皇路,之后右转上了西比街——这的确是个奇怪的选择,谁都知道通往火车站最近的路线应该是继续直走到三王路,然后右拐到加里波第大道,也就是后来的杜戈米耶大道,也就是后来的雅典大道。但在梦里,他并不需要赶时间。他没有行李,脚也不痛了。他轻盈地穿梭过和煦的春风,那种轻飘飘的感觉让他想起自己二十岁时,在狂欢派对结束后的第二天清晨,在一间陌生公寓内悠悠醒来,然后走出房门,整个人被耀眼的阳光所包裹,完全不知道自己身处何地,他只顾着往前走,直到看见自己所熟悉的街景:一座喷泉、一家酒吧、一间上映阿兰·泰纳最新影片的电影院。

但在梦中,他清楚地知道自己所在的位置,以及自己即将要去的地方。他沿着西比街继续往前走,到达让·饶勒斯广场后,他左转找到库里尔街,继续左转来到麻田街,然后右转走上另一条大道。直到他来到城堡般的火车站前,踏上古老石阶的那一刻,他才意识到自己有多么孤独。车站大楼空空荡荡。一列列火车像被遗弃了一样,沉默地排在铁轨上。售票处冷冷清清。他突然发现,自己从罗蒂路走到火车站的这一路上,居然一个人都没看见。在梦中,他并不感到害怕，反而轻松而释然。

医生点点头，一副若有所思的模样。爸爸说，你知道最奇怪的是什么吗？我认识的人里，没有一个住罗蒂路的。我的前妻住在玛伦哥路上，和罗蒂路隔着两个街区呢。按说我应该从玛伦哥路出发才对。医生又点点头，然后低头写了些什么。

医生说，你没有停药吧？爷爷说，没停。我一直吃药，不过偶尔会暂时缓个两天。我不想对药物产生依赖性。医生在电脑屏幕上迅速浏览过爷爷的病历，然后说，这个话题上次我们不是讨论过吗？我们不是说好，无论发生什么，你都不能停药吗？爷爷一声不吭地坐着。医生说，你要知道，抑郁症是一种很严重的疾病。擅自停药的话，后果不堪设想。爷爷点点头。医生说，你说的暂缓两天，是减少了剂量，还是一粒都没吃？爷爷说，我不想产生药物依赖。医生说，你不会产生依赖性的。爷爷说，这药要吃多久？医生说，你有需要的话就要吃。爷爷说，我不想有这种需要。医生说，这我理解。我这么说吧，你想好受点就吃药，想难受点就停药。爷爷说，我想做个核磁共振检查。医生说，你的症状不符合做核磁共振检查的标准。爷爷又不说话了。医生说，我可以帮你预约足部护理治疗，开几张处方，包括抗抑郁药、胰岛素和注射器。还有别的吗？爷爷嘟囔着说，我的视力。我的眼睛出了问题。

※

身为奶奶的妈妈在限速 40 千米的路上以 90 千米的时速疾驰着。她是建筑配件的唯一负责人。她正在赶往城市以北的建筑工地，那里的工期已经延误了四个月。建筑公司遇到了大麻烦，而且还是和工会的纠纷。几个月前，两名工人在一次事故中受了伤，法律纠纷尚未解决不说，最要命的是，她八个月前预定的一批射灯到现在都没到货。虽然波折不断，建筑公司还是坚持九月底前一定能交付使用。她在心中暗暗发誓，这是自己最后一次和不专业的人一起共事。

她早已厌倦了和平庸之辈打交道。她这辈子一直在憧憬着和精英阶层交流，从而提升自己的档次。童年上幼儿园的时候，她身边就都是些傻不愣登的小屁孩，当时她就盼望着上小学后，情况能有所改观。她能向老师展示读书识字的能力，能在课间休息时，和同学们交流各个科目的作业。但小学生活令她极度失望。男生都不太爱说话，女生倒是喜欢叽叽喳喳，只不过谈论的话题都围绕着保罗还是约翰更帅。她开始期待成熟自律的高中生活，然而现实再次给了她无情的打击。确切说，高中的环境更加糟糕。她周围的人全都是蠢货：资质平庸的老师，满脸粉刺的男生，虚荣肤浅的女生，傲慢无礼的校长。每个人都在浑浑噩噩地过着，根本谈不上远大的抱负和理想。他们沉迷于派对，不停地恋爱，分手，到处旅行。他们放肆地挥霍青春岁月，浑然不觉人生正在进入倒计时。由于她拒绝和其他人交往，父母十分担心。他们一再劝说她少读点书，多睡点觉。可她讨厌睡觉。她一早就意识到睡觉纯粹是浪费时间。她每晚顶多睡五个小时，睡眠不足倒也没有严重影响她的生活。诚然，她偶尔会感到疲倦，但疲倦总比把半辈子的时间都浪费在睡眠上要好。

她十八岁的时候，父母希望她能去找他们一个做牧师的朋友聊聊。她不情愿地同意了。在牧师家的厨房里，她坐在一张硬硬的小板凳上，牧师在炉灶前煎香肠，煮胡萝卜泥。她妈妈说，女儿不吃不睡，成天就是看书，看书，看书。牧师笑了笑说，听上去很厉害嘛。爸爸说，女儿坚持认为，世界上的人除了她自己，其他都是蠢货。牧师问，你都读些什么书？她报出几个作家的名字。牧师说，挺好的啊。牧师对她父母说，我认为你们没必要担心。这不过是一个阶段而已。爸爸说，她从小就这样。妈妈说，从她学会读书认字了就这样。牧师说，很快她就会意识到，生命中除了书，还有其他很多东西。妈妈小声说，万一她意识不到呢？牧师说，她会意识到的。相信我。父母相信了牧师的话。

六个月后，她去马赛探望参加短期培训的姨妈。她们去酒吧听了一场爵士音乐会，当顶灯亮起时，她发现和自己同桌的是一个有着黑色卷发和笑涡的年轻男人。她从他眼睛里看到了什么？她自己也说不清楚。她只知道，他约会她的时候，整个世界都变得更加广阔了。而当他回家，回到女儿身边时，一切都随之暗淡。而她也有同样的感觉。他搬到了她的身边。很快她怀了孩子。他们结婚了。他承诺会找一份真正的工作。起初，他说自己只会推销衣橱里的东西。接着，他说自己要去意大利出两天差。她不知道他究竟在捣鼓些什么，不过他总有现金进账。按照他自己的说法，无非是些进出口贸易。后来，他应聘一家丹麦洁具公司，成为一名坐浴桶推销员。

她仍然憧憬着置身于一个足以匹配自己智商的环境。他们的儿子上幼儿园后，她试着申请了文学史方向的课程。半年后，她参加了一个冗长的学术研讨会，一群身穿花背心的老烟枪唾沫横飞地讨论卡夫卡的作品是否足够具有颠覆性，究竟算不算得上经典。到了春季，她又改读政治学。在之后的几个月里，她被迫和几个同学进行一轮又一轮的小组讨论，那群蠢货甚至意识不到自己蠢在哪里。她果断退出了课程。她在一家卖全天然保健品的药店里找了份工作。后来，丈夫劝说她去申请建筑学专业。他见过她画的草图。他坚持认为，她不应被埋没在烟雾缭绕的小店里，而应该有更大的作为。建筑？她从没有过这个念头。她顺利通过了申请。她用了四年半的时间完成了五年的学业。生平第一次，她对身边的蠢货稍稍多了些耐心，因为这群蠢货至少还有目标：他们梦想建造出比他们生命更持久的建筑。毕业后，她立刻找到了工作。她在一家建筑事务所工作了几年，然后和两个同学成立了自己的公司。当时正值经济危机刚刚过去，所有人都认为风险太大，公司很快会破产，但他们顽强地撑了下来。他们熬过了一次又一次的经济危机，如今已经拥有了七名固定员工和四名实习生。而她也得以抽出时间，驾车前往城市的另一端，在一家街角的小破餐馆和儿子共进午餐。

但身为爸爸的儿子和她前夫一样，对她的世界毫无兴趣。他丝毫不关心建筑工地的近况，完全不想谈论街角的建筑风格，或是雷姆·库哈斯为普拉达基金会设计的照明方案，或是伦敦泰特现代美术馆举办的莫娜·哈透姆作品展。他只想列举出自己在午饭前完成的所有任务：被孩子吵醒，开洗碗机，开洗衣机，给孩子准备所谓的早餐，将四岁的女儿送进幼儿园，晾干洗净的衣服，倒垃圾，将纸盒带下楼放进回收站，整理汽车后备厢，将后向式婴儿安全座椅换成前向式儿童安全座椅。做这些事的时候，他始终用婴儿背带将一岁的儿子放在胸前。唯一的瑕疵发生在他关后车门的时候，当时他手里拎着两袋说明书和零零碎碎的玩具，关车门的时候不小心夹到了自己的小拇指，结果指甲肿了起来，里面还有黑紫色的淤血。奶奶说，我有芦荟胶，然后从手袋里掏出一支软管。芦荟胶对蚊虫叮咬、伤口感染、皮肤瘙痒都很有效。他说，那对修补父子关系呢？她将软管递过来，说，毫无疑问。

身为爸爸的儿子一边将芦荟胶涂抹在受伤的指甲上，一边说，我已经解除了爸爸条约。她说，是嘛。他说，我再也受不了了。这件事已经拖得太久了。谁爱管谁管去吧。她说，可你们不是有过协议吗？他说，有是有过，不过协议总有个期限吧。每次他走的时候，办公室里都是一团糟。儿子列举了爸爸留下的种种劣迹：厨房里拉坏的抽屉；堆得像小山一样的垃圾；莫名消失的速溶咖啡；随手顺走的零钱。这样下去永远没个尽头。她打断他的话，说，反正这事由你决定。他说，什么意思？她说，你可以选择继续和他保持联系，还是从此断绝来往。他说，所以说，如果我不照顾他的话，他就要和我断绝关系吗？她说，这我不清楚。毕竟他以前这么干过。他说，对他第一个女儿吗？妈妈继续吃着面前的鸡肉。儿子说，她究竟出了什么事？妈妈说，你知道的。儿子说，可为什么我们从来不说呢？妈妈说，说这些有意思吗？儿子说，她后来真的去做小姐了？妈妈说，问你爸爸去。儿子说，他不想说这些。妈妈说，我不清楚细节。我只知道他以前是一个很有魅力的男人，后来才渐渐变了。儿子说，我猜他也不能住你那儿吧？妈妈对儿子使了个眼色，权当回答。她说，我已经帮他够多的了。儿子说，我也是，可我没得选择。当初是你选择了他。妈妈说，他也没选择你啊。

一顿中饭就这么吃完了。她说，现在我得走了。否则那帮猪头非把日光灯管安装在复合木地板上不可。儿子没有笑。他很生气。他擅长煽风点火，小题大做。哪怕她主动提出可以帮忙照看孩子，他还是生气。他似乎不明白，她这辈子都在为男人付出。先是照顾自己的爸爸，然后是丈夫和儿子。如今她的任务完成了。她对男人的耐心已经耗尽。她想的只是趁孙子还没醒的时候道声再见，然后坐进自己的汽车里，赶回建筑工地。

她的手机响了。她看了看显示屏，是她的前夫。她按掉了电话。他又打了过来。她任由手机响着。他再次打过来的时候，她按下了接听键。他说他刚看过医生。他们检查了他的眼睛，诊断结果是，他必须接受手术。一开始，他们给他安排了一个几周后的手术时间，后来他解释说自己长期居住在国外，于是那个好心的秘书帮他找了个别人临时取消的空档，就在明天。他说，我属于低收入人群，所以手术免费。她说，那真不错。他说，我不想一个人去。妈妈说，问问你的两个孩子有没有空。他说，我们吵架了。他们对我从来没有耐心。他们只知道工作，照顾他们自己。妈妈说，给你儿子打电话。反正他在休陪产假。

没等儿子提出任何问题，他们就匆匆挂了电话。她继续往前驶去。他现在人在哪里？那个曾让她迷恋的他；那个能让她向来不苟言笑的妈妈展露笑颜的他；那个眼里闪着光，会潇洒地打响指，肩膀宽阔到能承担一切风雨的他；那个因为一时冲动就忍不住出轨的他。每次她出言斥责，他就会内疚自责；每次她提出警告，他则报以微笑；而当她给他最后的机会时，他却一犯再犯。

不过，令她感到疲倦的并非他的不忠。她已经默认了他的不忠。而他也不是唯一一个在婚姻中铤而走险的。她所不能适应的是他的不可预知。他总在她最需要他的时候消失不见。最后，她终于受够了。她提出了离婚。他接受了这一事实，然后远走高飞。一连许多年，两个孩子都没有他的任何音信。

后来他像个鬼影般又回来了，告诉她说，他的女儿死了。他希望他们能够再努力一次。她说她早就已经重新开始。他问她是否有了别人，她为他的愚蠢笑得不可抑止，他居然以为她有闲心约会别人，这些年来，她一个人承担了太多的角色：爸爸、妈妈、私营业主、学业指导顾问、仲裁员、规则制定者、牛奶金申领人、咆哮者、鼓励师、擦干眼泪的人、发型设计师、剃须指导员、足球赛观众，还有一次（真的只有一次）在女儿足球赛裁判突然犯了急性偏头痛时，充当了裁判的角色（她在接过哨子奔向球场中央前，就问了一个问题：被判越位？什么是越位？）。只有一件事她实在无法胜任，那是儿子第一次参加春季舞会前，满怀憧憬地买了人生的第一条领带，却不知道如何操作。她打电话给哥哥，在远程指导下试了一遍又一遍，可领带越来越皱。儿子都快绝望了，舞会马上就要开始了，他就要迟到了。可她打的领带不是太长，就是太短，领带结小得揪成一团。最后，妈妈建议儿子去请邻居帮忙。住他们楼上的一位画家接过领带，打了一个完美的结，然后像颁发奖牌般将领带套上儿子颀长的脖子。邻居帮儿子系紧了领带，然后说：你就像一位王子。

儿子雀跃地跑去参加舞会。妈妈坐在厨房里，关了灯，静静注视着儿子的背影消失在视野之中：他一双笔直的腿，擦得锃亮的皮鞋，还有肩膀后扬起的银色领带，在初夏的余晖中熠熠闪光。她之所以关灯，是为了将他看得更清楚，是为了不让邻居看见自己的眼泪。前夫不告而别，可她还留在这里。她要继续准备餐盒，擦洗刀叉；她要制定家庭预算，安排孩子们的同学聚餐；她要更换鞋带，修补拉链；她要设计医院入口，停车场，对商品中转站进行重建；她要为私人客户绘制阁楼翻修后的效果图；她要采购家庭装的冷冻食品以及应付运动损伤的绷带；她要调解兄妹间的冲突和矛盾，检查作业是否认真完成；她要为毕业典礼准备红酒，用胶合剂和绝缘胶带修补电视遥控器。她为孩子们买了像样的品牌服装，却从未给自己添置过新衣服。

朋友们好心撮合她和一个离异的城市规划师约会，她却回答说自己没有时间谈情说爱。见朋友们不死心，她说，我真的没有时间恋爱，至少现在没有。我得全身心照顾我的孩子。所以当女儿高中毕业的那一刻，她感到生活终于可以按下暂停键。女儿飞跑下学校台阶时，妈妈用最高亢的声音尖叫着，几乎失了声。然后她在毕业典礼上用沙哑的声音和别人聊个不停。第二天，她连小声说话都很困难了。接下来的几周里，她拿着块小白板走来走去，把要说的话写在上面。医生说，笑和说话都是不好的，她唯一能做的就是完全噤声至少十天。否则会对声带造成永久的伤害。她的孩子说，你肯定做不到。不发出一点声音？不可能。可她做到了。就像她这些年克服了一个又一个困难一样，她以惊人的毅力做到了。她的声音又恢复了正常。可她的前夫仍然杳无音信。谁都不知道他确切在做什么，到底在什么地方。他们离婚这么多年后，别人也已经不再向她打听他的近况。

她到达建筑工地，将车停在一块满是沙砾和小水塘的地方，按照设计图纸，这里应该是一片大草坪。她下了车，一路小跑向临时装修的、仍然缺少射灯的会议室。

*

身为爸爸的儿子从角落里的座位上站起身来，取咖啡的同时顺便看了看一岁的儿子。他说，估计他现在是真睡沉了。妈妈看了看时间。她迅速喝完了咖啡。儿子说，你要赶回去了吗？她点点头，说，需要帮忙照顾孩子的话就说一声。他说，那最好不过了。我们的确需要休息两天。下周行吗？妈妈查了查自己的日程表，说，我下周三到周五在哥德堡。约兰和我要见一个潜在的客户。儿子说，周末呢？妈妈说，周末有点困难，不好意思。周六我们负责给仓库上清漆，周日我和几个朋友约好了去贝瓦尔德文化厅。要么再下个周末怎么样？儿子说，再看吧。他要用这种态度惩罚个人生活过于丰富的妈妈。他问，这周日你会来参加生日派对吧？妈妈说，那当然。你要这管芦荟胶吗？儿子说，好啊。妈妈一边递上软管一边说，这支要119瑞典克朗。

儿子道过谢，又往指甲上抹了一点。立刻敷上一层透明的绿。他说，感觉挺舒服的，凉凉的。他妈妈说，芦荟胶效果特别好。这管是直接进口的，消炎止痒都行。我在药店工作的时候，推销给十个顾客，有九个都会买。儿子又道了谢。她又重复了一遍，这支要119瑞典克朗。你可以在手机上转账给我。要么存进我银行户头也行。儿子看着妈妈，问，你是说真的吗？妈妈说，我买的时候就是这么多钱。我又没加价。儿子点点头，直接数出现金递给她。妈妈说，你生气了？儿子说，哪有。然后勉强挤出一个微笑。他们道了别，她奔向汽车，还没等儿子回到餐馆，就已经发动了引擎。

一岁的儿子还在呼呼大睡,他又坐了一会儿。等丰田普锐斯消失在广场边缘后,儿子才站起身,慢慢往家走。他左转走上坡道。他经过早七点到九点,下午四点到六点关闭的闸口。他努力集中精神思考些别的事。他想到闸口关闭时,会在记忆中搜寻规定的时间;他想到七岁要上小学,九年级初中毕业,十六岁上高中,十八岁考驾照;他看着一辆辆飞驰而过的汽车,在心中默念出车牌和款式:本田思域,丰田普锐斯,沃尔沃V70,又一辆沃尔沃V70,马自达3。

他继续往前走,经过独栋别墅区和苹果树林,高层住宅区和一片建筑工地,建筑工人已经开始翻挖地面,打地基,安装排水系统。每天早晨十点、中午十二点和下午四点,这里都会暂时封闭道路,然后响起沉闷的轰隆声。之后是一声长长的警示音,表示挖掘工作已经完成。应该很快就能结束了。他继续让思绪漫无边际地游走。他想到停车规则;他想到一个穿背心的老头总遛一只白色的小狗,但今天并没有出现;他想到自己总能在电梯里碰见那个穿橙色T恤,腰间别着一大串钥匙,脸上保持微笑的物业工作人员。他来到公寓大门前,他按下门禁密码,进入电梯后,他感到天旋地转。他说不出原因,可又无法喊停,这让他联想到童年时的无力感。

他开了门，走进前厅。他停好婴儿车，冲进卧室，他用枕头蒙住头，大喊大叫，他将被子扔在墙上，他从镜子里看见自己的脸，慢慢平静下来。他沉默地坐在床沿，努力想要搞清楚刚才发生的一切。前厅里的儿子醒了。爸爸走出卧室，将他从婴儿车里抱了出来。一岁的儿子看着爸爸的眼睛，伸出小手，擦去爸爸脸颊边一滴已经冷掉的眼泪。眼泪碎裂成空气中无数微小的水滴，他们都笑了。

*

身为爷爷的爸爸走出诊所大门，一颗心怦怦直跳。他给前妻打了电话。她说她没有时间陪他做手术。她忙着造房子，看展览，和年轻的情人跳探戈。他又给儿子打了电话。儿子在电话那头的声音怪怪的。爸爸问，你感冒了吗？儿子说，没有。爸爸说，都是因为你不戴帽子。儿子说，我没有感冒。对了，昨天怎么回事？我们等了你好几个小时。你怎么不来吃晚饭？爸爸说，我有事耽搁了。儿子说，妹妹很失望。她做了最拿手的意大利千层面。爸爸说，我会和她解释的。双方沉默了片刻。爸爸说，明天，医生要给我的眼睛动手术。儿子说，真的吗？爸爸说，真的。儿子说，你想让我们去吗？爸爸说，我们是谁们？儿子说，我不是在休陪产假嘛。爸爸说，好啊。你们想来就来好了。

VII 星期二

她是女儿，是孙女，是足球运动员，是驯龙高手，还是火影忍者。她只有四岁，却强壮无比。不，不是四岁，而是四岁半。不，准确说，是四岁零好几个月，就快五岁了。她的足球踢得比伊布还要好。她跑步的速度是全世界第一，几乎比太空火箭还要快——不过没什么能比太空火箭的速度还快。只有闪电麦昆，因为他的车身两侧都有火焰，真真正正的火焰，比岩浆还烫。岩浆是火山才有的。这里没有火山，没有恐龙，没有剑齿虎。不过动物园里有老虎，只是它们半夜不会过来。因为它们不知道门禁密码，不会自己乘电梯，就算有人帮它们开了公寓大门，它们也进不了我们家，因为它们没有钥匙。狮子比犀牛跑得快。犀牛有两只角，角长在鼻子上，犀牛角又厚又硬，人家都说牛鼻子牛鼻子，大概就是这个意思吧。斯德哥尔摩就叫斯德哥尔摩，又不叫舌头和耳蜗，尽管这两个名字还挺押韵。其他押韵的词还包括：香蕉和橡胶，创可贴和朱丽叶，酷和超级酷，好和非常好。

任谁都不能和一岁的儿子生气，因为儿子只有一岁，还不懂为什么不能啃咬气球，为什么不能乱撕小人书，为什么不能吞下乐高积木，为什么不能把黄色的小鳄鱼扔进垃圾袋。一岁的儿子什么都不会，他不会说话，不会骑自行车，不会踢足球。他只会吃吃喝喝，摇头晃脑，流口水打喷嚏。对一岁的儿子不能骂不能打，哪怕想打也不行。不能踢他的脑袋，不能踹他的后背，甚至连踩他的脚也不行。偶尔，只是偶尔，大概可以轻轻拍两下，前提是他做了特别特别蠢的事情，比如把小精灵玩偶扔进马桶——而且还不是自己的小精灵。

四岁的女儿已经不穿纸尿裤了。四岁的女儿要上幼儿园，会踢足球，喜欢玩水气球。周六的时候，四岁的女儿要吃糖，一岁的儿子不能吃糖，只能吃玉米。一岁的儿子还吃过一次葡萄干。不过一岁的儿子不能吃水果糖，不能吃橡皮糖，甚至不能吃 M&M 豆，尤其不能吃甘草糖。四岁的女儿喜欢吃甘草糖、玉米片、橘子，还有经过冷藏的，口感偏硬的红啤梨。四岁的女儿喜欢将冰块放在嘴里嚼啊嚼，还喜欢吃冰淇淋，特别是梨子和巧克力口味的。有混合了糖果的冰淇淋，但却没有混合了冰淇淋的糖果——因为冰淇淋肯定会融化嘛。妈妈不喜欢吃冰淇淋。妈妈喜欢吃巧克力，坚果，果蜜，还有那种拌在酸奶里吃的绿色的南瓜子。爸爸喜欢吃冰淇淋，糖果，葡萄酒和香肠。妈妈尝了尝葡萄酒，说味道太恶心了。妈妈永远都不想吃香肠。妈妈说她宁愿吃别的东西。爸爸问，有什么东西比香肠好吃？妈妈说，比如哈罗米奶酪。四岁的女儿既喜欢吃哈罗米奶酪，又喜欢吃香肠。但非要选一种的话还是香肠。因为香肠是全世界最美味的东西。香肠。哈罗米奶酪。糖果。冰淇淋。还有香肠。一岁的儿子不能吃香肠。其实他也可以吃香肠，只不过要切成很小很小很小很小的小块。就像这么小。比他的手指甲还小。小到几乎看不见。妈妈切的时候切得特别小，爸爸切的时候稍微大一点。妈妈说，香肠会卡在小婴儿的喉咙里，严重的可能导致窒息，有些还要送去医院，甚至因此死去。里奥的外公就死了，松鼠也会死，可大象不会——除非它们不小心掉进火山口。

　　四岁的女儿对一岁的儿子总是很友爱。一岁的儿子可以借她的玩具。四岁的女儿踢球破门的时候，一岁的儿子很擅长躲避飞来的足球。四岁的女儿吃饱后，开始喂一岁的儿子吃香肠。但一岁的儿子傻乎乎的，还不知道香肠就是香肠。一岁的儿子两次将香肠扔在地板上。四岁的女儿必须捡起来，然后一遍又一遍塞进一岁儿子的嘴里。妈妈和爸爸站在炉子旁边说话，根本没注意到他们。

　　妈妈说：你为什么主动提出要去？爸爸说：我不知道。妈妈说：要想让他独立的话，你必须学会放手。爸爸说：他要做手术了。他们说一切问题都是可以讨论的，可他们还是吵了起来。最后一岁的儿子总算明白了，小块的香肠也是香肠。一岁的儿子咯咯笑了起来。他已经开始长牙，但只长了几颗。四岁的女儿的牙齿不仅数量多，还很硬。一岁的儿子抓起一把香肠，统统塞进嘴里。一岁的儿子哈哈大笑。一岁的儿子拼命咳嗽。一岁的儿子看上去很开心。一岁儿子的脸色变了，就好像一只会变色的变色龙。一岁儿子的脸色最初是浅棕色，接着变成蓝色，然后变成紫色。妈妈说爸爸要对此负责，爸爸说他没说不负责。四岁的女儿说：看他多开心！好开心啊！看哪！爸爸说，等会儿，亲爱的，我们正在谈正事。四岁的女儿走到一岁的儿子面前。一岁的儿子张大了嘴巴，做出要呕吐的样子，可什么都没吐出来。他发出一连串搞笑的声音。妈妈转过头。她失声嚷嚷起来：我的老天！爸爸赶紧跑过去，将一岁的儿子从宝宝餐椅里拽出来。盘子掉到了地上，番茄酱沾到了四岁女儿的足球短裤上。妈妈将一岁的儿子翻过来倒过去，爸爸拼命拍打一岁儿子的后背。香肠出来了，落在地板上。全都是些很小很小的小块。爸爸说，是你喂给他吃的吗？四岁的女儿说，不是。妈妈说，说实话。四岁的女儿说，我的足球裤沾到了番茄酱。爸爸说，到底是不是你把香肠喂给他吃的？爸爸不是在说，而是在吼，分贝高到四岁女儿的耳朵都快震聋了。四岁的女儿从不感到害怕，可现在她有点害怕了。爸爸拿起装香肠的盘子质问她。爸爸晃了晃盘子，里面的香肠都掉到了地上。四岁的女儿说，不应该把吃的弄到地上。爸爸紧紧攥住四岁女儿的胳膊，他拽着她走出厨房，他咆哮着说，四岁的女儿必须对弟弟友好一点，无论是谁伤害到他的家人，他都会抓狂。

他将四岁的女儿拖进儿童房，爸爸说他厌倦了爸爸的角色，他宁愿当一个孩子。妈妈冲他喊道，够了，闭嘴。爸爸说，你才应该闭嘴。妈妈怀里抱着一岁的儿子冲进来说，你冷静一下。爸爸放开四岁女儿的胳膊，一个人走进卫生间。妈妈抱着一岁的儿子回到厨房，卫生间里传出奇怪的声响。四岁的女儿站在外面。她敲了敲门。爸爸说，等一会儿。他的声音听起来就好像他正跪在地上，在用螺丝刀拧东西一样。他的声音听起来就好像他在给婴儿车的轮胎打气，但打气筒的气嘴又有问题，所以他按压的每一下都必须很用力，非常非常用力。妈妈过来了。她抱住四岁的女儿。妈妈问，你害怕吗？四岁的女儿说，不。我什么都不怕。我只是有点害怕剑齿虎、水晶泥和金牛怪。妈妈笑了。她说，你知道金牛怪的头套下面藏着一个人吧？

四岁的女儿说，不是的。金牛怪是一个机器人。他是个真的机器人。所以他会惩罚动作慢的小朋友。妈妈说，可是金牛怪是由演员扮演的啊。四岁的女儿说，不是的。我们幼儿园的比尔说，金牛怪是真的机器人。妈妈说，好吧。可你没必要害怕金牛怪，他就是个普通人。四岁的女儿嚷嚷起来，你什么都不懂。然后跑进自己的房间。她砰的一声关了门。

她拿出粉笔在桌上画起来——她知道爸爸妈妈不让她这么做。她撕下恐龙贴纸的背胶，然后贴在墙上。她打开衣服抽屉，翻了个底朝天。爸爸妈妈都没进来。她戴上蜘蛛侠的头套和长袜子皮皮的假发，把皇冠套在脖子上当项链，在腰间系上一条深褐色的海盗皮带，背上塑料弓和四根充作箭头的吸管。她偷偷溜进厨房。一岁的儿子又坐回宝宝餐椅里。他在吃橘子。所有的橘子瓣都切成了很小很小的小块，小到已经看不出是橘子瓣，而像是一只只橙色的小球。一岁的儿子在咯咯傻笑。妈妈和爸爸站在炉子边，彼此拥抱。他们的个子都很高，但最高的还是爸爸，他一伸手就可以够到天花板，妈妈稍矮一些，不过也比幼儿园里，除了卡罗以外的其他老师要高。爸爸看见了四岁的女儿。他将她抱起来。他向她道歉，说他不该用那么严厉的口吻说话。他说他今天陪爷爷做手术去了。四岁的女儿说，真的手术吗？爸爸说，嗯。医生给爷爷的眼睛动了手术。

四岁的女儿说，你肯定在开玩笑。爸爸说，我没开玩笑。我说的都是事实。四岁的女儿说，手术危险吗？爸爸说，其实不危险。爷爷以为会很危险，但其实只是个常规手术。四岁的女儿说，什么是常规手术？爸爸说，就是每天都会做的手术。四岁的女儿说，就和刷牙一样？爸爸说，嗯，差不多吧。不过你知道手术前都要做些什么吗？医生需要用一种特殊的超级相机给爷爷的眼睛拍一张超级照片，把他的眼睛放大好多好多倍，看得非常非常清楚，这样才能找到一种叫视网膜黄斑的东西。你知道视网膜黄斑长什么样吗？四岁的女儿说，不知道。爸爸说，就相当于宇宙中一个绿色星球上的一座火山。就好像太阳系里的一颗星星，只不过在爷爷眼睛里很深很深的地方。然后医生会给爷爷滴上几滴眼药水，然后用激光清除干净，现在，爷爷的视力就和你我差不多了。四岁的女儿笑了。她在爸爸怀里拱来拱去。她说，真的吗？爷爷的眼睛里有宇宙吗？爸爸说，嗯。四岁的女儿笑得前仰后合。爸爸也笑了。妈妈也笑了。

一岁的儿子举起盛有橘子的粉红色塑料餐盘，递到四岁的女儿面前。他想让四岁的女儿也尝尝橘子的滋味。四岁的女儿拿了两块塞进嘴里。她对一岁的儿子说，谢谢。谢谢你让我吃橘子。我们要不要来玩游戏？四岁的儿子嘴里发出哞哞的声音。爸爸说，时候不早了，该上床睡觉了。

※

一岁的婴儿是儿子，是孙子，是弟弟，是全家最小的一个，他会哼哼唧唧地说，哞哞。哞？你们肯定觉得很好笑吧。看我是像长了四只胃的样子吗？我能挥动尾巴驱赶苍蝇吗？我会反刍吗？我觉得最好的东西就是牛奶吗？好吧，我承认。我喜欢喝牛奶。牛奶味道香浓。牛奶有益健康。牛奶可以热着喝，冷着喝，温着喝。不过老实说，在这个地球上，有谁（除了妈妈）不喜欢喝牛奶呢？爱喝牛奶就是哞哞叫的傻瓜啦？我还很小。我还穿纸尿裤。我只长出了几颗牙。我还没学会走路。我喜欢吮吸我的手指，每次在尿布台上，我发现我有小鸡鸡的时候都会笑得很大声。但是！作为一个一岁的婴儿来说，我已经相当独立了。比如最近几周吧，我做的这些事你们都没看见：吃了卧室花盆里的土；拿了爸爸床头柜的一本书，撕掉了其中三页；把一只耳塞外面的橡皮套放在嘴里嚼了好几下，然后把另一只的也抠了下来；把姐姐的黄色塑料鳄鱼扔进厨房的垃圾桶；把遥控器和回收垃圾放在一起。不过你们毫无察觉，因为你们忙着在手机上回短信，或者互相吵来吵去，说谁该去开洗碗机，谁该看着姐姐，不让她在客厅里来回踢球。

如果你们能对我多一点关注，就像关注姐姐小时候那样，就会发现我的哞哞声有很多种含义。有的"哞"表示：

我一点也不累；有的"哞"表示：不好意思，我没看见黄色的塑料鳄鱼；有的"哞"表示：这不是我干的；有的"哞"表示：当心，熊来了！有的"哞"表示：哎呀，对不起，我看错了；还有的"哞"表示：好吧，我知道你们想让我亲亲这个叫爷爷的陌生老头，他看上去都有200岁了，牙齿黄黄的，胡子拉碴，我亲了，我亲了他的脸颊，拽了拽他的衬衫，但我希望你们能记住，这是一种妥协的行为。你们要在我的功劳簿上记上一笔，以后兑换成实际的好处。

可你们一无所知，因为你们不看也不听，只有我，全家最小的一个，会用自己的眼睛去观察，会用自己的耳朵去倾听。今天早上，我看见一件奇怪的事情。我醒了。我躺在婴儿车里，头脑渐渐被清晰的意识所占据。我记得每天早晨发生的一切。送姐姐去幼儿园，匆忙赶路的压力，以及爸爸因为迟到气喘吁吁的道歉。而现在，婴儿车就停在老年公寓尽头的一间咖啡馆内，正对着广场上的小喷泉。我能看见爸爸的后背。整间咖啡馆只有他一个顾客。他点了一杯咖啡，低下头看着桌上的手机。大概每隔一分钟，他都要抬起头往广场那边张望。我顺着他的目光看过去，在一张公园的长椅上看见了他的爸爸。就是我们上周五见到的，我应该喊爷爷的那个。他坐在长椅上，沐浴在秋日的阳光下。他的膝盖上放了一张报纸，可他似乎完全没有翻看的兴致。爷爷没有注意到爸爸，爸爸没有注意到我。

然后我听到了吵闹声和孩子的笑声。人行道上走过一群幼儿园的小朋友。带队的老师身穿一件醒目的红夹克，小朋友们都穿着荧光背心。大家都握着一根长长的绳子。我看见姐姐紫色的连体服和灰色的带耳罩的帽子。她走在一个小伙伴旁边，她们有说有笑，她们蹦蹦跳跳，她们走过那个胡子拉碴的老人，甚至都没有注意到他的存在。爸爸看着他的爸爸。爷爷看着他的孙女。谁都没有说话。姐姐很快消失在视野中。爸爸仍然坐在原地。我努力抬起头，想要提醒他，无论他和他爸爸之间发生了什么，我们的关系仍然是最特别的存在。而这也是人生真正的挑战之一——不要受到血缘亲情的羁绊和阻碍。但我能发出的只是不连贯的哞哞声。爸爸微笑着说，小宝贝，你醒啦？我点了点头，或者说，至少没有将脑袋摇来摇去，反正在爸爸看来应该算是点头。我们走出咖啡馆，来到广场中央。爷爷这才看见了我们。爷爷说，你们没看见我吗？爸爸说，没有。我想说，我们当然看见了。爷爷说，没有牛啊，哪来的哞哞声？

我们离开了广场。爸爸将钱包放在一只金属盒子的表面，两扇玻璃门立刻向两侧打开。我们走进一间充斥着尿骚味的窄小房间。爸爸说，屏住呼吸。然后揿下一只按钮。爷爷从外面朝我们挥了挥手。铁门随之关闭，房间以极其缓慢的速度向地下下沉。等我们终于走出房间，呼吸到新鲜空气时，一条蓝色的蛇呼啸着向这里驶来。它有着公交车一样的车门，以及厨房里那种日光灯管。我们走进被我称为蛇的地铁。爸爸和爷爷都没有说话。也不能这么说，我们走出地铁车厢，在站台上等待另一趟列车的时候，爸爸说：你知道，其实去弗瑞德汉姆广场有更快的方式。我们可以从霍恩斯图站坐公交车。或者从中央车站坐蓝线地铁过去。爷爷说，我们又不赶时间。说完他在一张长椅上坐下，耐心等待列车进站。我们出了地铁，分别从自动扶梯和直梯上到地面。阳光尽情挥洒下来，人们目不斜视地匆匆而行，仿佛谁都没有注意到街上驶过的各色车辆：双层巴士、货车、油罐车、拖车，还有（这是真的）两辆警用摩托车。我连连欢呼，提醒爸爸和爷爷不要错过如此热闹的街景，然而谁都没有给我回应。他们只是一个劲往前走，始终刻意避开彼此的目光。

我们来到一幢白色的大房子前面。我们穿过玻璃门走进去。爸爸对一个皮肤像麦片粥一样苍白的女人说，我爸爸要动手术。对方点了点头，递给爸爸两只塑料文件夹，一只关于术前检查，一只关于手术注意事项。她说，沿着地板上的黄线先去做术前检查。蓝线通往手术室。爸爸问，总共要多长时间？她说，手术本身也就一两个小时。不过术前等待的时间比较长。爸爸说，主要是我得去幼儿园接女儿。这句话听来有些突兀，毕竟没有人问过他下午的安排。爷爷站在一旁,但具体操作都由爸爸完成,包括拿文件夹,推婴儿车,一开始我们走错了方向,直到看见厕所的标志才折返回来,我们进入可以上下移动的房间前往正确楼层,然后走到位于走廊另一端的术前检查区。

候诊室外贴着五张看似相同,实则不同的大幅照片。同一个穿粉红色连衣裙的女孩,或被勾勒出波浪形剪影,或被模糊了边缘,或脸上布满蠕虫样的黑色斑点,或被灰黑色阴影所覆盖。爸爸俯下身锁好婴儿车。他指了指照片,说,你觉得这几张照片怎么样?爷爷转过身看了看,说,我看没什么区别。

我们在候诊室里坐了好久,等待医生的下一步指示。我感到无聊的时候,爸爸就递给我一张报纸让我撕着玩。然后,我们见到了一位相当不错的护士。她看见我后,立刻将脸藏在双手后面,然后突然张开手,和我玩起躲猫猫的游戏,我立刻意识到,她是一个有幽默感的人。会主动和婴儿玩躲猫猫的人一定不缺乏幽默感。我们跟着她走进房间,墙上钉着一排排的木架子,一块白色电视屏幕上全是黑色的小虫子。护士拿出一把手枪,往爷爷的眼睛里打了点空气,接着又拿出一只大大的白色电话机,向他的眼睛里探了探。然后她让爷爷坐在电视机前,给他戴上一副挡住一侧镜片的塑料眼镜,询问他是否能看见屏幕上的第一行。爷爷说,我连边框在哪儿都看不清。护士在他的眼镜上加了一只圆圆的镜片，然后问，更好了，更差了，还是一样？爷爷说，没有区别。她又换了一只镜片，然后问，更好了，更差了，还是一样？爷爷说，好一点。试到第五次的时候，爷爷总算能看清屏幕上的小虫子了。他逐一报出它们的名字：A、E、X和Z。

护士问，你平时戴眼镜吗？爷爷说，我有老花镜。可我把它们落在家里了。护士说，你知道它们的度数吗？爷爷说，我是在一家加油站的便利店买的。爸爸说，有的时候他会把一副叠在另一副上面，这样看得更清楚。护士说，好的。然后看看爷爷，又说了一遍，好的。所以你从没有找验光师检查过视力吗？

术前检查结束后，我们沿着地板上的绿线来到餐厅。爷爷主动请爸爸吃午餐。我吃了一罐蔬菜意大利面。爸爸请服务生用微波炉加热了一下，我吃得干干净净，还吃了点爸爸盘子里的黄瓜、玉米和面包。

爸爸对爷爷说，谢谢你请我吃饭。爷爷没有搭话。爸爸说，你知道我明天的计划吗？我打算尝试单口喜剧。爷爷说，单口喜剧？爸爸说，对，我会登台表演，面对真正的观众。爷爷说，你是要当小丑吗？爸爸说，不是小丑，是喜剧演员。我一直都想尝试来着，可总鼓不起勇气。爷爷说，你要戴上红鼻子吗？爸爸说，够了。爷爷说，记得多涂点白颜料，再穿双大皮鞋。不然大家可笑不出来。爸爸说，你这么说一点也不幽默。爷爷说，你也不幽默啊。爸爸说，我以为你会骄傲的。爷爷说，骄傲？因为什么？爸爸说，因为我坚持走自己的路。他们沉默地对坐着。爸爸说，妈妈说你年轻的时候梦想成为作家。爷爷说，她太夸张了。写作很简单，不就是ABCD嘛。谁都可以成为作家。我忘了打胰岛素了。爷爷拿出一支前面尖尖长长的蓝笔，扎进肚子。他们继续吃饭。爷爷说，你想要我去吗？明天？爸爸说，你想去吗？爷爷说，如果你想的话，我就去。爸爸说，如果你去的话，我希望是你自己真的想去。我坐在宝宝餐椅上，突然感到我才是最成熟的那个。最后，他们达成一致意见，爷爷明天会去捧场爸爸的单口喜剧表演，前提是手术一切顺利。

等我们吃完饭，爸爸拿起一摞餐巾纸，离开座位蹲下身去。我心想，终于要玩躲猫猫了。可爸爸迟迟没有站起来。爷爷说，随他去吧。你又不在这儿打工。爸爸说，我们总不能就这么走了。最后，他总算站起身来，可丝毫没有要玩躲猫猫的意思。在餐厅睡醒到现在，我一声都没哭过。可我连声称赞都没得到，他们谁都没想过把我从婴儿车里抱出来，夸我是个乖宝宝。没有，他们只顾着注意我不小心掉落到地上的一点面包屑和食物残渣。我拼命揉着眼睛，暗示说我累了。爸爸让我在婴儿车里躺平，我们沿着蓝线往手术室的方向走去。

爷爷说，你愿意的话，可以讲个段子看看我的反应？爸爸说，谢了，不过还是算了。我们的笑点不同。爷爷说，这倒是。爸爸说，我的比较高级。你的都太肤浅，无非是被压烂的番茄，抠门的犹太佬之类。爷爷说，能把大家逗笑的段子才是好段子。

我们道了别。我再次醒来的时候，只剩下我和爸爸两个人。爸爸正从地铁的车窗向外望去。他的表情很凝重。我拉粑粑了。屁股上一阵热烘烘的，很快就变得凉冰冰的。换作是别的婴儿，早就大哭大叫了，甚至还要上演惊天动地的戏剧性一幕。可我没有。我比他们都聪明。我知道我们很快就要去幼儿园接上姐姐，然后再赶回家，我不想让爸爸因为这种意外事件而烦躁。我保持了沉默。爸爸在讲电话，我猜电话那头是妈妈，因为只有和妈妈说话时，高大的爸爸才会显得渺小起来。他说一切进展顺利，爸爸答应等手术结束后坐出租车回家。到了幼儿园之后，爸爸发现我的纸尿裤湿了。他说，我的老天，小宝贝，你沾着一屁股粑粑躺了多久了？说完他拍了拍我的脸颊。我耸耸肩，露出一个微笑。我试图通过微笑传递出"我很好"的信息。我想告诉他，他不需要替我担心。今夜才是我复仇的时刻。

VIII 星期三

并非夜晚的夜晚永远没有尽头。一岁的儿子吵醒四岁的女儿，四岁的女儿再吵醒一岁的儿子，一岁的儿子又吵醒四岁的女儿，爸爸的耐心只维持了一个小时。他喂了燕麦奶，唱了安眠曲，陪着孩子玩了一轮扮鬼游戏，在黑暗的房间里绕了一圈，看了看邻居熄了灯的窗户，然后蹑手蹑脚地爬到妈妈睡觉的房间外面。妈妈必须睡觉，妈妈要上班，妈妈有着除了家庭之外的另一种生活。他们回到儿童房，他们读了睡前故事，唱了歌，又读了一个睡前故事。四岁的女儿在尿壶里撒了嘘嘘，一岁的儿子在纸尿裤里拉了粑粑，九十分钟后，两个孩子终于睡了。爸爸悄悄走了出去。四岁的女儿醒了。她的喊叫声吵醒了一岁的儿子。爸爸只好折返回去，所有程序再重来一遍，只不过这一次，爸爸的耐心已经耗尽，他威胁四岁的女儿周六不给她买糖果吃，还要扔掉她所有喜爱的玩具，最后四岁的女儿总算安静下来。爸爸坐在椅子上，拿出手机，将已经读过的文章又读了一遍。一岁的儿子似乎睡着了，四岁的女儿也睡了，爸爸轻手轻脚地回到自己的床上，他躺下不过三分钟，一岁的儿子开始哭闹起来，四岁的女儿也被吵醒了。黎明时分，他们三个脸色苍白，眼眶通红地出现在厨房里，洗完澡、化了妆的妈妈好心地问，是否需要她请假在家。爸爸说，不用，别担心，我能搞定。

妈妈下班回家的时候，孩子们已经睡了，整间屋子出奇地宁静祥和。她问，今天都还好吗？他说，那当然。他没有说的是，他将一岁的儿子放在浴缸里，然后去厨房关掉煮土豆的火，结果四岁的女儿将自己和弟弟都反锁在了浴室里。他站在门外，听见浴缸的水哗哗直流，他好说歹说拜托四岁的女儿开开门，可女儿只顾着哈哈大笑。最后，他只好找了一把小餐刀，从外面撬开了锁。他干吗要讲这种事？他已经是个成年人。他不像自己以为的那么脆弱。再说了，他已经成功将两个孩子哄睡。他们睡觉的姿势和神情惊人的一致：仰面朝天，半张着嘴，眉头微微皱起。他最爱的就是睡觉时的他们。

妈妈坐在厨房里，一张一张核对账单。她已经收拾好餐桌，将用过的碗碟放进洗碗机。她指着联名账户上的一笔支出问，你知道这是用来买什么的吗？他说，办公用品。

她说，很重要的办公用品吗？他说，是啊，不然我也不会买。她说，你想当音乐制作人的时候买过一个四四方方的盒子，你当时也说那个很重要。他说，那是一台鼓机，播放现场音乐的效果超好。她看着他，问，你录过一场音乐会吗？他没有回答。她说，还有这个，这笔钱是用来干吗的？他说，买书的，因为我需要灵感。她问，什么书？他说，知名喜剧演员的自传。她说，一本自传要120瑞典克朗？他嘟囔着说，我把书退掉好了。她叹了口气。那是一种无奈的叹息，她暗示过无数次他终究会半途而废，而结果总是不了了之。她值得一个更好的伴侣。她心目中的伴侣应该像爸爸那样，在八十岁高龄时还能手持钢锯爬到树上，将多余的树干统统锯掉，自始至终拒绝使用物业提供的免费电锯。她心目中的伴侣应该像妈妈那样，闭着眼睛也能迅速拆卸和组装沃尔沃的引擎。她心目中的伴侣不应该处处为难自己，把日子过得一团糟。

他换好今晚要亮相的服装，准备就绪。当他在前厅穿上大衣时，女朋友说，感觉还好吧？他说，有点紧张，不过是良性的紧张。她说，我忘了告诉你，你是最棒的，没有人能比得上你。你会记住这句话吗？他点点头。她说，无论今晚结果如何，你都是最棒的。他们彼此拥抱了一下。他说，爸爸可能会来看我的演出。她说，好啊。不过你真的想让他去吗？他说，总比没有人喝彩要好。她说，结束后来个电话，和我说说大家的反响。他说，肯定。

他乘电梯下到底楼，右转，接着又是一个右转，走下楼梯进入地下停车场。每次来到这里，他都会联想起那一天的场景：他拎着准备扔进回收站的垃圾，四岁的女儿骑着自行车，在一排排汽车之间来回穿梭。一辆汽车突然发动，倒车出库，爸爸高声尖叫起来，那是一种歇斯底里的咆哮，一种无法用言语形容的呐喊。女儿加快踩踏的速度，连人带车冲进爸爸怀里。女儿一遍又一遍地说，我没看到他。我真的没看到他。爸爸努力维持平静的表情，说，不怪你，都是我的错。然后爸爸对脸色煞白、正在安慰女儿的女朋友说，其实还是有一段距离的。我知道你们都很害怕，不过老实说，当时的情况并没有失控。我看见那辆车正在往外倒。我喊了两声，她骑车及时避开了。没有你们想象的那么危险。他在夜里会自言自语地醒来，然后吓出一身冷汗。距离没有那么近。不可能有危险。情况并没有失控。不要紧的。

他穿过停车场，走到自己的车旁。窗玻璃上结了薄薄的一层霜。就在他快要刮完挡风玻璃上的霜冻时，一个女邻居走了过来。他们冲对方点点头。女邻居打开车门，转动钥匙发动引擎，趁着汽车预热的同时，一点点刮去窗玻璃上的霜。他看着她。他不知道这是不是男人的通病。他在替自己找出各种理由，证明自己没有做错。他刮掉最后一块霜，然后坐进驾驶位。时间到了。现在就是见证改变的时刻。他换成倒挡，缓缓退出车位，然后改成前进挡，驶出停车场。汽车爬上坡道，左转进入环岛，接着直行驶向市中心。

每次开车进城的时候，爸爸都要和女儿说，如果乘坐公共交通的话要花四十五分钟呢。女儿问，什么是公共交通？爸爸说，就是坐公交车或地铁。女儿说，有轨电车呢？爸爸说，嗯，有轨电车也算。女儿说，那自行车呢？爸爸说，不，自行车不算公共交通。不过你知道开车需要多长时间吗？只要一刻钟！女儿说，哇哦。其实爸爸和女儿都清楚，女儿对一刻钟相当于几分钟完全没有概念。爸爸只是希望女儿能庆幸家里拥有一辆车。爸爸花了整整半年的时间做购车计划。他读了好多篇长篇报道，论证购买二手车作为家庭用车的话，哪种组合最实惠。他阅读了新车试驾体验，二手车购买指南，对汽车经销商的采访，以及汽车零配件工厂的内幕消息。他对品牌和车型了解得越多，选择就变得越发困难。丰田普锐斯的质量没得说，可内装显得廉价了点；奥迪的驾驶体验超级棒，可售后服务的价格太过高昂；现代汽车很省油，可过于大众化；福特性价比最高，可是在电路设计方面存在问题；马自达秉承日本企业精工细作的传统，可某些旧款型号太容易生锈；沃尔沃倒是从来不生锈，可价格又贵，外形也不讨巧，除了他女朋友的父母，没人会对它执迷不悟。培养女儿学习自己睡的那段时间，他躺在婴儿床旁边，学习燃油系统和前后轮驱动系统的知识。就在他几乎已经做出决定的时候，一个朋友强烈推荐他购买燃气汽车。于是他又花了两周的时间研究天然气作为汽车燃料的优劣。然后那个朋友告诉他，自己的油箱生锈了，汽车要送回原厂返修。朋友说，别被广告词迷惑了，去他妈的天然气。

他的关注对象又回到了普通的烧汽油的汽车身上。他下载了一个专门的应用程序，上面列举了瑞典所有在售的二手车型，并且能够按照销售价格、生产年份和行驶里程数进行排序。他最终的考虑落在普锐斯、西亚特和马自达三者之中。普锐斯是大家推荐最多的，质量也有保证，据说驾驶体验也不错，后备厢有点小，不过也够用了。他对女朋友说，我看应该就买这辆了。女朋友问，开起来感觉怎么样？他说，什么？她问，试驾的时候，你觉得怎么样？他说，我没有试驾过。她诧异地看着他，仿佛在打量一个纵横格填字游戏。她问，那你试驾过哪些呢？他说，我一辆都没试驾过。我还在书面调研阶段。她说，所以你读了半年的资料，一辆车都没试驾过？他点点头。她说，下周我们一起去试驾。

他们去了一家二手汽车行。他们仔细观察了陈列出的各种车型。他们坐进一辆普锐斯的后座，天花板太低了，他整个人几乎坐不直，车门也无法从里面打开。汽车销售及时解救了他们，解释说，他们启动了车门锁儿童保险功能。他还是坚持要试驾一下，于是汽车销售将普锐斯开了出来。汽车销售说，因为这辆车仍属于地方政府没收财产，所以要通过酒精检测仪的测试才能发动引擎。他往酒精检测仪里吹了气，然后顺利启动了汽车。他们开过利杰霍蒙大桥，汽车就好像太空火箭般所向披靡，确实挑不出任何毛病，可他就是感觉这辆车不属于自己。他又试驾了其他几辆车，西亚特的问题在于座位的空间太小，沃尔沃的车身过于狭窄，奥迪又贵得离谱。直到他试驾了马自达，才找到了久违的归属感。女朋友说，就买这辆吧。他说，再等等。我还得再考虑一下。

他回到家，又花了四个月的时间阅读各种测试和评估报告，同一车型不同年份之间的比较。当他做好购车准备时，他已经对各种信息了如指掌：他知道后备厢的容积是519升；后座的座椅靠背可以自动折叠。他知道自己需要一辆带AUX接口的款式，最好是黑色车身，附带雪胎。两周后，塞格尔托普附近的一家二手车行恰好出现了这么一辆。他查询到价格不错，第二天一早就赶了过去。就在他等待领取钥匙试驾的时候，店里又进来一对想要试驾的夫妇。不过他抢了先机。他坐进驾驶座，一脚油门踩下去，直接开上了路。他能感受到引擎的震动以及汽油的味道。他心想，这就是我梦想中的汽车了。他当场下了单，和汽车销售谈妥了条件——如果有需要的话，车行会免费更换新的刹车片。他付了款，将车开回家。他买了一辆车。不是新车，不是流行款，而是一辆真正属于自己的车。他回到家，将车停在访客泊车位。他绕着车转了一圈。这是他见过最漂亮的车。价格还很实惠。还有雪胎。颜色也合适。附带AUX接口。当天晚上，他焦虑到几乎无法呼吸。他躺在床上辗转反侧，一直在琢磨自己是否做出了正确选择。他想到所有测试报告都表明，普锐斯的质量更好，使用成本更低，对于小家庭而言绝对是首选。他的女朋友说，亲爱的，你也试驾过啊。你又不喜欢普锐斯。他说，当时是不喜欢，说不定以后会适应呢。她说，有的时候，人要相信自己的直觉。再说，你的确更喜欢目前这款，不是吗？他点点头。她说，而且普锐斯也放不下两辆婴儿车啊。他又点点头。她说，况且普锐斯还丑！他再次点点头。她说，亲爱的，睡吧。他闭上眼睛。他按照网上介绍的方式，每晚临睡前想出五件值得感激的事。他想了五件事，然后又想了五件事。可他仍然睡不着。

又过了几个星期，刹车时开始出现嘎吱嘎吱的杂音。他将车开回车行，对方按照承诺帮他免费更换了刹车片。他心满意足地离开了。不过购车后整整半年的时间里，他都感到莫名的恐慌和焦虑，总觉得自己哪里出了错，他怀疑自己不够坚持，怀疑自己越了界。因为在内心深处，他始终不相信自己是一个有车的人，他做不到驾车环游世界，他无法像一个成年人那样，利落地将车停进车位，然后潇洒地拔下钥匙，揣进口袋。

*

身为爷爷的爸爸终于要见到自己的女儿了。他盼望这一刻已经太久太久。他们约在老地方见——奥兰斯百货香水柜台外的街角。她的模样精致而时髦。他甚至有些恍惚，自己如何能创造出这么一个可人儿。她拎着亮闪闪的手袋，喷了昂贵的香水，脚上是一双保养得宜的皮鞋。他们相互拥抱了一下，又在彼此脸颊上亲了亲，她问，你身体还好吧？他说，什么意思？她说，你看上去很憔悴。他说，我眼睛昨天动了手术。她说，他们帮你清洁了角膜？他说，他们用了激光，直接作用到眼睛里面。她说，我知道，我一个同事伊莲娜前几年也接受了一次激光介入治疗。她第二天就回来上班了。他们朝着文化中心的方向走去。站在自动扶梯上的时候，他的手机响了。他习惯性地眯起眼睛看了眼显示屏。虽然是儿子打来的，他还是按下了接听键。儿子说，情况还好吧？爸爸说，非常好。我终于要和心爱的女儿共进晚餐了。儿子说，真不错。他的声音听来不是特别高兴。他问，你们在哪儿？爸爸说，文化中心。儿子说，我也很想过去打个招呼，可实在抽不开身。爸爸说，没关系。儿子说，我今天要表演单口喜剧。很快就要登场了。爸爸说，是哦。儿子说，你会来的吧？爸爸说，应该是。他们挂了电话。爸爸叹了口气。女儿说，怎么了？爸爸说，是你哥哥。他脑子里净是些稀奇古怪的想法。

*

打算改变职业生涯的儿子找到了一个合适的停车位。他坐在驾驶座上，深呼吸了一口气。他从后视镜里打量着自己的发型，然后站起身，迈开两条感觉比平时更不自然的腿走向酒吧。走进大门的那一刻，他感到所有人的目光都聚焦在自己身上。观众并不是很多，也就三四十个人。他们坐在木质舞台前的塑料折叠椅上。他们用好奇的目光打量着他，似乎在琢磨他究竟是来表演的，还是来欣赏的。他径直走向吧台。一个红头发的小伙子正站在舞台中央。他说自己做爱的时候总是大汗淋漓，因此需要在头上和胳膊上绑上止汗带，还要买一个给婴儿用的止汗带套在下身。他说，女孩总是好奇他的体毛是什么颜色的，她们从没约会过红头发男生，免不了猜测他的体毛是红色的、金色的还是棕色的。所以他可以信口开河，胡说八道。他经常说，自己没有体毛，下身周围是一圈火焰。下身周围长了一个意大利香料园。下身周围……他突然卡了壳，不过巧妙地用一个笑话化解了自己的尴尬。他说自己每次沉默的时候，都能顺利约到女生上床。观众发出了会心的笑声。观众纷纷起哄，特别是他拿着麦克风模仿自己的下身时，观众更是热烈地鼓起掌来。他说，其实无线麦克风模仿的效果更好。

身为爸爸的儿子走到吧台尽头的角落，一方面观察场上的形势，一方面稳定自己的情绪，同时还可以自然而然地融入进来。酒保问，你要表演吗？难道是酒保察觉到他举起可口可乐时，忍不住微微颤抖的右手？酒保指了指那边一个戴圆眼镜的、头发蓬松的小伙子，说，你去和瓦勒说吧，他是主持人。瓦勒将花名册贴在胸口，嘴角边挂着微笑。红头发的小伙子结束了表演。瓦勒走上舞台，宣布下一位喜剧演员登场。他介绍说，这位女士是利德雪平第四著名的喜剧演员。他大声报出她的名字。巧合的是，她也长了一头红发。于是她利用发色大做文章。她说今晚显然是红发主题专场，下面大概会有长袜子皮皮登场（观众笑）。然后是丁丁历险记（观众笑）。别忘了还有露西尔·鲍尔（观众沉默）。她诧异道：怎么了，你们居然不知道露西尔·鲍尔？

主持人打开花名册翻看起来。儿子走上前去，报了名。

主持人问，你之前表演过吗？儿子摇了摇头。主持人说，好，做准备吧。然后拍了拍儿子的肩膀，就好像对结果已经胸有成竹。

下一个登台的是胖胖的斯科讷人。她说自己有两个特征：胖，而且来自斯科讷省。再下一个穿连帽衫的年轻男孩，大谈特谈观鸟体验。然后是一个面色苍白的女孩，额前留着厚厚的黑色刘海，肩膀上还有刺青。她说自己已经尝试单口喜剧表演有一段时间了，但仍然很没有观众缘，所以她打算今晚在这里做最后的努力。不过她只准备了一个段子，是关于一种特殊职业的，如果观众猜错的话，那这个段子就显得不那么好笑了。她询问第一排观众，他们都是做什么的。其中一个是老师，第二个是做电线绝缘的。喜剧演员说，接近了。我的段子是关于水管工的。这里有水管工吗？应该有吧，多谢捧场。

表演结束后，她向台下鞠了一躬，感谢大家礼貌的掌声。主持人接过麦克风，请观众为所有勇敢的喜剧演员再次献上热情的掌声。他提醒大家说，今晚酒吧之所以免费入场，是因为今天是星期三，而星期三是最适合酩酊大醉的日子。所以请大家开怀畅饮，不醉不归，并请大家向朋友多多推荐这里。好了，下面有请下一位喜剧演员。他就是——主持人报出了名字。主持人低头看了看花名册。主持人报出了姓氏。身为爸爸的儿子走向舞台。

*

身为爸爸的爷爷和最心爱的女儿一起共进晚餐,他们坐在帕诺拉马咖啡馆一张靠窗的桌边。她说起和东京那边的电话会议,反霸凌主题的慈善晚宴,市面上推出的一种新型柔顺剂——和普通柔顺剂相比,它能保持衣物的香味更为持久。爸爸说,你儿子呢?他还好吗?女儿说,他还是和他爸爸住在一起。爸爸说,为什么?女儿说,这是他自己的选择。爸爸说,他还太小,这种事不能由他做决定。他今年几岁?七岁?十岁?不需要表明妈妈身份的女儿说,十三岁。只要年满十二岁,孩子在选择抚养人方面就拥有了较大的自主权。爸爸说,这是谁说的?女儿说,瑞典法律规定的。爸爸说,愚蠢的法律。十二岁还什么都不懂呢。他需要和妈妈在一起。她说,我同意你的看法。我只是不知道,除了继续给他发邮件发短信外,我还能做些什么。她看了看玻璃杯表面反射出的街景。她说,不过今天我打电话的时候,他接了。爸爸问,他说了什么?她说,他一听到是我的声音,立刻就挂了电话。不过通常情况下,他连接都不接,直接按掉。

他们的对话被贸然打断了,对方是一个身宽和身高差不多的男人。爸爸想要和他握手,对方却伸出双臂,直接给了爸爸一个拥抱。然后他俯下身,亲吻了女儿的嘴唇。男人说，我们总算见面了。爸爸说，你是谁？男朋友说，我们住在一起。女儿说，这事也没多久。男朋友说，如果一年不算久的话。你没说吗？爸爸说，说什么？男人说，你说吧。她说，没什么。爸爸又问了一遍：说什么？男朋友满脸掩饰不住的喜悦。他俯下身，用布满刺青的手覆在女儿的小腹上。说，虽说有点早，不过……女儿摇了摇头。爸爸说，是真的吗？女儿点点头。爸爸说，可你已经有一个孩子了。他们陷入了沉默。她说，现在可能会再有一个。爸爸说，真不错。有孩子终归是件喜事。孩子是最好的礼物。真希望我多几个孩子，两个实在有点少。男朋友问，那你们当时怎么没多生几个？爸爸说，我们没来得及。他们的妈妈对我厌倦了，把我赶出了家门。我的生活就此宣告结束。女儿说，三个孩子。爸爸说，什么？女儿说，不是两个孩子。是三个孩子。爸爸说，是的，是三个孩子。可有一个死了。咖啡是自助的吗？女儿点点头，站起身去拿咖啡。

男朋友问，那个孩子是怎么死的？爸爸说，你说什么？男朋友说，就是你第三个孩子，是怎么死的？爸爸说，她就这么死了。一开始她活得好好的，后来就死了。你为什么想要知道？你是警察吗？你是联邦调查局的特工吗？男朋友举起胳膊，伸向天花板，说，不是。我是一名体育老师。还是一名电影爱好者。他的脸上始终挂着微笑，就连说体育老师这四个字的时候依然笑盈盈的。这个奇怪的人究竟是谁？爸爸打量着面前这个不是男人的男人——他从没见过一个男人在承认体育老师的职业时毫无羞愧之情，甚至从容地面带微笑。

他的女儿站在咖啡机旁，拿起咖啡壶往杯子里倒咖啡。她用一张餐巾纸擤了擤鼻涕。她闭上眼，深吸一口气，然后才用一只圆角的长方形托盘端着三杯咖啡走回桌边。她说，说说你的论文吧。男朋友开始滔滔不绝地讲述起来，他说自己想写关于暂时和永恒的主题，以及时间的流逝在不同电影中的体现方式。他列举出一大堆爸爸肯定听说过的导演：英格玛·伯格曼、安德烈·塔可夫斯基、亚伦·雷奈，还有弗里茨·朗。爸爸说，最重要的是拥有一个体面的职业。比如做推销的，就可以在世界上任何地方找到工作。我一直这么教育我的儿子，可惜他完全听不进去。

*

儿子走上舞台。他拿起麦克风。嘴唇越来越干燥。心脏怦怦直跳。强烈的灯光将观众变成一堵黑色剪影构成的背景墙。酒吧门开了。有人走了进来。他知道那是他的爸爸。爸爸在这儿。他来了。虽然迟到了一点，但他还是来了。他能感觉到，儿子今晚需要他，一如昨天他也需要儿子那样。爸爸的目光让儿子充满勇气。他知道一切会很顺利。他所要做的就是迈出第一步。开口说吧。儿子清了清嗓子。嘴唇依旧很干。他的开场很棒，中段也不错，结尾简短而幽默。确切说，开场尤其精彩。他知道观众肯定会捧腹大笑。他将麦克风送到嘴边。在听了数百小时的单口喜剧剪辑后，要说他从中学到了什么精髓，那就是开场必须足够引人入胜。开场决定了一切。开场可以说是整场单口喜剧的重中之重。他环视一圈现场。他又清了清嗓子。他说自己是开车过来的。一辆马自达。他说，小的时候，我一直梦想着拥有一辆奥迪。可现在，我却开着一辆马自达。沉默。他紧张地打量着观众的表情。他不确定麦克风是否打开。应该是打开了，因为酒保抬起头，用同情的目光注视着他。

*

同时身为外公的爷爷花了半个小时时间，试图向女儿和她的男朋友解释儿子的背叛。他说，儿子当初买下那套一居室，前提条件之一就是负责为爸爸提供住处。再说，备用钥匙也是他花钱去配的。他掏出钥匙，像挥动旗帜一样晃了晃。她说，我不懂你们究竟在吵什么。你们简直就像两个长不大的孩子。他说，我打算起诉他。女儿说，你还是省省吧。你起诉他什么呢？爸爸说，毁约。

我们有过协议。女儿说,拜托,爸爸,你们的协议都哪辈子签的了?至少有十七年了吧?这十七年里,你每年回来两次,不都住在他那儿嘛。要么你们趁这个机会重新谈判一下?男朋友清了清嗓子说,不过协议终归是协议。再说,爸爸都不能住在儿子家,这无论如何说不过去。爸爸点点头。他开始喜欢这个体育老师了。他有发达的二头肌,他什么时候都笑嘻嘻的,不过他似乎很有头脑。

*

身为爸爸的儿子没有放弃。他经过了精心准备。他应该胸有成竹。他反复研究过各种措辞和语气。他应该能胜任的。开场的反响效果并不如他预期中热烈。他已经沉默多久了?五秒?七秒?十五秒?他的后背全是冷汗。上嘴唇湿濡濡的。他应该开玩笑说自己为冷场感到羞愧的。他应该装作若无其事的样子应付过去的。他应该自嘲一番,巧妙地化解掉尴尬的。可他什么都没有做。他只是站在那里,站在小小的舞台中央,对着麦克风不停呼吸。呼。吸。呼。吸。三十秒的沉默后,主持人开始笑了起来。接着又是一阵短暂的沉默,然后那个红头发的喜剧演员起哄道:再来一个!再来一个!观众哄堂大笑。

*

女儿试着让爸爸换一个思路面对问题。她说,当初那套一居室,你是怎么拿到的?爸爸脸上露出了微笑。这是他最引以为豪的故事之一。他说,我是空口谈下来的。男朋友说,动动嘴皮子,就能在斯德哥尔摩住到一套公寓?不可能吧。爸爸说,别人不可能,不代表我也不可能。我能把蜂蜜卖给蜜蜂,能把坐浴桶卖给别人当足浴盆,我还向游客兜售过那种手表……

女儿打断他的话,说,就说你是怎么谈下来的吧。爸爸说,我直接去了房屋委员会的办公室,就在接待室里坐着。我告诉秘书,如果不给我解决住房问题,我就赖在这里了。几个小时后,一个工作人员走出来说,社保局或许能为我找到通勤火车站附近的房子。我一口回绝了。我说,要么在市中心,要么免谈,我必须和我的孩子靠在一起。最后,他们在市中心为我提供了一套带厨房的一居室。我转手就把房子租了出去,后来房东不让我继续出租赚钱了,我就联系了儿子,说干脆让他住在那儿得了。他住进去后,我可是一分钱都没问他要过。后来房屋租赁权变更的时候,他就把一居室买下来了。再后来,他卖掉了公寓,赚了一大笔钱,也没想过和我平分。现在,他居然想把我赶到大街上。女儿说,没有人想要把你赶到大街上。爸爸说,要是我不能住他那儿，我总可以住到你们家去吧。男朋友说，那当然。说这话的时候，他完全没有注意到女朋友的表情。

*

儿子仿佛一尊雕像，仿佛一只聚光灯下的狐狸，他是一个有名无实的喜剧演员，他应该就此走下舞台。他应该道歉的。他应该解释说，由于孩子的原因，他极度缺乏睡眠。他应该按计划背完讲稿的，从梦想中的汽车讲到汽车的气味，再延伸到各种不同的气味，最后以一个经典的段子收尾：吃哪一种坚果的时候，最难做出酷酷的表情（答案：开心果）。他应该说说他爸爸的，说他们之间的关系极其复杂，但无论如何，他们彼此相爱。或者说，儿子自始至终是爱爸爸的，却从未感觉到爸爸对自己的爱，因为儿子是破碎的，他的内心是腐坏的。儿子一定犯下了不可饶恕的错误，所以才导致爸爸不告而别。他应该说，他已经失去了体会真情实感的能力，他所做的一切都是伪装。他不爱他的孩子，不爱他的女朋友，不爱他们的朋友，甚至不爱自己的生活。可他只是站在那里，手里紧紧握着麦克风。然后，他垂下了握住麦克风的手，走下舞台。酒吧的门开了又关。儿子知道，就算爸爸曾经出现过，他也一定已经离开了。

主持人站出来打圆场,故意吹了个口哨,说,好的。非常感谢刚才的表演。虽然谈不上幽默,但却很有意思。这是我的单口喜剧老师在看过我第一场表演后给出的评价。不管怎么说,重在参与。如果想出了新段子的话,欢迎再次登台表演。让我们欢迎下一位喜剧演员,他是笑声和掌声的保证。他很清楚单口喜剧说不好就变成了单口闹剧。有请韦克舍的答案——尼塞·赫尔贝里!我也不知道这个名字是什么意思,不过没关系,因为他已经上场了!一个穿格纹衬衫的小伙子迈着轻快的步子跑上舞台,还在空中挥了挥拳。儿子——无法养活家庭的儿子,无法顺利哄孩子入睡的儿子,无法给予女朋友幸福的儿子——走出酒吧大门,消失在夜色中。

*

总算升级到男朋友的男朋友很早以前就意识到,人类就像电影套路一样具有可预测性。光看演员表的名字,就能猜出谁是麻雀变凤凰的丑女孩,谁是看似木讷实则善良的男主角,谁是狂妄自大的阳光小子,谁是最终被揭穿了真面目的刁钻富家小姐。然后就可以模仿写出每一句台词。在笑点尚未到来时哈哈大笑。提前一刻钟预知下一个戏剧性转折点。曾经,他所接触过的每一个人从本质上来说并无二致，他们同样平凡普通，同样毫无悬念。然后他遇见了现在的女朋友。她是个谜。她和别人完全不一样。她会毫无来由地生气，而面对让别的女孩落泪的事情，她却会哈哈大笑。她对外宣称他们只是普通朋友关系，同时却说他们生的孩子一定会很漂亮。

在听他讲述成长经历的时候，她会吻他，而因为他忘记将剃须刀放在正确的位置，她又会扬手甩他一个巴掌。和她在一起的感觉就好像欣赏一部大卫·林奇的电影，罗马尼亚语配音，还是倒着放的那种。然而，自始至终，他都认定她就是自己要找的那个人。这些天以来，只要他醒着，就会不遗余力地向她证明，自己已经做好了当爸爸的准备。他给她买花，表达自己浓浓的爱意。看见她生气了，他又赶紧俭省起来，表明自己在成家后绝不是一个乱花钱的人。他放弃了健身和锻炼，为的是告诉她，他绝不是一个将二头肌放在家庭之前的人。他承诺会尽快写完电影理论研究的论文，不再和朋友频繁交际，从手机里删去所有前女友的号码。他主动提出会承担所有的陪产假，不让他们的孩子影响她的事业。他说，我甚至想过洗掉文身，不过那要花一大笔钱。她说，我们对彼此的了解还不到生儿育女的程度。他说，你想了解我的哪方面，我都可以回答你。她说，你的初恋女友叫什么名字？他说，露易丝·瓦兰德。当时我十八，她二十。她就读于锡格图纳的一所寄宿学校，她爸爸开一辆美洲豹，穿 POLO 衫和休闲裤。她对普通的高尔夫没兴趣，而是喜欢飞盘高尔夫。我们在一起八个月，后来是她提出的分手。她说她爸爸威胁说，如果我们继续交往下去，就要和她断绝关系。不过等我们真的分手之后，她爸爸又设法联系到我，说我们以这种方式结束还是挺让人伤感的。

她说，你为什么不爱吃橄榄？他说，我也不知道。妈妈说我小时候挺爱吃橄榄的，特别是黑色的那种。我大概是以前吃多了，现在有点腻。她说，为什么你会想和我生孩子？他说，答案很简单。因为我爱你。这很难理解吗？我爱你的胎记。我爱你不满意时皱起眉头的可爱表情，你明显的足弓，你毛茸茸的小臂，你奇怪的发型。我爱你在烤焦吐司时的生气抓狂，听说别人为全球变暖担忧时放声大笑。我爱你碰见女性乞丐的时候，总会施舍点零钱。我爱你会狗刨式游泳。我爱你在游泳馆练习狗刨式时，从不在意救生员的目光。我爱你在公园停车时，从不给自行车上锁，从不关洗衣房的门，还有我们在一起第三天晚上时，就把这里的钥匙交给了我。我爱你的坚强，不会被任何人摧毁，无论是有着变态控制欲的前夫，多疑的哥哥，还是老爱找茬的爸爸。你只是继续做自己，我都不知道你是如何做到的。我爱你将同一部电视剧看了一遍又一遍。我爱你坦诚表达对于俄国默片的厌恶。我爱你将退休机构和保险公司的回执信封直接扔进垃圾桶。我爱你从不评判我的青春期岁月。每次我说起我年轻时做的事,别人都会对我另眼相看。但和你在一起,我从没想过要去掩饰或逃避从前的自己。我爱你能将萨尔萨舞跳得如此之好,但在跳其他舞时,却手忙脚乱地跟不上节拍。我爱你在面对出租车司机、前台接待和电梯里偶遇的陌生人时能够表现得如此大方而自然。我爱你的处事方式,我爱你的优秀和独特。简而言之:我爱你。全部的你。她说,谢谢。其实你也很好。他们相视而笑。她说,可我们认识的时间还是太短。他说,怎么会太短呢?我们认识有一年多了吧?她说,有了孩子之后,一切都会不一样的。他说,我已经和从前不一样了。和你在一起,我就好像换了个人。我更幸福,更安心,比从前任何时候都更忠于自我了。她说,我不确定自己是不是还想要孩子。他说,你是说真的吗?你还年轻。她说,我也不年轻了。我不知道自己是否能承受那么多痛苦。他说,你可以打麻醉的。她说,我说的不是分娩。我说的是分娩之后的一切。他沉默了片刻。他说,我不是你的前夫。我就是我。只有和你在一起,我才能做回真正的自己。所以我才想和你爸爸见面。她说,你确定吗?我爸爸是个喜怒无常的人,脾气很古怪。他说,哪个爸爸脾气不古怪?最后她还是妥协了。

即将成为他孩子外公的男人看上去是位老派的绅士。

他从不开低俗的玩笑。他从不贬损女性的身材和体重。他兴致勃勃地回忆起从前的趣事：某年夏天，他去一场爵士音乐会上兜售T恤，偷偷溜进后台，有幸和迈尔斯·戴维斯打了个照面（他主动向我问好，但对于那些要求自拍合影的技术人员，他说：滚一边去！）。女儿说，你怎么从没说过这些？爸爸说，你们也从没问过啊。当听说女儿怀孕时，他眼含热泪，喃喃地说：孩子是最好的礼物。

回家的路上，他的女朋友一直在生气。她说自己根本不想提怀孕的事。他说，那你为什么还是说了？她说，是你逼我的。他说，你为什么不愿分享我们的喜悦？她说，因为我还没决定生不生。他说，别说了。她说，这是我的选择。他说，这是我们的孩子。她说，可这是我的身体。她避开他的目光，轻轻摇了摇头。

四个醉醺醺的年轻人走进车厢，在另一边坐了下来，继而开始胡言乱语。换作以前，男朋友一定会走过去狠狠教训他们一顿。他会将块头最大的那个按在窗玻璃上，逼他吐出鼻烟，然后为自己的言行向整个车厢的乘客道歉。但现在的他不会这么做。他只是默默靠在座位上，宽容而温厚地注视着他们，完全不采取任何暴力手段。他们先是安静下来，然后突然爆发出一阵大笑。后来他们下了车，随着车门关闭，地铁缓缓驶出站台，他们追上来，猛烈地敲击窗户，做出下流的手势。身为她男朋友的他微笑着，证明自己并未受到冒犯。他没有任何反击的意思。可对方越来越得寸进尺，他猛地站起身来，拉下窗户，发出凶狠的嘘声，几个醉汉吓得后退了两步，再也不敢出声。

回到家后，他主动为她按摩双脚，恳求她原谅他的任性，迫使她向爸爸坦陈怀孕的事。他说，对不起，我在地铁上脾气急了点。他说，生不生孩子当然是她的选择，他应该遵从她的意愿，如果她决定不把这个孩子生下来，他当然会觉得惋惜和遗憾，他会为此伤心痛苦，但他还是会支持她的选择。尽管他对医院怀有恐惧，看见别人打针会头晕，他还是会陪她去医院，并且紧紧握住她的手。她说，谢谢。两个人能共同承担这一切，对我而言意义重大。你这周五有课吗？他说，怎么了？她说，我那天总算能抽出点空来。他说，抽出空来干什么？她说，你觉得呢？

他不小心用手肘打翻了台灯。他的脚意外踹倒了客厅的茶几。他用拳头狠狠地砸在墙上。但因为墙是混凝土结构的，所以并没有发出很大的声音。她只是向后缩了缩，本能地眨了眨眼。她望着他。他说，对不起。他站起身走向厨房。他在指关节上敷了只冰袋用来消肿。他拿起簸箕和扫帚，清理掉打碎的瓷器，又用吸尘器吸掉散落的玻璃碎片。他又一次向她道歉。他说，那是从前的他在作祟，他并不是故意的。他说，你可以打电话给我任何一个前女友，我从没对她们动过粗。我只是觉得郁闷。这孩子有一半属于我，可你却能全权决定他的去留，我甚至连干预的资格都没有。她久久注视着他，有那么一瞬间，他捕捉到她唇角漾过的一抹微笑。

*

身为爸爸的儿子应该直接回家的。可他却选择给女朋友发了条短信，说自己还要去超市采购东西。她直接回了电话过来。她说，情况如何？他说，不是很好。她说，他们没笑吗？他说，看不清楚，酒吧光线太暗了。不过我毕竟尝试过了。我站上了舞台。我握住了麦克风。我说完了开场的段子。她说，你总归能听见台下笑没笑的吧？他说，我没说太多。她沉默了。他说，我当时脑子一片空白。她没搭话。他继续说，他没来。她说，谁？他说，爸爸。他们都沉默了。她说，没关系的。能去尝试就已经很勇敢了。接着她又加上一句：和你还有两个孩子住在一起，感觉像带了三个孩子一样。你得到了那么多，怎么还他妈会搞得一败涂地？我的家庭三代都是斗士，我的父母翻过高山，越过国境，渡过海洋，为了给我提供他们所无法享受的生活。他们在工厂两班倒地干活，他们自己砍苹果树，自己换雪胎，自己修雨刮器，自己洗车，自己缝窗帘，想尽一切办法降低房贷利率。你呢，你在做什么？你所做的就是给自己的生活增添越来越多的麻烦，我早就受够了这一切。她抑制住想要大骂出口的冲动，并没有把心里想的这些话说出来。他说，我要去买东西了。她说，一会儿见。开车小心点。他将手机切换到飞行模式，避免一切打扰。

他在购物车归还处的后面找到一个便捷的停车位。他将一枚10瑞典克朗硬币插进投币口，拉出一辆购物车，然后推过地上凹凸不平的缓冲带。今天他可以尽情采购一番了。他拿起一只自动扫描仪，穿过金属防盗门走进超市，在手机上找到购物清单。其实这张单子也没什么用，因为他什么都需要买。他从左边货架开始，买了一串大蒜，一袋黄洋葱，一袋红洋葱，一捆青葱。他买了有机土豆，芝麻叶，罗马生菜。他买了大人吃的红薯、西兰花和普通胡萝卜，买了孩子吃的有机胡萝卜。他考虑买一些盆栽的新鲜佐料，它们正在打折促销，平时都要19瑞典克朗一盆，现在两盆只要30瑞典克朗。他将它们捧在手里，闻了闻气味，又放回原处，然后走向卖水果的区域。他买了装在透明塑料盒里的特价红啤梨，装在网兜里的打折鳄梨。他买了正常价格的苹果，又为一岁儿子买了高价的有机苹果。

他继续向干果货架走去，他看了看葡萄干和核桃，然后称了点杏脯。他买了价格贵得离谱的杏仁，在进行挑选的时候，他试着不去考虑每件商品的单价以及不断增长的总价。不会有问题的。他的女朋友有稳定的工作，他有固定的客户，世界不会垮掉，所有问题都将迎刃而解。他推着购物车经过肉食柜台（他给孩子们买了香肠），经过陈列鸡蛋的冷柜（他买了15只有机鸡蛋），然后经过乳制品区域（他买了哈罗米奶酪、水果酸奶、希腊酸奶，10升燕麦奶）。他往购物车里放了很多冷冻食品，便宜的鳕鱼和冻成砖块一样的鲑鱼块，冷冻香料和一大盒黄油。然后他买了墨西哥卷饼和泰国食品，他又看了看购物清单，然后从货架上拿了五盒利乐包装的椰奶。他买了利乐包装的黑豆，利乐包装的番茄碎，粟米片和玉米面。出于某种原因，超市里特别注明，一些食品不能装在罐头里，必须用利乐包装封存。他将东西一样接一样地放进购物车。他完全没想过，其中仅有很少的一部分是买给自己的，而绝大多数都是买给家里其他人的，特别是女朋友。由于没有驾照，她从来没有开车外出采购过。她将需要的东西列出清单，特别嘱咐他不能买错。比如蓝鳍金枪鱼要贵的那种，因为她不喜欢便宜的；冷冻的覆盆子和蓝莓，因为她觉得果汁内糖分含量过高；杏仁，她简简单单地写了一个名称，完全不知道一小袋杏仁的价格相当于一块上好牛排。

他试图让情绪稳定下来。他不能分心。他满头大汗。别人都在看他，他的购物车里已经堆得满满当当，轮子因为不堪重负开始发出嘎吱嘎吱的噪声。他还没买女儿生日派对要用的东西呢：纸餐盘和彩色塑料杯，塑料吸管和蛋白酥，餐巾纸和脆皮蛋筒，果汁粉和巧克力粉，焦糖酱、巧克力酱和果酱，还有一大桶散装糖果——作为钓鱼游戏的奖励。纸尿布和卫生纸总是最后买的。他又看了一眼清单，发现她添加了几样新东西，她想要红色咖喱酱、芝麻酱和洋车前子粉。他将购物车放在收银台旁的冰淇淋柜台前，又回到超市内。他找到了咖喱酱和芝麻酱，但没看见洋车前子粉。他询问一名工作人员，她从货梯上爬下来，一脸疑惑。她给同事打了电话，然后说，抱歉，我们超市没有这个商品。他走向购物车，怒火在胸口翻滚沸腾。他不确定这股怒火从何而来，是因为他没能找到洋车前子粉，还是因为她总是心血来潮地提出新要求，他不知道，他总觉得应该给自己买点东西，他也值得拥有些什么吧。可他想不出自己究竟想要什么。他先去看了看薯片，又去看了看坚果，他在放糖果的货架前站了五分钟，可怎么都找不到适合自己的东西。他所看到的食品要么价格太贵，要么口感太差，要么包装过度，要么分量不足。他放弃了给自己买东西的念头。他扫码过最后一样商品，然后将购物车推向门口归还自动扫码器的柜台，有的时候，超市工作人员会抽查顾客是否给每一件商品扫过码。

他将自动扫码器还了回去。屏幕上的信息提示他，他被随机抽中接受工作人员的审核。他大声骂了一句。他将沉重的购物车推向柜台的工作人员。对方表示，审核过程应该很快。她将手伸进购物车，挑选出五件商品。第一件已经被扫过码了，第二件也是，第三件也是。第四件似乎没有扫过码。她说，哎呀，似乎出了点问题。第五件也没有扫过码。她说，我猜一部分商品你可能没有扫码。不过没关系。麻烦你从这边走，找一个人工收银台，然后把所有商品放在传送带上，我们重新过一遍。其他自动扫码的顾客都看着他。他表面装出若无其事的样子，心里却在拼命计算重新过一遍所需要的时间。冷冻食品即将开始融化。他有直接离开超市的冲动，可同时又为自己犯下的错误感到内疚。他来过那么多次，从来都没出过岔子，可偏就这一次多耽误了一刻钟。收银员总算核对完毕，所有的商品乱七八糟地塞在几只宜家的蓝色编织袋内，占满了购物车。超市工作人员看了看小票，说：看来只有这两样东西没有扫过码。儿子摇摇头说，没有别的了？他将信用卡插进钱包，将小票放进裤子口袋，推着购物车径直走向停车场。经过缓冲带的时候，他必须用尽全身力气才能控制住方向，一个不小心，购物车就可能顺着坡道冲下去，撞到路边的乞丐——那个乞丐总是坐在一张硬纸板上，颇有策略地占据缓冲带和购物车归还处之间的位置。

儿子推着购物车走向自己的汽车。他将钱包放在车顶上，然后用纸尿裤、燕麦奶和有机玉米罐头填满了后备厢、车后座和副驾驶座的空间。他将鸡蛋放在最上层，避免被其他东西压碎。尽管距离购物车归还处只有十米之遥，他还是锁了车。购物车一辆套一辆地组成了一条长长的金属毛毛虫，他将购物车推向"毛毛虫"的尾巴，将前一辆的锁舌插进自己这辆的锁孔，弹出了那枚金灿灿的10瑞典克朗硬币，然后放进乞丐面前的纸杯里。他故意放慢了动作，好让大家都看到这一幕。看，他是一个多么慷慨大方、心地善良的人，一个不会只关心自身利益的人。乞丐抬起头。他并没有道谢，只是冲他笑了笑。他的笑容透着一丝讽刺的味道。就好像他目睹了刚才在收银台边发生的一切，现在再看十瑞典克朗硬币，只会想：就这些吗？儿子说，不用谢。乞丐看向一旁。儿子不肯就此罢休，又用英语说了一遍：不用谢。购物车归还处那边突然传来一个声音：有问题吗？儿子循着声音望过去。是两个身穿同款运动服的身材高大的小伙子，一副气势汹汹的神情。儿子转过身，迅速走回自己的汽车。他能听见身后响起的放肆笑声。他一坐进驾驶座，立刻切换到倒挡，退出了停车位。那两个小伙子显然意识到他的倒车莽撞而急促。他们赶紧退让到一旁，然后开始破口大骂。儿子以最快的速度驶离了停车场。其中一个小伙子弯下腰，从地上捡起一块石头，作势要冲汽车砸过去。

还没驶上高速公路前，儿子注意到身后的一辆车闪起了车头灯。他的第一反应是，那是一辆准备超车的警车。

他放慢速度，打起右灯，然后停在人行道旁。但当他停车后，对方也停了下来。跳下车的是刚才在停车场看见的两个小伙子之一。他的手里似乎拿着什么东西。儿子挂到一挡，然后猛踩油门。他从后视镜看到那个小伙子急忙跑回车旁，跳上副驾驶的座位。

儿子开上大桥的时候，特地选择了超车道，并且打起了左灯。但身后的汽车仍然紧追不舍，那是一辆茶色玻璃的深蓝色奥迪，车头灯闪个不停。儿子没有左转，而是迅速变道，右转驶上 E4 高速。他不想让那两个疯子知道自己家的住址，而且高速公路上车流更多，或许有更多目击者能够见证所发生的事情。话说回来，会发生什么事呢？现在是一个普普通通的星期三晚上，时间刚过九点。他正行驶在斯德哥尔摩以南的高速公路上，被两个精神明显失常、随时可能发飙的小伙子紧追不放。他们应该不会有什么出格的举动吧。那他们会做什么？将他逼上路肩？拿出一支 AK-47 耀武扬威一番，然后呼啸而过？在侧面并排行驶，露出屁股贴在窗户上？他打开电台，努力忽视对方的存在。他们仍然跟在后面，时不时打闪车头灯挑衅一番。他们一度追了上来，紧贴着他的车往前开，还不停地向他车内张望。儿子保持目光直视前方，用眼角的余光瞥见副驾驶座的小伙子用力挥着什么。或许是一只哑铃，或许是一根撬棍。儿子只装作看不见，暗暗加快了速度。他将油门踩到底，迫使马自达的时速从 120 提高到 130，继而升到 140。当看见尾随者终于消失在下一个出口时，他不禁露出了胜利的微笑。

他仍然行驶在超车道上。他孤身一人驾驶着汽车。他拥有绝对的掌控权。他只需要一直往前开就行。他就是为速度而生的。他必须勇往直前，他再也不要停下脚步，他要将油门踩到极限，然后突破极限。就像这样，死死守住超车道，潇洒地甩掉尾随者，获得前所未有的快感。他试着想要降低速度。他强迫右脚从油门踏板上稍稍抬起，可他办不到。飙车的激情已经融入血液之中，他甚至不能理解以 110 千米的时速开车究竟还有什么意义。那种感觉就像在糖浆中跋涉，就像在沙地中推助行器。理智告诉他应该切换回四档，毕竟尾随者已经不见了踪影，是时候调转方向回家了。

可这时，电台里恰好播放起一首令人心潮澎湃的歌曲，不知不觉间，他的速度又升了上去。他越开越远，完全超出了预期。路牌显示这里已经接近南泰利。虽然开得漫无目的，毫无头绪，但他感觉前所未有的酣畅淋漓。冷冻的覆盆子不再冷冻，冷冻的蓝莓也开始变软，鳕鱼和鲑鱼大概也要扔掉，或者明天干脆做成一锅鱼杂汤：鳕鱼、鲑鱼、覆盆子和蓝莓全混在一起。不过不要紧，没什么是要紧的，他甚至没想过计算鳕鱼鲑鱼覆盆子蓝莓的总价。就算有，他大概也会过眼就忘。因为他是完全自由的，他一个人，带着用四只宜家编织袋装满的食物，开着一辆安有两只儿童安全座椅的汽车，想去哪儿就去哪儿。他究竟要开多远？他不知道。但应该不会太远。他很快从高速公路的一个出口下去，在一片开阔的工业厂区兜了几个圈子。他经过一个港口，一片树林，一只湖泊，还有一片联排别墅区。他拐进体育馆旁的空停车场。他发现油灯亮了。他停在一个加油站加油的时候，时间已经接近十一点。直到他站在便利店的柜台前，习惯性地伸进衣服内侧的口袋，想要拿出钱包付款时，他才意识到情况不对。他摸了摸胸前的口袋，又掏了掏牛仔裤侧面和后面的口袋，仍然一无所获。他像是自言自语了两句，然后向柜台后面含着鼻烟的女孩道了歉，说他要回车里看看。虽然明知是徒劳，他还是不死心地仔仔细细检查过车座间的空隙，地垫，以及后备厢。蓝莓已经开始解冻，从宜家编织袋的表面渗出水来。他返回柜台前的时候，女孩已经叫来了她的同事。儿子说，我真的很过意不去，可我确实找不到我的钱包。

*

刚打了个盹的爷爷被一轮又一轮的手机铃声吵醒了。他揉了揉眼睛，他看了看电视，时间已经过了十二点。是儿子的女朋友来的电话。至于她的名字，爷爷从来就没记住过。她说，他在你那儿吗？仍然在恍惚自己是否身处梦境的爷爷说，谁？她说，他不在你那儿吗？所以他没去你家？爷爷说，这儿除了我，没其他人。话没说完，对方就挂断了电话。但在挂断前的一刹那，爷爷捕捉到一声嘶哑的咒骂。爷爷从沙发上坐起身来。他感到很困惑。他想要再睡一会儿，可怎么都睡不着了。他打电话给女儿，她说哥哥不见了。他本来在单口喜剧表演结束后去超市买东西的，可到现在还没回家。爷爷说，废话。女儿说，什么？爷爷说，买东西用不了那么长的时间。女儿说，是啊。可是事情已经发生了，他的确还没回来。我刚到他家。爷爷说，我也过去。我这就收拾一下。你帮我叫辆出租车，我马上下楼。

爷爷站起来，绕着房间里走了一圈，他摸黑穿好了衣服，这才意识到他本可以开灯的。他刚想在衬衫外面喷一点除臭剂，突然想起口袋里还塞着东西。他从胸前摸出机票。他看了看自制的日程表：代表日期和时间的十个数字，上面划了一道又一道的斜线。距离他出发还有两天。他走下楼，坐进等在大门外的出租车，心想，还好不是明天的飞机。爷爷报出儿子住址附近地铁站的站名。出租车司机说，没问题。爸爸说，我这是要去儿子家。出租车司机说，好啊。爸爸说，他是一名成功的审计顾问。出租车司机说，真不错。爸爸说，他有两个孩子。出租车司机说，挺好的。爸爸说，我很为他骄傲。出租车司机说，真好。爸爸说，他们住在高层公寓的顶楼。出租车司机说，那感觉不错。爸爸说，我们的关系很好。出租车司机说，那太好了。我们快到了，你有具体门牌号吗？爸爸说，等到了那儿我来指路。爸爸在很多方面很擅长，可就是记不住街道名，门牌号，生日，姓名和长相，无论对男朋友的女朋友，对朋友，还是孙子和孙女。

出租车停在令人压抑的棕色水泥高楼外，爸爸说，就这儿吧。出租车司机说，现金还是刷卡？爸爸说，你猜呢。然后掏出一张纸钞。他坐在后座上，一直等司机找了零，开了发票，然后又坐了一会儿，指望出租车司机能下车帮他开门。

*

身份从爸爸变成加油站小偷的儿子试图向工作人员解释所发生的一切。女孩看了一眼监控器屏幕，说，可你的车里全都是你买的东西。儿子说，是啊，我肯定是买完东西之后，钱包才被偷的。女孩的同事喷了满身的香水，眼睛亮晶晶的，他插了一句：这么说，你的驾照也丢了？儿子说，是啊，没办法。女孩说，所以你身上没钱？没身份证？也没驾照？儿子说，连手机也没有。女孩和同事看着他。儿子解释说，我用的是那种带手机套的钱包，手机就插在里面。儿子看见女孩正把他的车牌号抄在一张黄色便利贴上。他说，要是我有手机的话，手机转账可能还快点呢。这本应是一个笑话，可谁都没笑。女孩的同事说，我们现在怎么办？儿子说，一个办法是你们把银行账号给我。我可以立刻开回家，从网上转账过去。女孩和同事认为这根本不能成为答案的选项。女孩说，我看这么办吧。你把你的身份证号写下来。我们这里已经记下了你的车牌号。现在你有一个小时的时间回家取钱。如果一个小时之后你还没出现，我们就打电话报警。儿子说，一个小时？我都来不及报失信用卡，还要凑足现金……女孩的同事说，马上就只剩五十九分钟了。儿子说，给我两个小时行吗？两个小时足够我回家取了钱再回来。女孩说，五十九分钟。女孩的同事说，马上就剩五十八分钟了。儿子骂了句，该死！然后飞奔出便利店回到车旁。他环视四周。他在哪里？他认识住半小时车程范围之内的熟人吗？有谁这个点还醒着吗？有谁的电话号码是他能背得出的吗？——毕竟所有电话号码都存在他的手机里。有谁家的大门还是开着的吗？——大半夜的，大家肯定都把门锁上了。有谁住联排别墅或独栋屋，家里恰好有 445 瑞典克朗的现金？纯粹从理论上说，他应该立刻赶去办公室，他有那儿的钥匙。爸爸身上总是备着现金——当然了，要说爸爸有什么的话，也只剩现金了。他看了看时间。他意识到再不动身就晚了。

他一脚油门冲出去,以最快的速度开上高速公路。他必须在五十七分钟之内赶回来。

*

爷爷在儿子的公寓内转了一圈,注意到自从上次来过后,这里发生了不少变化。他们总算在墙上添置了几幅画。可全都不符合爷爷的品位。儿子和他的女朋友并没有选择萨尔瓦多·达利这种杰出艺术家创作的世界名画,而是挂了一些不伦不类的玩意儿:一张印有一只蓝眼睛和一段波兰语的海报;一张蓄着络腮胡的女人和猴子的油画;另一张挂画上画着被禁闭在鸟笼内、神情哀伤的鸟儿,正极力想要踹开鸟笼的地板,挣脱出去。挂画右侧是一个微笑男人的脑袋,脖子上还有割断的血痕。爷爷叹了口气。没有人注意到他的存在。公寓里的两个女人正忙着别的事。他的女儿将手机贴在耳边,来回踱着步子,根据她的声音,爷爷判断她是在和某个政府机构通话,她的语气近乎夸张地坚定而明确,她重复了哥哥的身份证号,一字一顿地拼写出他的姓氏,她恳求电话那头的工作人员,一旦有任何消息立刻通知自己。

女朋友坐在厨房里低着头发短信,头发从耳朵两侧披散下来。她偶尔抬起头来,一双眼睛通红通红的。爷爷在她旁边的长椅上坐下。看见女儿正在烧水，他说自己想喝杯茶，最好再来块点心。他拍了拍儿子女朋友的肩膀，说他百分之百确定，不会发生什么严重的事。爷爷说，他很快就会回来的。她说，你怎么知道？爷爷说，我了解我的儿子。他只是需要缓一缓。做了父亲的人，这种情况难免的。不信你看我，我一共抚养过三个孩子，我知道当爸爸有多麻烦。女朋友看向他。透过泪眼问：三个？爷爷说，两个孩子在这儿。还有一个女儿在法国。她注视着他，说，他和你不一样。然后她将手机凑到嘴边，又给儿子的手机留了一条语音信息。

他的女儿端来茶杯。爷爷问，有点心吗？巧克力，蛋糕之类的？女朋友说，都在冰箱里。女儿说，你有糖尿病，你不能吃蛋糕。把外套脱了吧。爷爷脱下外套，搭在厨房椅子的扶手上。他一点也不担心。他嘟囔着说，一切都会好起来的。他很快就回来了。

*

儿子开下高速公路的时候几乎没有减速，他在右转时稍稍有些打滑，但很快控制住汽车，一个左转驶上和高速公路平行的一条小路。路上只有他一个。对面也没有车。在快要接近十字路口时，红灯变成了绿灯。他打了左灯，然后驶入高速公路下的隧道。他不知道爸爸是否醒着。他肯定已经睡了。他会焦躁，会生气，会要求一大堆的解释，可儿子没时间解释。他会说，先把钱给我，我明天再向你解释。他不需要提钱包的事。至少现在不用。现在他必须争分夺秒。他左转进入环岛，出环岛后右转开上坡道。他看见砖墙结构的低矮楼房，黑色的公寓大门，磨损严重的草皮。他将车停在大门外，亮起双跳灯，三步并两步跑上楼梯。他先是按了按门铃。然后用钥匙开了门。门厅里灯火通明，电视机开着。客厅茶几上放着吃了一半的比萨，旁边是一包拆开的夹心饼干。爸爸在卧室的床上睡过吗？他从门缝里看了一眼。没有。床铺叠得整整齐齐，铺得干干净净，和他一周前刚收拾过时一模一样。爸爸不在这儿。他去哪儿了呢？儿子开始翻找爸爸的东西。他打开旅行箱看过，翻过大衣的所有口袋。他用了二十八分钟才找到装钱的信封。它塞在一只小旅行包里，外面用塑料袋裹着，被藏在浴室柜的最里面。儿子数了数钱。有一万多。全都是 500 瑞典克朗的纸钞。他抽出一张 500 瑞典克朗。保险起见，他又拿了一张。然后他离开办公室，下楼回到汽车里。

*

作为爸爸的爷爷悄悄走进儿童房，想看看自己的孙子、孙女。灯是开着的，两张床都是空的。他走到窗边拉开窗帘。窗外是工业区。一只巨大的白色烟囱，一只金属质地的短烟囱，停成长长一排的白色大货车。路上偶尔有汽车飞驰而过。从这里可以一直远眺到市中心。他能看见霍加尔德教堂的金顶，他能看见斯德哥尔摩电视塔的灯光和轮廓，右面是一座新落成的高楼，有着绿色的透明阳台，和时亮时灭的门灯。

爸爸注视着门灯。那仿佛是一个暗示。爸爸想，如果他能憋住气，让门灯亮了灭，灭了亮20次，儿子就能平安回家。他深吸了一口气，他憋住气，在心中默数门灯亮起和灭掉的次数。数到第十四次的时候，他几乎快要放弃，他需要空气，他的肺已经撑不下去，他满眼都是星星，他就要晕倒了，但他意识到自己的身体拒绝认输，他的嘴巴紧闭着，嘴唇绷得发紫，15，16，他把自己想象成一座银行金库，他是已经看到水面的潜水者，17，18，他开始一点点排出肺部的空气，19，20。他做到了。现在他知道，儿子肯定会安然无恙地回来。他望向外面的停车场。他等待着儿子那辆黑色汽车出现的一幕。他等来了一辆车。两辆车。三辆车。他的儿子不会遭遇车祸。他的儿子不会驶上大桥，然后翻过栏杆跳下去。他的儿子不会被纳粹虐待，或是被黑帮绑架。他不过是按了一下暂停键，现在他正在回家的路上。很快他就会到的。他分分钟就会出现。他来了。爸爸露出了微笑。一辆黑色的马自达停了下来，车里走出两名女士。车顶的出租车牌骤然亮了起来。

*

身为爸爸的儿子提前八分钟回到了加油站的便利店。柜台后的女孩说，你运气不错嘛。他没搭话，只是递过去一张500瑞典克朗的纸钞，付了加油的费用。接着他又要了一杯咖啡，拿了一袋糖果和一包口香糖，丝毫不理会它们的标价比超市里要贵得多。她找了他零钱，顺手将记有车牌号的便利贴扔进垃圾桶。他走出门，整个人没入夜色之中。他回来了。尽管他们觉得不可思议，但他还是做到了。他们小看了他，他赢得了这场无声的战争。他行吗？他当然行！他必须行！只要不放弃，一切皆有可能。他喝了一大口咖啡，撕开糖果包装袋，转动车钥匙。让他们见鬼去吧。他们是谁？是所有人。他的女朋友。他的孩子。他的朋友。他的事业。后备厢里融化的鳕鱼。操他们的！他独自一人对抗世界。他重新开上高速公路。他家在北边，他朝着南边开去。

IX 星期四

身为妈妈的女朋友站在熄了灯的前厅里,向孩子的姑妈道别。已经快凌晨一点了,她们两个第二天还要上班。能做的都做了,剩下的她们也无能为力。姑妈说,一切都会好的。他肯定会打电话回来的。如果睡不着,记得煮意面的方法。她们努力挤出一个微笑,彼此拥抱了一下。拥抱他的妹妹让她产生一种熟悉的感觉,只不过他妹妹的头发更长,喷的香水也不一样。姑妈朝厨房的方向点点头,问,你确定不需要我把他带走吗?女朋友说,没关系。让他睡吧。看到有人能睡着,我多少还觉得欣慰点。爷爷仰面朝天躺在厨房的长椅上,鼾声震得桌上的咖啡杯都跟着颤抖。女朋友说,我们明天电话联系。姑妈说,一有消息我就给你发短信。

女朋友关了门,上了锁,用一只眼睛透过猫眼往外看,当一切恢复寂静后,楼梯间的感应灯无声无息地熄灭了。她拿出手机,又打了一次电话。对方的手机依然处于关机状态,自从他说自己要去超市购物后就一直如此。她刷了牙,取出隐形眼镜片,再打了一次电话。她裹了一条毯子,躺在客厅的沙发上,强迫自己入睡。她调整了呼吸。她陷入冥想。她站起身,吃了一片止痛药帮助肌肉放松。最后,她只能试着想象自己的身体是一根越煮越软的意面,这是孩子的奶奶在保健品药店工作时,向遭遇睡眠问题的顾客提供的指导意见。女朋友拿起手机,登录他们在银行的联名账户,查看是否有最新的消费。没有。最后一笔支出仍然来自超市购物。他的信用卡并没有被冻结。

厨房传来爷爷的鼾声。他对她名字的正确发音似乎仍然无法确定。但不管怎么说,有他睡在厨房长椅上仍让她感觉安心了不少。他们第一次见面还是在那套一居室,当时他们的女儿刚出生。身为妈妈的女朋友仍处在分娩后的虚弱和疲惫中。她接过他的大衣,问,升级成为爷爷的感觉如何?他一边递过大衣一边说,还不错,多谢。然后径直走向卧室。他没带任何礼物。他说,我应该带束花来的。刚成为爸爸的儿子说,咳,没关系。说完将自己的女儿轻轻放在她的怀里。儿子说,东西不重要,人来了就好。这就是她。他说出女儿的名字。爷爷将那具小小的身体靠在自己肩上。他们都闭上了眼睛。爷爷向两侧快走了几步,起初她还以为他要晕倒,后来她才意识到他在跳舞。三周大的婴儿正在沉睡,他将她温暖而柔软的身体紧贴住自己,在小小的公寓内陶醉地跳起舞来。儿子拍下了珍贵的照片,为的是让长期缺席的爸爸有机会出现在共同的家族史中。

爷爷走了之后,他们抱着女儿坐在床上。她托着头,他托着腿。女儿小小的身体不过咫尺长,所以他们必须紧紧靠在一起,生怕一不小心失了手。儿子说,刚才还是挺愉快的。她说,确实。他说,多么不可思议的对话!她说,好多的问题!他说,充满了灵感和启发!就好像一场外太空之旅!就好像直击灵魂深处的拷问!他们相视一笑。她说,你注意到了吗,你爸爸自始至终没问过我一个问题。他说,也没问我嘛。等等,也不尽然。他问我有没有把银行流水打印出来。她说,还是挺不可思议的。他说,我总感觉应该有很多话题可以聊。她说,比如呢?他说。我不知道。比如分娩过程顺利吗?她说,经典问题。他说,还有,成为爸爸妈妈的感受如何?她说,确实。他说,不过礼物能弥补一切吧?她说,没错。我喜欢空气礼物。隐形的花束是我的最爱。他们又相视一笑。三周大的小小人儿不时颤动一下,小手在空气中抓来抓去,就好像从一根无形的树枝上坠跌下来。就算其他一切都不在了,他们也还是存在的。他们的存在仿佛一只与外部世界隔绝的安全气囊,没有什么比这更需要倾注更深的感情,没有什么比这更令人痛苦。

她说，父母嘛，就是为我们挡风遮雨的。他说，也制造了所有的风雨。他们两个不约而同地笑起来。女儿醒了。她睁开一双蓝灰色的眼睛注视着他们，脸上的表情既像某位深藏不露的功夫大师，又像一只嗷嗷待哺的小奶猫。他摸了摸女儿软软的肚皮，说，我们永远不会用我们父母宠溺我们的方式宠溺你。她拍了拍女儿皱皱的额头，说，我们会用另一种方式宠溺你。

她看了眼手机。没有未接来电，没有新消息。他们怎么会走到这一步的？在成为父母之前，他们几乎从不吵架。如今，她孤零零地躺在他们共同的沙发上，不知道他是死是活，不知道他是流连于舞池之中还是躺在医院的手术台上，不知道他借宿前女友家还是晕倒在水沟里。

她怀孕后，他们有了第一次争吵。是关于未来孩子的姓氏问题。他希望用他的姓。她希望把双方的姓合在一起。他不肯让步，她也很坚持。她说，这件事对你有那么重要吗？他说，孩子的姓名是我所拥有的一切。你的体内正在孕育一个生命，如果这个小生命不能拥有我的姓，我会感觉自己没有负起作为爸爸的责任。她说，你用其他方式给了我帮助啊。这话不假。就在她创造胳膊，腿，免疫系统和大脑神经的同时，他正在为购买婴儿车做准备。他为此特意创建了一个文档，上面列举出市面上所有坐卧两用婴儿车的详细信息。他从不同的论坛复制粘贴下相关内容，给测评前几名的婴儿车标注了星号，特别注明适合长手长腿婴儿的款式，比较了价格，调研了不同生产厂家的质量，衡量了自己组装婴儿车的利弊。

她经过他电脑前的时候，看见他正在聚精会神地浏览一篇长长的德语文章——当然是利用谷歌翻译将德语翻译成瑞典语的，文章作者是一名理疗师，他认为大多数遵循人体工学原理设计的婴儿座椅都会损伤婴儿的脊椎。她问，进展还顺利吗？他"嗯"了一句，目光始终没有离开电脑屏幕。她任由他去了。她觉得，他如此认真和用心地挑选婴儿车，大概是对自己无法孕育胎儿的一种补偿。他必须以某种形式参与进来，而购买婴儿车就成了寄托。经过几个月的调研，他向她展示了自己最满意的款式。他说，这一款的测评性能非常好，在论坛上的反馈也不错，适合身高偏高的婴儿，价格也合适。他的女朋友说，可是看上去好丑。他说，我很抱歉。她说，整体框架看上去鼓鼓囊囊的，你觉得呢？他用挫败的目光盯着她，然后回到电脑前，一头扎进关于婴儿车的文档内。他在搜寻别的选项。他列了张长长的清单，说明哪些是最重要的因素，哪些是次重要的因素。他研究了各种购买渠道：直接从德国进口全新的婴儿车；通过美国网站订购便宜的婴儿车；问妈妈的男朋友借车，开到南泰利购买一辆二手婴儿车。他了解了不同款婴儿车的刹车性能，能够准确说出它们置物篮的容积，知道哪种杯托适合搭配哪种咖啡杯，甚至打听好配件损坏后，在哪几家网站能够迅速补齐。一天晚上，她从床上爬起来，强行关闭了他的电脑，要求他马上睡觉。他表示抗议，她说，你不能这样下去。无论你谷歌多少内容，我身体里这个小生命的孕育成长都不是你所能控制的。

等他终于挑好了心仪的婴儿车，她建议去商店里实地考察一下。他们试了试他看中的那款，感觉又沉又笨重。但旁边的另一款据说是某个母婴论坛的明星产品，适合长手长腿的婴儿，丹麦制造，性能优良，价格实惠。她问，你考虑过这款吗？他摇了摇头，嘟囔说，这款我都没听说过。他拿出打印出的文档翻阅起来。他挠了挠头，自责道，我怎么会没看到呢？他们当场买下了那辆毫无瑕疵的婴儿车，将它推回了公寓。她说，好了，我们现在有婴儿车了，真不错。他说，我还是不知道自己怎么会没看到的。她说，别去想了。从现在开始，你不要再一连几周地做调研，我们直接去店里试，相信自己的感觉。你同意吗？他点点头。他们彼此对视了一眼，露出会心的微笑。几天后，他又开始研究起宝宝餐椅的选择。

一开始，她的确为他的踏实和务实而着迷。但后来，她开始厌恶他的优柔寡断。一次度假前，她借了他的电脑搜索前一周查询过的酒店名称。她点开他的搜索记录。她一天一天往前翻，同一个网站出现了一遍又一遍。还有晚报的网站，晨报的网站，日报的网站，电子邮件，脸书，推特。然后是一些令她瞠目结舌的搜索记录。度假的酒店和机票还没有预订，他已经搜索了如何带孩子出行，如何打包衣物，哪种行程对应哪种度假目的，对于一岁婴儿的鼻塞，推荐使用哪种鼻喷雾，长途飞行途中，应该给孩子准备哪些玩具。他所登录过的网站主题千奇百怪，包括各款旅行箱的测评网站，游客对所投宿酒店的点评，如何选择适合儿童的沙滩。但她并没有因此感到不安。她并没有将它视为他难以相处的征兆。她只是觉得，他对于度假的准备未免太精益求精了。

她有时会借用他的 iPad，由于浏览器自动关联到他的邮箱账户，她因此可以轻易浏览他的搜索记录。她以这种方式窥见他们的生活轨迹。一开始，他搜索了如何刺激阴蒂，如何延长高潮，在生二胎之前应该做好哪些准备工作。然后，搜索的主题关于双层床，电刺激理疗机，顺利分娩的经验和诀窍。到了夏天，他开始关心如何选择称职的房产经纪，如何清洁钥匙扣，如何评估物业管理委员会的财务状况，阳台面对哪个朝向最为实用，儿童房的面积应该多大，以及步入式衣橱有没有可能改造成儿童房。秋天时，他比较了各家搬家公司、装修公司、地板铺设公司、地板打蜡公司，浴室的各款瓷砖价格以及不同银行的利率。他对不同的网络运营商，家庭保险经纪和儿童保险代理进行了比较。他甚至还搜索了一家专门进行比较和排序的网站，可以根据不同需求列出优劣。但最令她吃惊的，是那些她都想象不到还能进行搜索的搜索记录。比如，他搜索过在脖子上围围巾的最佳方式。结束一封邮件的最佳方式。求婚的最佳方式。系鞋带的最佳方式。还有洗车的最佳方式。"最佳方式"，这就是搜索的关键词。在成千上万种方式中，一定存在一种最佳方式。这就是他想要找出来的。她开始渐渐理解他的思路：这个世界上之所以存在无数种错误方式，就是为了衬托出潜在的唯一正确方式。她也越来越明白，对于别人来说轻而易举就能解决的小问题，为何在他看来困难重重。

她想，我们必须就这一反常的行为谈一谈。可她从没说出口。她只是不再窥探他的搜索记录。或许是害怕看到不该看的内容，比如分手的最佳方式。提出分居，争取孩子抚养权的最佳方式。或者抛妻弃子、不告而别的最佳方式。

因为有孩子这件事而受到心理影响的不止他一个。她的内心也有隐约的担忧。有的时候，她会怀疑自己是不是被他的神经质所传染。但他同时又有一种奇怪的执念，坚信他们的孩子一定会强壮而健康。只有她晚上才会醒来好几次，确定孩子们的呼吸是否正常。他说，我不懂，他们为什么会停止呼吸？她说，因为他们还是孩子。他说，孩子的呼吸不应该特别好吗？他们目前擅长的事不多，呼吸算是其中一样。冬天下了大雪，他想要拉着雪橇送女儿去幼儿园，她提出强烈的反对，她说汽车司机可能看不见爸爸拉着雪橇，雪橇上坐着女儿，汽车司机可能以为只有爸爸一个人在走路，于是就把坐在雪橇上的女儿撞死了。他说，这的确存在一定风险。比如汽车司机是个盲人。不过碰到盲人司机的情况实在微乎其微。屋檐上结起冰凌柱的时候，也是她在网上找了篇文章，说一个妈妈走在皇后大街上的时候，商店门口的冰凌柱突然掉下来，砸中了她推的婴儿车。孩子当场死亡，妈妈受到了严重惊吓，妈妈购买人寿保险的保险公司因此还把商店业主告上法庭。他读完文章后说，哦。你告诉我这个信息，是想说明什么吗？是说气温降到零摄氏度以下的时候，我们都不要上街了？或者说，我们都要避免在屋檐下走路，只在开阔的空间活动？还是我们去买个适合婴儿佩戴的头盔？

她叹了口气。他说，讲真的。我们总要生活吧。他不理解她。他不明白这是一个危机四伏的世界：滚烫的熨斗、鲨鱼鳍、乐高积木、塑料球、有毒的化学制剂、厚重的书堆、滑板、绑架者、儿童谋杀犯、冰凌柱、烈日、严寒、大块的香肠、未煮熟的鸡肉、剪刀、门缝、车门、电梯门、铅笔、普通圆珠笔、螺丝刀。还有门框。因为一个朋友和她说过，比利时的一个爸爸和女儿玩抛接游戏，结果女儿撞到了门框，折断了脖子。冰箱贴也很危险。另一个朋友和她说过，一个孩子把冰箱贴吞下肚后，导致肠道功能衰竭，最终不幸夭折。吞下电池也会带来同样的后果。爸爸说，你交的都是些什么朋友。她说，你才奇怪呢。因为他的确很奇怪。他们相处的时间越多，她就越觉得，他并没有将他们的孩子当作真实存在的鲜活生命。他为他们拍录像，拍照片，给他们鼓励和赞美，试着教他们学习字母表，认识时间，他们甚至还不会说小猫小狗这些词汇的时候，就已经知道说谢谢。可同时，他始终表现出一种距离感。他的身体在这里，可灵魂却在别处。

她躺在沙发上，想象他正在工业区的一间地下俱乐部；她在查看手机，想象他正和一个爱书如痴的单口喜剧演员在陌生的床上翻云覆雨；她把自己想象成一根煮熟的意大利面，想象他正躺在重症监护室昏迷不醒。她摇摇头。不。他在回家的路上。他一定在回家的路上。回家。快回家。我的生活里不能没有你。没有你，我根本活不下去。所以回家吧，现在就回来。

*

爷爷醒了，躺在厨房的长椅上，疲惫地眨着眼睛。他习惯性地朝厨房门上方的墙壁看去,因为在旧的一居室里,钟就安在那个位置。不过儿子家的厨房里没有钟。要想知道时间,他必须坐起身,才能看到烤箱上方电子显示屏上的数字。他轻手轻脚地走进客厅。儿子的女朋友正睡在沙发上。她的身体侧向一边,怀里紧紧抱着手机,就像孩子抱着安慰玩偶一样,一头卷发凌乱地散在枕头上。她是那么年轻漂亮,哪怕就这么看着她都会让人心疼。儿子和他女朋友的卧室里传出奇怪的响动,身为爸爸的爷爷透过门缝往里看去,一岁的孙子正在闹觉,他先是钻到枕头底下,现在又将脑袋从婴儿床木栅栏的缝隙间探出去。他发出哞哞的声音,爷爷伸出手去,试图安抚他。爷爷嘴里发出轻微的嘘声,用手指抚摸他小小的眼睑。爷爷哼唱起那首他对自己孩子唱过的催眠曲。居然相当奏效。一岁孙子的呼吸越来越均匀,再次沉沉睡去。

爷爷站在婴儿床边。他突然有些恍惚:他这是在哪里,现在是哪一年,躺在婴儿床上的是谁,自己又是谁。他轻手轻脚地走出房间。在开门的一刹那,灯光斜斜地漏了进来,他听见大床上传来一声嘶哑的低语。四岁的孙女从大床上坐起来,说,爷爷?也能给我唱首歌吗?爷爷又回到黑暗之中。他问,你想听哪首歌?四岁的孙女说,就是祖古和泽拉坦比赛滑雪橇的那首。爷爷说,好吧。那首歌叫什么名字?四岁的孙女小声说,爸爸唱过的。她的声音开始莫名兴奋起来。她继续说，我们可以帮祖古和泽拉坦选择比赛的项目。有的时候他们比赛潜水，有的时候比赛钓鱼，有的时候比赛颠气球，有的时候比赛溜冰。爷爷说，好，好。他的嗓门越压越低，希望给四岁的孙女做个榜样。他说，那首歌怎么唱的？四岁的孙女说，有的时候他们坐飞船去太空，有的时候他们比赛谁跳得高。爷爷小声说，好的好的，我唱就是了。他看了一眼婴儿床上扭动着身体的一岁孙子，提议道，如果你不发出声音的话，我保证唱歌给你听。四岁的孙女说，爷爷。爷爷说，嗯？四岁的孙女说，我饿了。爷爷说，饿了？现在？现在是半夜。大家都在睡觉。四岁的孙女说，可我的肚子上有个洞，肚子上有洞的话，是睡不着的。爷爷说，谁说的？四岁的孙女说，我的肚子说的。爷爷说，好吧。跟我来。

他们溜出卧室，穿过客厅，走进厨房。爷爷关了厨房门，免得吵醒一岁的孙子和妈妈。爷爷问，你想吃什么？孙女想了想。爷爷打开橱门看了看，里面有叠放的玻璃杯，成套的瓷器，四盒咖啡粉。这里食品的丰富程度堪比备战储粮。在一只貌似清洁橱柜的柜子里堆着一袋袋意大利面，番茄碎，金枪鱼罐头和家庭装的玉米罐头。另一只橱门后放着各种汤锅和炒锅，4只，5只，6只，都是同样的不锈钢材料，锅盖放在一旁的隔断里。一只抽屉里放着香料罐。另一只抽屉里塞满了笔、胶带，还有五颜六色的密封夹，夹在打开的袋口避免空气进入。爷爷想，不过哪儿都没找到橡皮筋。橡皮筋已经过时了，现在大家都用这种密封夹。橡皮筋有什么不好的？它们又不占地方。它们几乎没什么成本。它们可以使用在很多地方。它们几乎或是很少损坏。它们的效果丝毫不逊于密封夹，密封夹又大，价格还贵，完全是为了骗人钱的。四岁的孙女说，你在找什么？爷爷说，我也不知道。四岁的孙女说，你知道我的肚子特别馋什么吗？爷爷提议道，要不要喝点热牛奶？四岁的孙女说，热牛奶也不错。不过我的肚子更想吃爆米花。爷爷说，爆米花？四岁的孙女说，嗯。我的肚子说，它特别想吃椰子味的甜爆米花。四岁的女儿指了指放爆米花的地方，就在冰箱旁边橱柜的最顶层。爷爷说，你经常大半夜的吃甜爆米花？孙女说，没有。这是我第一次在半夜吃甜爆米花。爷爷和孙女爬上厨房的长椅，挨坐在一起。他们一边吃爆米花一边看窗外的风景。爷爷说，看，下雪了。四岁的孙女说，我有一辆雪地滑轮车。是我四岁生日时，别人送我的生日礼物。下次过生日，我就满五岁了。爷爷说，没错。四岁的孙女说，你会来参加我的生日派对吗？爷爷说，再说吧。

　　他才不愿意住在这么高的地方。盗贼可以从屋顶爬进来偷东西。一往下看就觉得头晕。阳台上风又大。四岁的孙女说，爷爷？爷爷说，嗯？四岁的孙女说，你一点也不瘦。爷爷说，我是不瘦。四岁的孙女说，你的肚皮滚圆滚圆的。爷爷说，我也觉得。四岁的孙女说，可你的腿不是很圆。爷爷说，嗯，我主要胖在肚子上。的确是这样。四岁的孙女说，我们幼儿园的马尔科，他的哥哥，他就很胖很胖。爷爷说，比我还胖吗？四岁的孙女说，没有，说完笑了起来。爷爷说，没有吗？四岁的孙女说，真的没有。然后往嘴里塞了一大把爆米花。

*

既是妈妈也是女儿的女朋友一个激灵惊醒过来。她睡着了吗？不，她不可能睡着的。她应该只是闭了会儿眼。她依稀仿佛听到了说话声，可那一定是她的想象。她看了看手机。她接受了自己永远不可能睡着的事实。现在为时已晚。她完全可以停止挣扎，干脆爬起来算了。但在本能的驱动下，她的身体渐渐放松下来，她又睡了过去。

*

爷爷将四岁的孙女抱回床上。他问，你吃饱了吗？四岁的孙女说，嗯。现在我的肚子感觉好多了。不过我觉得我还是睡自己的床上好了，我不想睡妈妈的床。爷爷说，哪张床是你的？四岁的孙女指了指儿童房的方向。她困了，已经准备好要上床睡觉，只不过先要撒嘘嘘，然后喝点水，再听个故事。爷爷说，什么故事？四岁的孙女抱着一本关于太空的厚厚的折叠书回到床上。爷爷说，一整本可读不完。四岁的孙女说，那就读半本。

他们开始读起来。爷爷说地球是一块飘浮在太空中的巨大的圆石头，月亮是绕着地球旋转的石球，太阳是一颗恒星，它给予行星所有的光和热，它是一只巨大的球体，构成它的充满力量的爆炸性气体体积无比庞大，是地球的100万倍还多。四岁的孙女说，比1 000还要大？爷爷说，对，100万比1 000要大。四岁的孙女说，没有数字比1 000大。爷爷说，当然有。2 000就比1 000要大。他继续往下读。他说，太阳风暴是快速旋转的气体漩涡。他说，太阳针状体是不断被抛起落下的动态喷射流。他说，从体积来看，木星可以容纳下1 000多个地球。四岁的孙女说，1 000多个？爷爷说，是啊。四岁的孙女说，这是真的吗？爷爷说，是真的。四岁的孙女说，哇哦。爷爷讲述了土星的光环，火星的沙尘暴，金星的大气和云层，还有海王星的风。他讲到了蟹状星云和猫眼星云，以及数亿年前两个星系相撞而形成的车轮星系。四岁的孙女格外安静。爷爷低头看了看她。她的眼睛睁得大大的。爷爷说，你不困吗？她摇了摇头。爷爷继续小声往下读。他读到了人造卫星和阿波罗飞船,"卡西尼号"探测器和哈勃太空望远镜,ALMA望远镜和"联盟号"宇宙飞船。他翻开折页,展示人类在火星上进行的所有实验:1976年登陆的"维京一号"探测器,自2004年起开始执行探测任务的"机遇号"火星漫游车,以及2012年登陆的"好奇号"火星探测器。爷爷说,谁给你买的这本书?孙女说,爸爸。她抬起头,问,爸爸呢?爷爷说,爸爸很快就回来了。她说,可他现在在哪儿?爷爷说,他就快回来了。说完继续读回太空书。

最后,四岁的孙女总算睡着了。她将头枕在爷爷的胸前。她的呼吸短促而轻盈。爷爷低头注视着她。她长得和儿子太像了。也像女儿。他仿佛回到了三十年前。他一动不动地躺着。要是稍稍动一下,他所做的一切可能前功尽弃。他闭上眼睛。这么多年以来,他第一次在没开电视的情况下睡了整晚。

*

女朋友醒来的时候,时间已经指向七点半。她几乎不敢相信。她看了看手机。她摇了摇头。她恍惚觉得,这一切不过是场奇怪的梦。外面亮得晃眼,让她进一步证实了自己的直觉。她从沙发上站起身,向窗外望去。树梢是白的。冷杉是白的。人行道是白的。树干的一侧也是白的,就好像某个急性子的粉刷工匆匆忙忙地刷了一半的白颜料一样。

她听见厨房传来说话声。有那么几十秒的时间,她一度以为是男朋友回来了。他临时开了个小差,开车兜了几个小时,忘了给手机充电,现在他又回到家,和孩子们一起坐在厨房里。她走进厨房。四岁的女儿说,哎,妈妈。爷爷在这儿!一岁的儿子坐在塑料的宝宝餐椅里,正在用手抓玉米片吃。妈妈说,你们起来多久了?四岁的女儿说,爸爸呢?

*

爷爷和孙女早上醒来的时候,满手都是甜爆米花的味道。他们轻手轻脚地走进厨房,免得吵醒妈妈。一岁的孙子开始哼哼唧唧的时候,爷爷又溜回去把他抱了出来。四岁的孙女告诉他纸尿裤和湿纸巾都放在哪里。爷爷说,湿纸巾是什么?四岁的孙女解释说,你不知道什么是湿纸巾?它和卫生纸差不多,只不过是湿的。爷爷给一岁的孙子换掉沉甸甸的纸尿裤,然后把他放在厨房的宝宝餐椅里。他打开客厅门,想要问问两个孩子早餐都吃什么。但看到身为妈妈的女朋友疲惫的黑眼圈和握住手机的紧绷姿势,他又不忍心吵醒她。爷爷回到厨房,把冰箱里的东西都拿了出来。他拿了番茄酱、黄油和奶酪，他拿了番茄、黄瓜、面包，还有四岁孙女称为牛奶的东西——包装上明明写着燕麦饮料。四岁的孙女说，哇，早餐真丰盛。爷爷说，说吧，你想吃什么，我给你做。四岁的孙女说，爸爸呢？爷爷说，你想吃加奶酪和黄油的三明治吗？

身为爸爸的爷爷其实应该回家换衣服了。但当孩子们的妈妈醒来的时候，他立刻意识到，她需要他。她的思绪已经全乱了。她披了一件晨衣，里面只穿了一层薄薄的睡衣，完全没注意到他就坐在沙发上，当她俯下身擦去地板上的食物残渍时，胸部就暴露在他的眼前。无论做什么，她总将手机牢牢握在手里。爷爷安慰她说，没有必要担心。他说，我儿子是永远不会做傻事的。女朋友说，什么傻事？爷爷说，我的意思是，他是个好男人。一个勤劳正直的男人。你可能以为他会去找小姐？或是在某个情人家过夜？我不这么觉得。我敢保证，他说不准什么时候就回来了。女朋友看着他。她的情绪平稳了下来。她说，谢谢你的安慰。爷爷说，没什么。有咖啡吗？她说，你煮你自己的就行。他听错了吗？他选择原谅她。她已经不再是她自己。她胸中积郁了无数的怨怼和冲动，自己都无法控制。可怜的小女人。她不该这么生活，就算男朋友决定找点乐子，而忘了和她打招呼，她也不该为此失魂落魄。

  身为妈妈的女朋友向律所请了假,又打电话给幼儿园,帮四岁的女儿请了病假。她没有力气走出家门,可又无法待在家里,因为一切的一切都在提醒着她,他不在这里。她对四岁的女儿说,我们出去滑雪橇吧,她的声音透着做作,比一架走音的钢琴听来更为虚伪。她原本指望爷爷能听出其中的暗示,然后主动提出告辞。她实在没有精力照顾两个孩子和一个巨婴。但爷爷不是一个听得懂暗示的人。除非暗示跳到他身上,咬他的鼻子,他大概才会醒悟到暗示的存在。所以,当她说她要带孩子去公园的时候,爷爷也开始穿衣服。四岁的女儿问,爷爷,你也一起去吗?女朋友说,没有,爷爷要回自己家了。爷爷说,没关系。我跟你们去好了。反正我也没别的事情做。

  她听见自己的叹息。但老实说,有两个大人帮忙,带孩子出门的确轻松了一些。爷爷从门厅的黄色柜子后找出儿童手套,他帮四岁的孙女穿上连体雪裤和靴子。他从地板上捡起头盔,问,这个需要吗?她说,需要的,谢谢。然后把头盔戴在四岁孙女的头上。四岁的孙女说,这是我骑自行车用的头盔。我滑雪橇用的头盔还在幼儿园。爷爷说,你有两只头盔?四岁的孙女说,嗯。不过另一只是黑色的。而且是圆的。爷爷和四岁的孙女走进楼梯间,他们互相帮衬着。爷爷拿着雪地滑轮车和雪橇，四岁的孙女扛着绳索。四岁的孙女说，你受伤了吗？爷爷说，没有。我的脚就是有点痛。不严重。

*

曾经身为爸爸的爷爷已经三十年没上过滑雪坡了。走出楼梯间的时候，他本能地眯起刚做完手术的眼睛，以免被明晃晃的白雪刺伤。他们迈入了一个新世界。铲雪车还没来。人行道上积了一层厚厚的雪。一岁的孙子坐在小雪橇里，四岁的孙女骑在雪地滑轮车上。他们拉拽着两个孩子走向滑雪坡，四周只有他们嘎吱作响的脚步声。当第一场雪覆盖了整座城市，当白色孤立了整个世界，随之袭来的是令人感到压迫的寂静，仿佛游走在录音棚内。他说，真美啊。她说，确实。他们在树林的最高点停下脚步。他们先是看见一只母狍子。接着是两只公狍子，稍远处还有一只小狍子。出现在茫茫雪地中的这些棕色动物让四岁的孙女和一岁的孙子看得着了迷。妈妈轻声说，你们看见了吗？四岁的女儿悄悄地说，那是驼鹿一家吗？妈妈轻声说，那是狍子一家。其中一只狍子突然跑了起来，其他几只也跟着跑起来，它们跳跃着翻过山坡，一转眼就消失得无影无踪。孙女对爷爷说，我有一次看见了27只蜗牛。爷爷说，27只？真厉害，你在哪儿看见的？四岁的孙女指了指石头台阶，说，就在台阶那儿。我是和爸爸一起看见的。那天还下着雨。爷爷说，蜗牛的确喜欢雨天。四岁的孙女说，爸爸呢？爷爷说，他很快就回来了。说说看，你还看过哪些动物。四岁的孙女说，世界上所有的动物，我全都看过。我看过兔子、小猫、小狗、恐龙，有一次我和爸爸从诺娅家回来的路上，我们看见一只死透了的松鼠。爷爷说，死透了的？她点点头，说，死得透透的。

滑雪坡位于林区的另一侧。第一次滑行速度比较慢，因为雪还比较蓬松，压实之后，滑行速度明显加快。四岁的孙女可以自己滑，先是骑在雪地滑轮车上，接着坐在雪橇上，然后坐在塑料滑板上。一岁的孙子满足地坐在自己的小雪橇上，饶有兴趣地观察着一切。他的鼻涕在上嘴唇上闪闪发亮。爷爷不假思索地伸出手，直接用手指抹掉了鼻涕，然后在雪地上甩了甩。这是从前的习惯性动作，代表着他的另一面人生，如今感觉既陌生又熟悉。当他抬头看时，他发现妈妈用一种近乎灼热的眼神注视着自己。

四岁的孙女喊起来，爷爷？你不滑雪橇吗？他说，我没有头盔。四岁的孙女说，你要借我的吗？他说，你的恐怕太小了。妈妈说，你能理解他在做什么吗？他说，谁？她说，你儿子。你对你的孩子这么做过吗？他沉思了片刻。他说，你知道我有两个女儿吧？她点点头。他清了清嗓子，说，我和我的大女儿已经没有联系了。她说，因为什么？他说，世事无常。先是生，再是死。

  他沉默地站着。他想说一切都是妈妈的错。他的第一任妻子不立任何规矩。她无条件满足女儿的一切需求。她对女儿没有任何要求。事情一发不可收拾。他为女儿做了一切所能做的。他经常去探望女儿，每两年至少一次。至少一开始是的。他经常带去礼物。他曾经邀请女儿来过三次瑞典。女儿就和他在这里的家人住在一起。他给女儿买了机票。他承担了女儿一切的膳食费用。第一次效果很好。第二次也还不错。只是女儿想要穿一条滑稽的黑白格短裙去公园的时候，被他阻止了下来，处在青春叛逆期的女儿当然有些不爽。女儿第三次来瑞典的时候，他们已经有好久没见过面。女儿走出到达大厅的时候，一双眼睛死气沉沉的。她说话语速快得不正常。她紧紧攥着自己的手袋不放。第二天她就感冒了。吃早餐的时候，她突然开始流鼻血。到了中午，她已经消失得无影无踪。他赶忙进城，在赛格尔广场边找到了她。他问，你跑这儿来做什么？她说，没什么。他一把抓住她的胳膊，说，我们现在就回家。他们一起吃了晚饭。他的前妻提出关于马赛建筑的各种问题，试图填补餐桌上静默的空白。女儿的回答都是只言片语。拿起水杯的时候，她的手在不住地颤抖。她说自己得了流感。她走进他儿子的卧室，在为她准备的床垫上躺下。她一连几个小时都醒着。爸爸透过阳台的窗户看着她。她在发抖。她整个人在床上滚来滚去。她看着就像只木偶。一开始他还以为她因为发烧而打冷战，但后来就发现她在抓挠自己的身体。胳膊、头皮、大腿。她越挠越凶，开始撕扯自己的衣服。他的儿子醒了。他从床上坐起来，打量着她。开始还觉得有趣，他以为她在开玩笑，比如玩我做你猜的游戏，比如假装弹吉他。但很快他就害怕起来。尚未成为爷爷的爸爸立刻明白了。他在叹息隧道见过类似的情形。他冲进去抱住她。他打电话给她的妈妈，描述了事情的经过。她的妈妈矢口否认。她说女儿的确有过点小问题，但早就戒干净了，她已经有半年多都没碰过针管了。他说，可她现在毒瘾犯了，就在我儿子的卧室里。她的妈妈挂断了电话。她认为他没有任何权利批评她或她的女儿。与此同时，女儿开始尖叫，整个人痛苦地扭曲得变了形，她开始吐胆汁、拉肚子，大家好不容易将她拽起来时，床垫上已经留下了一块深色的人形印记。他们将她送进急诊室，他们希望让她住进戒毒所，可她坚持要尽快回去。她说她参加了一个戒毒互助会，她有担保人和指导人，她不愿错过下一次的见面。

　　他送她去了机场。他要她保证永远，永远，永远不再吸毒。她答应了。他说毒品会摧毁一个人的身体，如果你继续执迷不悟，你会年纪轻轻就死于非命。她答应了。他说如果她再犯一次，她就不再是他的女儿。她说，那会变成什么？他们道了别。这是他最后一次见她。至少，是在将她当作女儿的前提下最后一次见她。接下来的几年里，他们没有任何联系。一个朋友看见他的女儿从美沙酮诊所走出来。另一个朋友看见她——或者是一个酷似她的女孩——出现在体育馆附近的米什莱大道，跳上一辆等候在那里的红色汽车。他试图通过切断联系阻止她的堕落。后来，他又南下法国与她当面对质。他就站在她公寓大门外等着。

当她出现在阳光下时，他甚至不敢相信那就是她。她比上次见面时至少衰老了三十岁。她的腿上布满蜘蛛网般的红色瘢痕，以及一个个仿佛香烟头烫伤后留下的凹陷。他跟了她一整天。她先是见了一个短头发的年轻女孩，从对方手里接过一袋像是装有毒品的布袋。之后，她进了一家电影院，大概是为了在暗处注射。她还和一个貌似皮条客的满脸胡茬的男人喝了咖啡。剩下她一个人的时候，他才终于现身。他将她塞进出租车，直接去了她妈妈家。她没有任何反抗。她知道游戏结束了。他跟着她上了楼。他将全部过程原原本本地说了出来。他说了她去过的地方，她和别人做的交易，他告诉她妈妈，只要打开布袋，就能找到她还在吸毒的证据。女儿说，我已经戒毒五年了。妈妈说，你在跟踪我女儿吗？他说，是我们的女儿。说完将布袋倒扣了过来。书和碟片噼里啪啦落在地板上。毒品都用完了。针管也被她扔掉了。妈妈说，当初你那么绝情地从我们的生活中消失，如今又怎么好意思回来，还跟踪我的女儿？女儿说，你回来得太晚了，晚了十年。爸爸说，只要回来，就永远不会太晚。女儿说，我病了。她说了疾病的名称。爸爸说了一些他永远也无法撤回的话。他头也不回地离开了公寓，甚至没有向不再是他女儿的女人告别。

*

身为妈妈的女朋友站在滑雪道上，看着四岁的女儿高高抬起双脚，试图加快滑雪板的冲刺速度。她喊道，看我的速度有多快！还没滑出去 5 米，她就笑着栽倒在雪堆里。女儿的爷爷就站在她旁边。他突然提起自己的大女儿。她说，你们之间究竟出了什么事？他说，世事无常，先是生，再是死。

他沉默地站着。她在等他继续说下去，可是却没了下文。他好几次张开嘴，欲言又止。风呼呼地刮着。女朋友试图改变话题，问，你和你爸爸关系好吗？爷爷没有直接回答，而是说，我尽力了。我没什么可后悔的。之后他就再没说过话。她看了看他。他的嘴唇颤抖着。他看起来格外苍老。四岁的女儿察觉到不对劲，问，爷爷，你冷吗？她说，是啊，爷爷冷了。我们很快也要回家了。再滑最后一次吧。四岁的女儿说，再滑三次，因为我成长了三年。妈妈说，好吧，再滑三次。四岁的女儿说，不，滑四次。因为我今年四岁。妈妈大声说，不行，就三次。然后我们就回家。

她看了看手机。没有未接来电。没有新消息。她闭上眼睛。她深吸了一口气，向上帝，向真主阿拉，向佛祖，向宙斯，向雷神索尔，向奥丁，向图派克祈祷，等他们从滑雪道回家时，他的车出现在停车场。

☆

爷爷帮孙子、孙女将湿掉的衣服挂在浴室的毛巾架上：连体裤、袜子、套头衫、棉毛裤。四岁的女儿开心地说，只有小内裤和T恤是干的！妈妈做好了中饭，椰奶酱通心粉和泰式蔬菜。爷爷喜欢吃甜的东西，但不喜欢吃甜的意面酱。意面酱应该包含肉糜或鸡肉、番茄碎和月桂叶。不过他还是努力吃下去了。饭后，他和四岁的孙女坐在电视机前。他们在看一部关于恐龙的动画长片。小脚和他的恐龙朋友长途跋涉，去解救被困在喷发火山下的爸爸。四岁的孙女用严肃的口吻解释说，利齿恐龙会吃掉其他恐龙。妈妈走进卧室试图哄一岁的儿子睡觉。刚才吃饭的时候，他几乎快要睡着了。他拼命揉着眼睛，像一匹小倦马一样耷拉着脑袋。现在他的精力似乎又充沛了起来，只要不睡觉，干什么都行。他们听见他尖叫，大笑，跳上跳下，时不时还发出哞哞的牛叫声。最后，卧室里总算安静下来。妈妈蹑手蹑脚地走了出来，她小心翼翼地关上门，几乎是一微米一微米地往里推。

她小声说了句，我出门买点东西。他应该能睡至少一个小时，可能一个半小时。爷爷点点头，朝她竖了个大拇指。她亲了亲四岁的女儿，然后消失在楼梯间，爷爷这时才有些疑惑，她为什么要现在出去买东西。他们的厨房里塞满了东西。再说他的儿子昨天不是去了超市吗？她为什么就不能用现成的食材做几顿吃的？四岁的孙女指了指电视屏幕，说，小脚涂了好多臭臭草，这样利齿恐龙就闻不到他的气味了。爷爷说，真聪明。

*

身为妈妈的女朋友奔向地铁站。她在到达闸口前就已经将交通卡拿在手里，她刚好赶上一辆通往市内的列车。她在利杰霍蒙站下了车，因为换乘地铁还要等九分钟，她干脆选择沿着湖边的步道往前走。她经过戴着巨大耳机、出门遛狗的人，以及坐在助行器上，享受阳光的退休老人。他会在那儿吗？他必须在那儿。这是整座城市里唯一一个她能想象到他会出现的地方。如果她遭遇危机，需要逃离家庭，找一个地方躲避起来，别人一定会在这里找到她。一切就是从这里开始的。她能肯定他会站在山顶公园，用目光迎接她的到来。他会冲她挥手。他会微笑。他会说：见到你我简直太高兴了。她不会冲他挥手。她不会回应他的问候。她会在他脸上甩一个耳光。她会用膝盖撞向他的下体。她会踢他的小腿，将他掀翻在地，等到他躺在地上不知所措时，她会告诉他，如果他胆敢再这么对她，只要一次，她就会带孩子离家出走。从此消失。永远消失。她穿过空荡荡的游乐场，越过铁轨，沿着山坡走向最高处的瞭望点。鹅卵石滑溜溜的。路牌都覆上了积雪。一辆尚未更换雪胎的汽车努力地想要驶出停车位，可怎么踩油门都是徒劳。她远远地看见孤独的山顶。景色依然：桥梁、岛屿、森林和水域。但唯独缺少了他。人行道上停着一辆白色货车，黄色橡胶软管直拖到地上。一个戴橙色耳罩的小伙子解释说，他们的排水管有点问题。他问，你还好吗？她点点头，离开了山顶公园。但这一次，不会有人目送她的背影消失在坡道上。

*

身为爸爸的爷爷实在不能理解，他的孙女为什么要不停念叨她爸爸。一开始还挺可爱。可念叨到现在，就开始招人烦了。四岁的孙女每五分钟都要问一句，爸爸呢，爸爸在干什么，爸爸是不是很快就回家了。然后，孙女想要玩颠气球的游戏，就是将气球充满气，然后在空中颠来颠去，不能碰到地板。孙女说，你知道这个游戏是谁发明的吗？爷爷说，我猜是爸爸？四岁的孙女说，答对了一半。是我和爸爸一起发明的。爸爸今天晚上会回来吗？爷爷说，会，肯定会。四岁的孙女说，你是怎么知道的？爷爷说，我就是知道。说完他走到窗前，看着下面的停车场。他马上就回来了。他很快就到家了。门口响起钥匙转动的声响。四岁的女儿跑向前厅，完全不顾气球掉在了地上。当看见开门的人不是爸爸时，她伤心地哭了起来。妈妈将女儿抱坐在膝盖上，她说自己也很想爸爸，不过爸爸很快就会回来的。四岁的女儿说，你是怎么知道的？她说，我感觉到的。爷爷感到有些烦躁。四岁的孙女哭得像个小婴儿。他不知道是谁把她教得如此敏感。肯定是她爸爸。妈妈说，他还睡着吗？爷爷说，睡得像只小死猪。妈妈说，谢谢。爷爷说，不客气。然后拿起自己的外套。

*

女朋友回到家，前厅里孩子们爸爸鞋子所在的位置依然空落落的，和她走的时候完全一样。四岁的女儿一整天都在努力控制着情绪，现在终于绷不住了。她在她的怀里彻底崩溃，她哭得稀里哗啦，眼泪就像泄了闸的洪水。妈妈只能安慰她。爷爷总算决定要回家了，她冲爷爷挥手道别。现在，只有她自己守着两个孩子，他们是生命中最重要的存在，她永远都不会背叛他们。一岁的儿子醒了。他们走进厨房，准备烤一只无麸质无糖的香蕉蛋糕。一岁的儿子站在水槽旁边的白色脚凳上，将一只椰枣在透明奶瓶里倒进倒出。四岁的女儿将变成褐色的香蕉剥了皮，捣成泥。妈妈将手机放在一旁，强迫自己全身心投入他们的活动。这比什么都重要。

蛋糕做了一半，她听见门厅里传来钥匙转动的声响。门开了，首先映入眼帘的是宜家编织袋的大片蓝色。接着她看见了他。他将宜家的编织袋先拎了进来。塞得满满当当的四大袋。她看见大包的卫生纸、纸尿裤的包装袋、纸餐盘和餐巾纸，还有十盒一箱的燕麦奶。四岁的女儿一边喊着爸爸，一边奔向前厅拥抱他。他说，亲爱的，然后蹲下身，嗅闻女儿脖颈里的气味。四岁的女儿说，你走了好长时间。爸爸说，有的时候，买东西就是需要很长时间的。超市里人太多了。

他脱下鞋子，挂好大衣。他将宜家编织袋拎进厨房，然后将东西一样样整理出来。他胡子拉碴，双眼通红，身上还穿着昨天的衣服。他一句话也没说。大家沉默地吃了晚饭,只有四岁的女儿说个不停。她说起足球,说起机器人,说起爷爷说她是个天使。爸爸说,爷爷来过了?四岁的女儿说,他昨天睡在这里的。他真的好胖啊。他比马尔科的哥哥还胖。一岁的儿子"哗"了一声,将盘子打翻在地板上。

*

身为妈妈的妹妹把周末前要做的事列成清单,存在手机里。她要联系联合利华的媒体负责人,就下周启动的家乐牌系列活动敲定最后几件事宜;她要趁爸爸明天动身前打电话给他,和他道别;她要回复四封重要的邮件;她要接受邀请,参加一个朋友的婚礼;她要退回网上订购的一双鞋子。明天,她还会见到身为她男朋友却尚未准备好成为爸爸的男人,他们约在妇科诊所见面,共同结束她腹中正在孕育的生命。但那其实不算生命。怀孕要到22周才严禁堕胎,因为胎儿已经能脱离母体存活,那时才算得上真正的生命。在此之前,胎儿都不算胎儿,只是她身体的一部分。而明天将要发生的事也称不上是大事,只不过有些东西她并不想留下,所以必须用某种干预手段拿掉罢了。就好像挤掉恼人的黑头或是切除发炎的盲肠。在通往公寓的电梯里，她给儿子发了条短信。一首关于世界充满爱的歌曲。她仍然坚持给儿子发短信或写邮件，至少两天一次。而他从不回复。

她回到家，这间公寓和她离开时一样静悄悄的。她回想起以前回家的时候，当发现儿子翻过她的东西，未经允许就查看她 iPad 上的内容，或是从运动包里找零钱，她是多么生气。如今她只觉得不可思议，这种事情就会让她勃然大怒。有一次，因为她不允许他早餐时吃薯片，儿子顶撞了两句，她就冲他吼起来。现在想来她只觉得惭愧。她愿意付出一切代价，只要能在进入门厅的一瞬间看见儿子生活过的痕迹：鞋柜上皱巴巴、臭烘烘的袜子；地板上脏兮兮的帽子；餐桌上堆得乱七八糟的课本；一杯忘记喝的巧克力饮料，底部还有黏糊糊的黄油指印以及棕色的厚面糊；面包屑；变硬的奶酪。

现在，公寓里只有她留下的痕迹。只有她会穿着鞋子进去取耳机，在地板上留下脚印。留在餐桌上的，只有她吃剩的孤独而悲伤的早餐。无论她用掉多少玻璃杯，无论她请多少朋友来吃晚餐，无论男朋友在这里住过多久，都遮掩不住一个人生活的事实。她的痕迹和儿子的痕迹截然不同。她想念他的气味和汗水，以及那瓶原本属于她的除臭剂——儿子因为觉得太好闻而借了去。

她将大衣挂在衣架上，脱下鞋子走进厨房。她应该煮饭的，可没有什么比给自己煮饭更无聊了。她打开冰箱，想要找点剩菜出来吃。她怀念那些只为他而买的食物：番茄酱、果汁、香肠、香肠面包、腌甜菜根。手机响了。她下意识地以为是工作电话。她拿过手机，按下接听键，用典型的工作腔应了一声。她的声音透着一种紧绷感，从一开始就明确告知对方，好吧，她现在可以讲话，不过她可没那么多闲工夫。

打电话来的是他。是她的儿子。她听见电话那头的气息。她听见鼻翼的翕动。她听见背景的噪声。有十秒钟的时间，他们就那么静默着，聆听彼此的呼吸。但她知道是他。她就是知道。她永远都知道。他说，妈妈？她说，我在，亲爱的。我在，我最亲爱最亲爱最亲爱的。怎么了？你在哪儿？你还好吗？需要我做什么吗？你在哪儿？他突然沉默下来。他想要说些什么。她已经有一年多没听过他的声音，那声音听起来还像个孩子，不过更深沉了些，也更阳光了些。他说，妈妈，你让人来学校找我了吗？她说，什么？谁？什么意思？你在说什么？儿子说，你哥哥今天来我的学校了。是你让他来找我的吗？她没有说话。她不知道应该相信什么。直觉的猜测：这是他设下的陷阱吗？这是将来打官司时针对她的不利证据吗？他爸爸是不是就在旁边，随时准备操纵和指导？不会。如果爸爸在旁边的话，儿子的声音会变得迂回婉转。她说，你说什么，亲爱的？当然没有。我哥哥今天去了吗？去你的学校了？什么时候的事？

儿子说，就在午间休息的时候。他把车直接开到操场了。妹妹说，我的老天。他去那儿干吗？儿子说，他说他想要和我谈谈。他让我坐进副驾驶座，然后把车门锁了，和我讲了大概一刻钟。他好像有点——儿子顿了顿，试图寻找合适的词汇——情绪不稳定。

情绪不稳定。妹妹不禁笑了起来。我的儿子居然会使用情绪不稳定这样的词汇了。他穿着纸尿裤摇摇晃晃地走来走去，站在门厅的镜子前，和镜子里的自己玩亲亲的场景似乎就在昨天，而现在，他和他爸爸住在一起，有了自己的手机，开始使用情绪不稳定这样的词汇。她说，你说的情绪不稳定指的是什么？她总觉得只要他们在聊天，无论说的是什么话题，他们就可以暂时放下彼此尴尬的关系，所以她做好了聊到天荒地老的打算。

儿子说，我不知道。他身上一股汗味。他胡子拉碴的，唠唠叨叨地说他一直睡不好，又丢了手机，开了一整晚的车……我都不知道他究竟想要说什么。她说，我知道。不过还是谢谢你打电话来告诉我这些。你完全不需要替他担心。我都会处理好的。他还说了别的吗？儿子说，他反反复复地说什么，每个人都应该和父母双方都建立起良好的关系，因为谁都不知道父母中究竟哪一方才值得信任。妹妹说，他这么说的？儿子说，嗯。他说，你同意他的看法吗？她说，要看情况。比如父母是好还是不好。后来塞尔玛和尼基过来了，他们看见我在他的车里，就敲了敲车窗问了问我的情况。她说，塞尔玛和尼基是谁？他说，他们和我是一个班的。塞尔玛比我们大一岁，她留了一级，因为她爸爸是从澳大利亚来的。她并不能理解其中的逻辑，爸爸来自澳大利亚和留级之间有什么联系，不过她什么都没问，她只是在享受再次听见他的声音，透着大人般的沉稳和成熟，又拥有孩童般的天真。

儿子说，我就是想问问，是不是你让他去的。妹妹说，绝对没有。不过我很高兴你打了这通电话，我会抽个时间和他聊聊。他没有权利这么做，连声招呼都不打就直接去你的学校。儿子说，他好像真的有点情绪不稳定。妹妹笑了，她能想象儿子张开嘴，生硬地说出自己不熟悉的词汇时的样子。或许他是从学校学来的，或许是从电视剧上听来的，或许是他爸爸教他的。

她说，你和爸爸说过这件事吗？她很快后悔了，因为儿子的声音变得生涩起来，又回到他搬出去前那种短促而不耐烦的语气。

他说，还没有。他们又陷入了沉默。他说，我应该说吗？她说，你想说就说，不想说就不说。你已经是个大孩子了,完全能够自己做决定。他说,好的。再见。她说,再见。我爱你。不过他已经挂断了电话。她久久地站在原地,迟迟没有将手机从耳边挪开。

X 星期五

永远不会成为爸爸的男朋友目前的生活并不属于自己。它是一部重复的章节。一份拙劣的复制品。一部不该制作的续集。明天一早，他就要带九年级 B 班的体育课，但现在，他还站在船桥上摇摆不定。他的一个朋友正躲在灌木丛后撒尿，另一个朋友试图说服两个女孩来点余兴节目。第一个女孩是门卫，第二个女孩是雕塑。目前的局面全由男朋友掌控，因为他是最清醒的一个，他明天还要上班，他学习过太多电影知识，他知道往哪里走可以找到最合适的夜班车。他说，走吧。两个朋友不情愿地跟了上来。其中一个扶着墙往前走，另一个还在和黑车司机进行着毫无意义的漫长对话。他已经有好几个月没见到这两个朋友，他们本该有聊不完的话题，但他唯一想说的，却是他不能说的。他想说他的女朋友怀孕了，她决定去堕胎。他们本该今晚见面聊的，可她始终不接听他的手机，这只能说明一件事。她坚持自己的决定。她腹中的小生命永远不会降生。整整一个星期，他们都在争吵，她一遍又一遍地表明，他是个失败者。他的基因不值得延续下去。她必须尽快将他的部分从体内清除出去，而这一切结束后，她就可以与他分手，结束这场实验，继续自己的人生。他不过是她的临时拍档，日后她回忆起这一段过往，大概会疑惑自己那时究竟在做什么。她大概会想，那个有着奇怪文身，将爱森斯坦、雷诺阿和特吕弗等一众名字挂在嘴边的男人是谁？为了准备关于瞬间和永恒的论文，他自愿看完了马克雷担任导演兼编剧的，长达二十四小时的纪录片《钟》。他提到这件事的时候，她问，是真的吗？他点了点头。说，不过我是分五次看完的。不过相比于安迪·沃霍尔的《帝国大厦》，感觉还是挺短的。她说，那部要多久？他说，八个左右。她说，小时？他点点头。她问，好看吗？他说，怎么说呢，还是有点东西的。虽然全程都由单一固定的摄像机对准帝国大厦拍摄而成，但会让人不自觉地被吸引进去。无聊到那个程度，就有点催眠的意思了。它和《钟》属于一个类型，不过效果截然相反。

他们希望能赶上的那辆夜班车从眼前开了过去。一个朋友瘫坐在人行道上。另一个朋友点起香烟，朝司机竖起中指。按照这个速度，他们大概能在圣诞节前赶回家。永远不会成为爸爸的男朋友蹲下身去。他对朋友说，我爸爸是大巴司机。一次，我们从格罗纳主题公园坐车回家的时候，妈妈和司机打了个招呼。我问她，你认识他吗？妈妈说，那是你们的爸爸。他的朋友听他讲下去。他说，我和哥哥悄悄跑到前面去看。他坐在方向盘后面，尽管我们已经好几年没联系过了，尽管我们小的时候他对我们连打带骂，可看见他的那一刹那，我还是觉得无比骄傲。他就那么坐着，踩油门，刹车，为游客开关车门。一阵短暂的沉默后，他的两个朋友互相看了看，然后哈哈大笑起来。其中一个说，那都是你在做梦。另一个说，真是拙劣的电影场景。永远不会成为爸爸的他说，才不是呢，笨蛋。这是真的，千真万确。

他们走到公交站。他们坐上了回家的车，一路默然无语。在道别的时候，男朋友想到他朋友所谓的电影场景。那绝不是电影场景。确切说，那一幕因为太过清晰，太过浪漫，太过巧合，而永远不应该成为电影场景。爸爸化作一阵烟雾，成为陈列柜中的一张黑白照片。他是前厅中的影子。他是他在幼儿园里值得炫耀的超级英雄。他是难得相聚的那些周末，陪他在公园散步的濒临灭绝的动物，他们总是手拉着手，他的臂弯仿佛颈圈般牢牢拴住爸爸，这样大家都不会误以为这是别人的爸爸。父母离婚后，他和爸爸大概每三个月才会见一次面。之后就更少了。爸爸和他们住在同一座城市，但已经组建了新家庭，找了份大巴司机的工作。之后的某一天，他在从格罗纳主题公园驶往市中心的路上，送了自己的前妻和两个儿子一程。旅游大巴的红色图案象征着父母和孩子之间不朽的爱，代表着维系他们的血缘，同时也是彼此生疏的红色憎恨，难以原谅的红色愤怒，以及促使妈妈和爸爸再度相见的红色热情。黑色的橡胶轮胎仿佛包裹住感情的厚重材料，它在消除颠簸的同时，也挡避掉可能的闪电雷击。爸爸必须遵循严格的时刻表，生活还在继续，孩子们必须按下下车按钮，车门才会开启，然后离开家庭的温暖怀抱，投身严寒之中，身边只有妈妈的陪伴。儿子们最终会掌握自己的命运。妈妈很快会死去。爸爸以为自己获得了自由，然而却陷入了另一种条条框框，他甚至不能随心所欲地停车上厕所，他必须不停往前开，往前开，再往前开。

对电影了解颇多的体育老师看了看手机。五个小时后，他的第一节课就开始了。八个小时后，他们就会在诊所见面。但不要紧。他现在就准备开始。他会利用今晚写完自己的论文。他是不会放弃的。只要他能完成这篇论文，博士论文的灵感自然会涌现出来，一如牛奶流出乳头，岩浆流出火山，葡萄酒流出酒袋——那是他在西班牙乘火车旅行时为朋友买的礼物，直接从酒袋里喝酒的感觉很是奇妙，但直到喝光最后一滴酒后，不消几秒，就能感到一股强烈的橡胶味和塑料的后劲。他看见了公寓的大门。他三步并两步地走进家。他精神十足,他一点也不累,他稳操胜券。这是他最擅长的专业。他看过所有电影,他读过所有文学作品,他只需要泡点茶,坐在电脑前,将头脑里的内容转化成文字。明天他就能交稿,几周后,他的博士申请就会顺利通过,科斯基宁教授会亲自打电话给他,请他直接开始攻读博士。教授说,我们已经好多年没有见到过如此吸引人的研究主题了。我们的研究所需要你。我需要你。求求你,现在就开始吧。男朋友说,可我还在上班。科斯基宁教授说,你是做什么工作的?男朋友说,我是一名体育老师。面对同一间屋子里紧张等待回复的其他人,科斯基宁教授忍不住失声喊出来:他是一名体育老师!教授说,我们这就叫一辆出租车,我们必须深入谈谈你在电影理论研究论文中所呈现的内容,不过鉴于你围绕时间旅行,平行世界,以及瞬间和永恒发表的有趣论点,你的博士论文极有潜力成为一部跨专业学科巨作。在通往公寓的电梯里,他已经向学校辞了职,开始了论文的创作,电梯停下的一瞬间,他已经完成了教授口中的巨作。在递交论文的时候,研究所内鸦雀无声,大家都不敢相信这是真的。竞争者咬牙切齿,科斯基宁教授鼓掌喝彩,博士论文答辩变成了三位特聘教授的交口称赞,一位潸然落泪,另一位说她从未读过如此发人深省的文字,第三位只是沉默地坐着,嘴角挂着玩味的微笑，然后他站起身，拍了拍男朋友的手，说道：谢谢。他受邀前往美国进行演讲，伯克利大学和哈佛大学都争相聘请他担任客座教授，由于他出任评委会主席，使得那一届的戛纳电影节都增光添彩，而这一切荣誉的根源必须追溯到多年前的一天，他所遭到的欺骗和背叛，那个女人在承认自己女朋友身份的同时，又决定亲手扼杀了他们的孩子。他打开电脑。他煮了一壶水。他找出最近一次修改过的论文，还没等水烧开，他已经沉沉睡去，脑袋就搁在餐桌上。

*

身为妈妈的妹妹和男朋友约好在诊所入口20米外的公园长椅上见面。她希望他们能一起走进去。她希望前台秘书、护士、医生，特别是候诊室里的其他女人能够见证，他们两个是共同做出这一决定的。她并不是孤身一人。她坦陈自己的决定后，男朋友表示，我会跟你去的。可我还是求求你，不要任性，理智一点，清醒一点。可她已经下定决心。拿掉这个孩子不代表他们不会有其他孩子。也许等到以后，他们确实想要孩子的时候再说。迎接一个孩子的降临是不可逆的，而拿掉一个孩子则不然。但在走向候诊室的路上，她仍然有些犹豫。万一她后悔了呢？第一次怀孕的时候，她的前夫开始表现得反常，可是所有人都告诉她，没有人会后悔生了孩子。他们说得没错。尽管发生了那么多事，她从没后悔过留下孩子的决定。或者，她是否曾经有过那么几次，从内心深处怀疑过自己的选择是否正确？没有，从没有过。她现在正在犯下一个错误吗？万一她以后再也不能生孩子了呢？

她必须和他最后谈一次。他毕竟不是她的前夫，而是一个善良得多、诚恳得多、体贴得多的人。所以，她发短信给他，让他提前半小时到。她的眼前浮现出即将出现的场景：她到的时候，他早已等候多时，他单膝跪地，恳求她最后考虑一次，他提醒她，他是爱她的，他希望永远和她在一起，他们共同创造出的小生命值得拥有一次机会。她来到公园长椅旁。他并不在。他没有回复她的短信。她坐下来。她又给他发了一条短信。她想过给他打电话。她看了看时间。距离约定的时间还剩二十分钟。还剩一刻钟。还剩五分钟的时候，她给他打电话，问，你在哪儿？他的声音粗糙而沙哑，他说他在上班时遇到点麻烦，一个学生恐吓了另一个学生，他们叫来了校长，还报了警。他得留在这里收拾烂摊子。他为不能陪同前往感到十分难过，同时，他也不知道自己能帮上什么忙，因为，如她所知，他对医院怀有恐惧，看见别人打针会头晕。但他会最大限度地将能量传递给她，希望他们能尽快见面？她一动不动地坐着。她没有说再见就挂断了电话。她将手机放回手袋，穿过玻璃门走了进去。前台秘书微笑着向她确认身份。她有过一秒的犹豫，然后点点头，走进候诊室。

*

星期五上午，身为爸爸的爷爷已经收拾妥当，只等坐地铁前往中心车站，然后坐机场大巴前往机场。他的行李箱里塞满了打折买的东西：Dressman 的衬衫，大卖场的裤子，H&M 的连衣裙和童装，Diechmann 的童鞋。其中没有一样是给他自己买的。这些都会以优惠的价格原封不动地转售给其他国家的联系人。他保留了塑料包装袋。他保留了衣架。他保留了价签，但刮掉了红色的打折标贴。他划掉了自制日程表上的倒数第二天，将所有能吃的东西都装进随身行李。他带了苹果、橘子、麦片、酸奶、两盒豆子、半根黄瓜、剩了一半的奶酪、一袋切片面包和一罐番茄酱的鲭鱼罐头。他拿出一只塑料密封罐，把剩下的五分之四包速溶咖啡倒了进去。

然后，他用一把挂锁锁上了行李箱。飞机预计晚上七点起飞。他准备在中午时离开公寓。他希望能提早至少四小时抵达机场。他不喜欢压力。机场里有免费的电视可以看，反正他也没别的事做。十一点半的时候，他听见外面的街道上传来汽车喇叭的滴滴声。

*

身为爸爸的儿子坐在办公室外的汽车里。他不想上楼。他不想看见爸爸像从前一样,把办公室弄得一团糟就走。他不想吵醒后座上的一岁儿子,辛辛苦苦地将他抱上楼,只为了让他见到堆成小山的比萨纸盒,水槽里剪下来的指甲,浴室里磨掉的脚皮。再说,蟑螂的消杀工作还没结束,小孩也不适合待在那里。Anticimex 负责消杀工作的小伙子特地问过,这里有没有小孩子居住,爸爸给出否定的回答后,小伙子在浴室地板,橱柜隔板,微波炉后面,以及冰箱和冷柜中间多涂了一些有毒的杀虫剂。但是,爸爸更不愿见到的是,走进办公室,发现他的爸爸已经将整个公寓打扫干净。他也不知道自己为何会有这么古怪的念头。或许是因为,那会是一种标志,证明人是可以改变的,或者说,这些年来,爸爸一直具备收拾和清洁的能力,只不过在受到具体威胁时才会施展出来。

儿子按了按汽车喇叭,说明自己到了。爸爸走到阳台上。爸爸说,你来这儿干吗?儿子说,我是来和你道别的。爸爸说,那你上来吧。儿子指了指后座上睡觉的一岁儿子,说,我没法上去。爸爸说,等一下,我下来好了。儿子说,带上你的行李，我可以开车送你到机场。爸爸在阳台上愣了两秒钟。他说，我很快就好。我把东西收拾一下。

爸爸拎着满满当当的箱子走了下来。儿子说，你真的应该买只新箱子了。爸爸说，你买了送给我吧，就当生日礼物。儿子将爸爸的行李放进后备厢，坐回驾驶座，看了看后视镜，然后打了左灯，驶离了人行道。爸爸说，别忘了看盲区。儿子说，我看过了。爸爸说，你得看仔细点。他们调转方向，向环岛驶去。

爸爸说，那是什么？儿子说，我临时用的手机。爸爸说，你原来那只呢？儿子说，那只坏了。说完将手机塞在储物格下面，以免再被看见。爸爸说，汽车脏了。儿子说，我会去洗车的。爸爸说，车里一股鱼的味道。儿子又说了一遍，我会去洗车的。爸爸说，你得爱惜东西才行，不然东西很容易坏。儿子右转，再右转，驶上高速公路。爸爸指了指挡风玻璃上的裂痕说，不及时修补的话，玻璃很快会碎掉的。到时候你就得把整块挡风玻璃都换了。儿子说，不过是石头刮擦的裂痕而已。爸爸说，目前是的。以后就难说了。不信你就等着瞧，看看我们谁说得对。儿子变到右边的行车道。爸爸说，你吃甘草糖了吗？儿子说，怎么了？爸爸说，你妈妈一吃甘草糖就长痘痘。儿子说，我最近一段时间一直睡不好。爸爸说，一段时间是多长？儿子说，最近四年吧。爸爸说，开快点。我们总不能在路上耽搁太久。儿子说，飞机不是六小时后才起飞吗？爸爸说，早点去没坏处。压力对胃不好。儿子看了看后视镜，打了左灯，变到左边的超车道。爸爸说，别忘了看盲区。儿子说，现在是我开车，我也看过盲区了。爸爸说，你看的速度太快了。你得看仔细点才行。儿子说，算我求求你了。要么我们试试看？就今天：去机场要开四十五分钟，我们就看看，在这段时间内，我们讲话的时候，你能不能做到不批评我？就算一个实验好了。试试看。每次你想要开口说话的时候，麻烦你都想一想，如果你要说的话听起来像是对我的批评，那你就不要说了。怎么样？爸爸说，是你总在挑我的错。儿子说。好吧，现在你又批评我了。我们再试一次？就从现在开始？我们谁都不要批评对方。看看能不能做得到。四十五分钟。我们应该可以的。爸爸别过脸，透过侧窗向外看去。儿子则在关心路况。有两次，他从眼角的余光中瞥见爸爸张了张嘴，仿佛想要说些什么，但最终保持了沉默。

*

　　身为爸爸的爷爷相当震惊。有史以来第一次，儿子居然会主动提出开车送他去机场！简直难以置信。这真是他的幸运日。他应该去买彩票的。不过他还是老老实实坐在副驾驶座上,时不时说上几个笑话。儿子没笑。他肯定误会了。他以为笑话是变相的批评。爷爷说,昨天怎么回事?爸爸说,什么意思?爷爷说,你去超市买东西,然后就消失了?爸爸说,我有点事要办。爷爷点点头。他懂了。他也当过爸爸。有的时候,有些事要办,就必须要办掉。至于具体是什么事,怎么办,和爸爸或女朋友都没关系。爷爷拍了拍前胸的口袋,问,你需要钱吗?爸爸说,不需要。爷爷绷起自己的二头肌,问,你需要肌肉吗?爸爸笑了,说,谢谢,我看还是算了。问题都解决了。他们继续沉默地开着车。爸爸说,我想要逃离这种生活。仅此而已。

爷爷的心情平静了下来。他欣赏爸爸隐忍不说的态度。这意味着他已经长大了,明白有些事只能藏在心里。

*

身为爸爸的儿子看见指向机场的路牌,很快就要到了。很快他们就要告别。很快就晚了。儿子打了右灯,离开高速,停在紧急停车带上。爸爸说,你在干什么?儿子打起双跳灯,没有关闭引擎,生怕突然的安静会惊醒后座沉睡的一岁儿子。他说,爸爸。爸爸说,你不能停在这儿。他说,爸爸。爸爸说,你究竟在干什么,停在这儿很危险的,我们随时会被撞死。儿子说,爸爸,仔细听好了。昨天我本想要不告而别。可我做不到。我还是想回来。我需要我的孩子。爸爸说，我明白。开车吧。儿子说，你毁掉了太多东西。可我还没崩溃到要离开我的家人。谢天谢地。爸爸沉默地坐着。儿子说，这些年来我们有过不少冲突。爸爸说，是你有过不少冲突。儿子说，我们都说过让自己后悔的话，做过让自己后悔的事。爸爸说，我没什么后悔的。儿子说，但我想让你知道一件事。我……原谅你。爸爸说，开车吧。儿子说，我们原谅你。爸爸说，我们是谁们？儿子说，我和我妹妹，还有我的姐姐。爸爸沉默了，他将目光投向远方。他的肩膀抽动着。他发出奇怪的声响。儿子始终直视前方，直到爸爸恢复常态。爸爸戴上墨镜，说，开车吧。别忘了看盲区。

*

身为爸爸的儿子和身为爷爷的爸爸到达了机场。爸爸停好车，一岁的儿子伸个懒腰，醒了。他们一起走到办票柜台。柜台后的工作人员问，你们在网上办理过登机手续吗？爷爷说，这是我儿子。他开车带我来的。工作人员说，你有个好儿子啊。你们办理过登机手续了吗？爷爷说，没有。我没法自己办手续。我是个文盲。他为自己的笑话哈哈大笑起来。儿子也笑了。工作人员帮助他办理好了登机手续。问，你的箱子需要包塑料膜吗？这样保险一些。爷爷说，这箱子三十年都没出过问题，这次也会顺顺利利的。

他们一起走向安检口。一岁的儿子冲机场的天花板直眨眼。他看见海关人员带着缉毒犬走过来，嘴里发出哞哞的声音。爷爷俯下身，亲了亲孙子的脸颊，前前后后一共四次。然后又亲了三次。爷爷说，我会想他的。爸爸说，他也会想你的。下次你们应该多见几面。爷爷说，确实。他将手伸进口袋，掏出一张500瑞士克朗的纸钞，说，这是油钱。爸爸说，用不了那么多。爷爷说，拿着吧，剩下的钱给你女儿买几双足球袜。爸爸说，那能买好多双足球袜。爷爷说，给她买，多少都不嫌多。

爷爷和爸爸拥抱了彼此，亲了亲对方的脸颊，来来回回总共三次。爸爸说，保持联系。爷爷说，肯定。爸爸说，落地后给我发个短信。爷爷说，当然。爸爸说，不然的话，你知道我会怎么想。爷爷说，怎么想？爸爸说，担心。爷爷说，没必要担心。爸爸说，可我还是会担心。爷爷说，你就是想太多了。爸爸说，发条短信而已，你能答应吗？爷爷说，你太敏感了。爸爸说，我就这一个要求。落地后发条短信给我。爷爷说，行啊。爸爸说，我是说真的。说这话的时候，爸爸感觉自己回到了儿子的角色。爷爷笑了笑说，我会发短信的。爸爸半开玩笑地说，你要是不发的话，我会报复的。爷爷说，怎么个报复法？爸爸说，把这件事写下来。爷爷说，你写啊。就写一本书，关于儿子把亲爱的父亲扔到大街上。爸爸说，不如说是另一个故事，关于父亲把子女当作自己的私有财产。他们相视一笑。最后两句话谁都没有说出口。他们只是互相道了别。爷爷走向安检口。身为爸爸的儿子站在手推车旁。他等待爷爷回头向他们挥手。但爷爷没有回头。爸爸没有拿回钥匙。爷爷到达后也没有发短信。五个月零二十八天后，他们又会见面。

*

晚上，身为爸爸的儿子开车经过办公室。在打开防盗门的一瞬间，他已经做好了充足的心理准备。垃圾都倒掉了。地板打扫得干干净净。厕所刷过了。家里只留了一只比萨的纸盒，其他的都扔掉了。爷爷甚至洗了盘子。难以置信。连一只蟑螂的尸体都没看到，杀虫剂和粘纸板想必很有效。儿子可以拆开成堆的信件，将发票分类，打印银行流水，进行财务审计。一切准备就绪。他很快就要着手开始。不过首先，他走进厨房烧了一壶开水。他找出茶包和茶杯。餐桌上躺着一张白色纸条。是爸爸的字迹。他并没有写：*我们很快再见面*。或是：*谢谢*。或是：*我爱你*。他写了十个日期，除了最后一个，之前的都用斜线划掉了。

儿子将纸条扔进水槽下的垃圾桶。他的手机响了。一声。两声。三声。他按下接听键。电话那头传来妹妹沮丧的声音,她说她儿子给她打了电话,她和从不是男朋友的男朋友分了手,今天早上,她做了堕胎手术,而毫无悔意。不同于爸爸的儿子说,你在哪儿?我去找你。